Klarant Verlag

Elke Nansen ist das Pseudonym einer Autorin, die den Norden und Ostfriesland liebt. Die Nordsee, die unendliche friesische Weite, das platte Land mit seinen ganz speziellen Charakteren – diese Region hat ihren eigenen rauen Charme, hier kann Elke Nansen ihrer Fantasie freien Lauf lassen. Und so schreiben sich die spannendsten Geschichten manchmal wie von selbst … Besonders angetan haben es der Autorin die Ostfriesischen Inseln, die sie alle schon besucht hat. Als leidenschaftliche Taucherin liebt Elke Nansen die See und das Wasser. 8 Jahre hat sie im niedersächsischen Städtchen Verden an der Aller gelebt.

Elke Nansen

Tödliches Wangerooge

Ostfrieslandkrimi

Klarant Verlag

Klarant Verlag, www.klarant.de – www.ostfrieslandkrimi.de
ISBN: 978-3-96586-077-3
1. Auflage 2019
Umschlagabbildung: Klarant Verlag

Alle den Roman betreffenden Figuren sind rein fiktiv und frei erfunden. Ähnlichkeiten mit lebenden oder toten Personen wären nur zufällig und nicht beabsichtigt.
Klein Hauen ist ein fiktives Dorf in Ostfriesland. Es liegt in der Nähe von Greetsiel und ist dem Ort Neu Hauen nachempfunden. Bis auf Klein Hauen sind alle anderen im Roman beschriebenen Orte real, und genau dort, im echten und wirklichen Ostfriesland, spielt auch die Handlung.

Printed in the EU.

Prolog

Sie verhielt sich unauffällig. Das Basecap war tief in ihr Gesicht gezogen, der Rest wurde durch die riesige Sonnenbrille verdeckt. Dennoch fiel sie hier auf. Zwar hatten die amerikanischen Touristen genau wie mittlerweile die Japaner und Chinesen die Ostfriesischen Inseln für sich entdeckt, aber jemand wie sie war immer noch ein eher seltener Anblick. An ihrem langen Pferdeschwanz, den sie durch die Schlaufe ihrer Mütze gezogen hatte, zerrte hier oben an Deck der Wind. Sie hielt die Illustrierte in ihren Händen und hatte den Kopf gesenkt. Jeder der fröhlichen Feriengäste um sie herum musste denken, sie wäre tief in ihr Magazin versunken.

Alles, was sie jedoch tat, war, die ältere Frau vorne am Bug zu beobachten. Die hatte sich auf die Bank, die in Richtung der Fahrgäste aufgestellt war, gesetzt. Damit blickte sie auf den Fährhafen Harlesiel, den sie gerade verließen. Das ist typisch für die Baroness, dachte sie, immer im Rampenlicht. Alle anderen Urlauber hatten versucht, einen nach vorne gerichteten Platz zu erwischen, damit sie die Insel Wangerooge als Erste erspähen konnten. Die Freifrau bildete die Ausnahme, sie saß mit überschlagenen Beinen elegant auf der Bank, als wäre es ein Thron. Das Gesicht ihren Untertanen zugewandt, mit huldvoller und auch kritischer Miene. Ihr Haar war im Stil von Grace Kelly von einem Tuch verhüllt, das sich um ihren schlanken Hals wandte. Auch ihre Sonnenbrille hatte einen Touch von den Sechzigern und war farblich mit ihrem Sommerkleid abgestimmt. Durch und durch eine Dame!, stieß es ihrer Beobachterin bitter auf.

Sie konnte gar nichts dagegen machen. Immer wenn sie die Baroness länger beobachtete, kamen irgendwann die Bilder. Warum sie so darunter litt, war nicht schwer zu erklären. Obwohl sie auf ihren Militäreinsätzen wesentlich Schlimmeres gesehen hatte: verbrannte Menschen, von Bomben verwüstete Körper und unendlich viel unnütz vergossenes Blut. Doch was sich vor ihren geistigen Augen abspielte, wenn sie diese ältere Frau betrachtete, war brutaler, persönlicher. Es war jemandem passiert, den sie durch und durch geliebt hatte. Obwohl man ihr die Geschichte nur erzählt und sie darüber gelesen hatte, sah sie es, als wäre sie dabei gewesen. Damals im Mai 1969:

Der junge Mann lief in seiner Paradeuniform mit hängenden Schultern aus der Verhandlung, als wäre er auf der Flucht. Ein Offizier, dem man alles genommen hatte, dessen Leben und Zukunft für immer zerstört waren. So hatte es ihn ziellos durch die Stadt getrieben, bis er im Hafenviertel angekommen war. In einer kleinen, fast leeren Bar hatte er zu viel Whiskey getrunken. Zwar war er nicht völlig betrunken, aber doch auch nicht mehr ganz auf der Höhe. Und genau das wurde ihm zum Verhängnis. Denn hätte er den letzten Single Malt weggelassen, wäre er vielleicht auf der Hauptstraße geblieben, dann hätte er eventuell die drei bulligen Kerle, die ihm folgten, bemerkt.

Er bog in den kleinen verwinkelten Seitenweg ein, um auf die Nelly-Sachs-Straße zu kommen, denn er wollte einen letzten Absacker im Metropol nehmen. Er hoffte, dort einen Kumpel zu treffen, dem er sich anvertrauen konnte. Wieder tief im Unglück seines Lebens versunken, schlurfte er über das nasse Kopfsteinpflaster der Hinterhöfe Bremerhavens und bemerkte die Matrosen erst, als einer ihn an der Schulter zurückriss. Die Faust flog mit unaufhaltsamer Kraft in seinen Magen und er beugte sich vor Schmerz herunter. Sofort nutzte der Matrose die Situation und rammte ihm das Knie ins Gesicht. Als sein Jochbein brach, machte es ein widerlich knirschendes Geräusch und er sah Sterne, ließ sich auf den Boden fallen.

»Du perverses Schwein, das hast du davon, dich an kleinen Mädchen zu vergreifen«, knurrte einer der Kerle und dann folgte ein gezielter Tritt in seinen Unterleib. In dem Moment wäre er fast ohnmächtig geworden und bereute es zutiefst, nicht mehr Alkohol im Körper zu haben. Denn ein Hagel von Tritten ging nun auf ihn nieder. Sechs wütende Stiefel malträtierten ihn wie eine Herde ausschlagender Pferde. So gut wie möglich versuchte er seinen Kopf zu schützen, aber als er seine eigenen Knochen brechen hörte, fielen die Hände kraftlos von seinem Kopf herab.

»Bitte«, stöhnte er und mit jedem Atemzug bildeten sich Blutblasen zwischen seinen Lippen. Warum passiert das hier alles, dachte er, warum hat sie mir das nur angetan? Vielleicht war es nicht der schlimmste Fehler, sich heute Abend zu betrinken, ging es ihm völlig irreal durch den Kopf. Der wirklich schlimme Fehler war, sie zu lieben, und das tat er trotz allem immer noch.

Sein Gesicht war mittlerweile von Blut und Tränen verschmiert. Und dennoch erinnerte er sich an ihre wunderschöne Erscheinung. Ein Bild, das er nicht lange vor Augen hatte. Denn das Letzte, was er wirklich sah, war das grobe Profil eines Stiefels, welcher direkt auf sein Gesicht niederging.

»Der ist hin, lasst uns abhauen«, meinte einer der Matrosen und hielt seine Freunde davon ab, weiter zuzutreten. »Das passiert, wenn Kakerlaken wie du unsere Frauen anfassen!« Die drei derben Kerle gingen schnellen Schrittes mit ihren schweren Stiefeln davon.

Wie gebannt hatte Peter aus dem dunklen Klofenster mit angesehen, was da gerade passiert war. Er hatte seine kleine Hand vor den Mund gepresst, um ja nicht zu schreien. Jetzt aber war alles still und er kletterte endlich von der Toilette runter. Schnell rannte er aus der Treppenhaustoilette wieder in die Wohnung, um in das Schlafzimmer seiner Eltern zu stürmen.

»Papa, Papa, auf dem Hofweg liegt ein toter Mann«, schrie er und schüttelte seinen Vater an der Schulter aus dem Tiefschlaf. »Die haben ihn totgemacht!«

Schläfrig richtete sich sein Vater endlich auf und sah ihn an. »Was sagst du da, mein Junge? Wo, Peter, wo?« Dann sprang er aus dem Bett und Peter zerrte ihn an der Hand auf die Toilette im Zwischenstock, um ihn zum offenen Fenster zu dirigieren.

Immer an dieser Stelle brach ihr trauriger Tagtraum ab und das Herz wurde ihr schwer, sie begann leise zu singen. Das Lied, das er ihr als kleines Mädchen beigebracht hatte, nur hatte der Hass die Worte neu geschrieben:

Vier kleine Negerlein,
Die fuhr'n zum Wangerooger Kai,
Das eine traf die Nordsee hart,
Da waren's nur noch drei.

Drei kleine Negerlein,
Die ritten froh herbei,
Das eine fiel jedoch vom Pferd,
Da gab es nur noch zwei.

Zwei kleine Negerlein,
Die tranken zu viel des Weins,

Das eine hat sich totgesoffen,
Da gab es nur noch eins.

»Na, ganz politisch korrekt ist das ja nicht, was Sie da singen«, konnte sich der ältere Herr neben ihr nicht verkneifen, noch bevor sie die letzte Strophe singen konnte. Er hatte unwillkürlich ihr Lied mit angehört. Gerade letzte Woche hatte er eine ausgiebige Diskussion mit seinem Enkel über die Bezeichnung Negerkuss geführt. Er selbst verstand nicht, was an dem Begriff Negerkuss so verwerflich war und wieso der Name Schaum- oder Schokokuss besser passen sollte. Darum hatte er argumentiert, dass ein Kuss von einem Afroamerikaner doch etwas Schönes wäre, aber sein vierzehnjähriger Liebling hatte ihm hart zugesetzt. Daher fühlte er sich jetzt auch genötigt, bei der jungen Frau diese kleine Anmerkung zu machen.

Sie blickte ihn erstaunt von der Seite an und meinte in völlig akzentfreiem Deutsch: »Wenn nicht ich, wer darf dann so etwas singen?« Durch die Sonnenbrille konnte der ältere Mann die Tränen nicht sehen, die sich wieder in ihren Augen gesammelt hatten.

Kapitel 1

»Dat is ja en verdreihten Kraam!«, sagte Knut überrascht, meinte es jedoch nicht böse. Rike, Faber, Hannes und auch Doktor Philipp Schorlau sowie Kriminalkommissar Tamme Hehler, den alle Wikinger nannten, standen auf Knuts kleiner Terrasse. Sie hatten ihm zu seinem sechsundsiebzigsten Geburtstag ein Ständchen gebracht, Knut angefeuert, die Kerzen auf der Torte auszublasen, und ihm den Briefumschlag übergeben. »Dat hat aver en mooi Stück Geld köst«, schickte er hinterher. »Un Hannes' Huus up Langeoog? Dat köst nix!«

Faber kräuselte die Stirn und sah seine Verlobte, Knuts Enkelin Rike, fragend an. Es war Tamme, der seinem Chef, Kriminalhauptkommissar Richard Faber, übersetzte: »Euer Opa hält uns für verrückt, weil wir ihm zum Geburtstag einen dreiwöchigen Aufenthalt im Parkhotel To Huus auf Wangerooge schenken. Er meint, dass Hannes' Ferienhaus zwar auf Langeoog liegt, aber dafür nichts kostet.«

»Wir wollen dich gerne mal auf eine andere Insel in Urlaub schicken und im Parkhotel nach Strich und Faden verwöhnen lassen«, fügte Rike an und hob ihr Glas Crémant. »Herzlichen Glückwunsch, Opilein! Freu dich einfach darüber. Außerdem sind Richard und ich schon ganz aufgeregt, weil wir dich nämlich am Pfingstwochenende drei Tage dort besuchen. Mein Liebster kennt Wangerooge überhaupt nicht.«

»Na dann«, murmelte Knut, lächelte verschmitzt und hob ebenfalls sein Glas. »Habt Dank, meine lieben Gäste, und proost!« Alle stießen mit ihm an und nahmen einen Schluck. »Für meinen siebenundsiebzigsten Geburtstag will ich mir aber bereits heute etwas wünschen. Das verlangt etwas mehr Planung von meiner Enkelin und meinem Schwiegerenkel in spe«, betonte er dramatisch und Rike zog vorsichtshalber schon mal den Kopf ein, denn sie ahnte, was kam. »Also, wenn ihr endlich nächstes Jahr im Mai heiratet, könntet ihr schon dafür gesorgt haben, dass was Kleines unterwegs ist und ich langsam Uropa werde.«

Faber verschluckte sich und prustete seinen Crémant zurück ins Glas. Er hustete so stark, dass ihm der Wikinger mit seiner riesigen Pranke auf den Rücken schlug, was fast den Bruch einer Rippe zur

Folge hatte. Denn der Wikinger war mit seiner Größe von knapp zwei Metern und den einhundertzwanzig Kilo mittlerweile nicht nur eine Berühmtheit bei der Emder Polizei. Er war auch ein Prachtkerl mit mächtig viel Kraft. »Knut«, erwiderte Faber vorwurfsvoll, als er endlich wieder einigermaßen reden konnte. »Setz mich nicht schon im Vorfeld unter Druck, sonst wird das später nicht klappen!«

Rike sah ihn belustigt an und streichelte einmal kurz über seine Wange, wie man das bei einem kleinen, naiven Buben machte, wenn er etwas sehr Dummes gesagt hatte. »Mach dir keine Sorgen, mein Schatz, ich mach das schon mit dem Klappen!«, sagte sie und alle lachten. Nur Faber nicht, der schüttelte den Kopf. Aber so war nun einmal seine neue ostfriesische Familie.

Richard Christian Faber war jetzt genau zwei Jahre der Chef des Kriminal- und Ermittlungsdienstes in Emden. Vorher hatte er jahrelang in Frankfurt am Main bei der Drogenfahndung und auch bei der Kripo gearbeitet. Wegen seiner damaligen Freundin, die ihm ein Kuckucksbaby von ausgerechnet seinem besten Freund und Kollegen unterschieben wollte, hatte er sich an das Ende der Welt versetzen lassen. Damit war er in Ostfriesland gelandet.

Sowohl die Sprache als auch die kühle Art, mit der ihn seine Mitarbeiterin Rike Waatstedt begrüßt hatte, war für ihn am Anfang schwer zu verstehen. Doch als er begriff, dass Rike Waatstedt eigentlich seinen Posten hätte übernehmen sollen, bevor man ihn versetzte, verstand er ihren Groll. Der Zufall wollte es, dass er auch noch ausgerechnet Rike und Knut Waatstedt als seine direkten Nachbarn bekam, als er die renovierungsbedürftige Alte Schule in Klein Hauen kaufte. Die Kriminalfälle und vor allem Opa Knut, der Richard von der ersten Sekunde ins Herz geschlossen hatte, brachten Faber und Rike näher zusammen. Bis sie sich eines Tages eingestehen mussten, tiefe Gefühle füreinander zu hegen. Richard fackelte nicht lange, denn er wusste, dass er mit Rike die Frau seines Lebens gefunden hatte. Er machte ihr einen Heiratsantrag und damit ihre Beziehung auch bei seinen Vorgesetzten öffentlich. Jedoch hatten die beiden entschieden, noch ein Jahr zu warten. Sie wollten einfach ganz altmodisch erst einmal miteinander verlobt sein.

»Na siehste, mien Jung. Mien Rike maakt dat woll!«, meinte Knut und lachte immer noch. »So, jetzt setzt euch mal alle hin. Mien Jung schneidet die Torte an und ich hole den Kaffee aus der Küche.« Die Geburtstagsgesellschaft nahm an der gedeckten Tafel Platz und Rike folgte ihrem Großvater durch die Terrassentür in die kleine Küche, um mit anzufassen. Es war angenehm auf der schattigen Terrasse zwischen den Rosenhecken. Knuts großer Garten hatte vorne eine Rasenfläche mit Blumen und Hecken, doch hinten war der meiste Platz für Obst und Gemüse angelegt. So wurden auch Faber und Rike, die mittlerweile zusammen im Nachbarhaus wohnten, zu fast jeder Jahreszeit mit Knuts Bioprodukten versorgt.

»Na, das wird für Knut ja wie ein Kururlaub. Dann muss er sich auch einen Kurschatten suchen!«, bemerkte Knuts bester Kumpel Hannes, als Faber ihm ein großes Stück von der selbstgemachten Ostfriesentorte auflegte. Das war ein Kuchen nach dem Geschmack der männlichen Einheimischen, denn die Torte bestand aus einer Menge Sahne mit Branntweinrosinen und deren Sud. Wer Alkohol nicht vertrug, sollte auf keinen Fall mehr als ein halbes Stück essen.

»Proost«, sagte Philipp Schorlau, der forensische Pathologe aus Oldenburg und sehr gute Freund von Rike und Faber, daher auch. Er steckte sich das erste Stück in den Mund und vor lauter kulinarischer Verzückung leckte er sich etwas Sahne von den Fingern.

***

»Na endlich, Opi«, sprach Rike vorwurfsvoll in ihr Telefon. »Ist dir eigentlich klar, dass du seit vier Tagen nicht angerufen hast? Dein Handy war einfach ausgeschaltet und auf die Nachrichten, die ich im Parkhotel To Huus hinterlassen habe, hast du gar nicht reagiert. Gott Loff un Dank hat mir wenigstens die Rezeptionistin erzählt, dass du fröhlich und gesund bist.«

Opa war bereits über eine Woche auf Wangerooge. Zu Anfang war er immer noch skeptisch und anscheinend fand er es ein wenig langweilig. Daher hatte er die beiden jeden Abend angerufen. Jedoch hatten seine Telefonate plötzlich abrupt aufgehört, sodass sich Rike schon ernsthaft Sorgen gemacht hatte. Jetzt war sie nur froh, dass sie Opa endlich erwischt hatte. Sie stellte auf Lautsprecher, damit Faber auch mithören konnte. Beide waren noch in Fabers Büro und wollten anschließend zum Amtsgericht, da sie als Zeugen bei einem Prozess aussagen mussten.

»Ja, bin ich denn ein Kleinkind? Muss ich mich jeden Tag bei euch melden?«, moserte Knut reichlich angenervt.

»Lass man das EUCH stecken. Ich habe ja gar nichts gesagt«, meinte Faber aus dem Hintergrund.

»Dann halt du deine Zukünftige etwas zurück, damit sie ihrem Opa nicht solche Vorwürfe macht«, erwiderte Knut und Faber wusste, dass jetzt jedes Wort zu viel war. Er würde bei den Waatstedts sowieso nie das letzte Wort haben. »Also, sagt mir lieber, wann ihr Freitag ankommt, ich hole euch bei der Bimmelbahn ab. Die geht vom Fähranleger direkt in das Städtchen. Und mach mal dalli, mien Jung. Ich will weg, bin verabredet!«

Faber rief schnell die Fährbestätigung auf dem Handy auf und meinte: »Kommenden Freitag nehmen wir die Fähre von Harlesiel um siebzehn Uhr. Wir sollten …«, fuhr er fort, doch Knut unterbrach ihn unwirsch.

»Ihr seid um achtzehn Uhr auf Wangerooge, ich weiß. Ich bestell einen Tisch für uns im Restaurant *Unser Boot*, da gibt es lecker Essen. Bis dann, Kinners, ich muss los!« Gleich darauf hörten sie bereits das Tuten. Opa hatte einfach aufgelegt.

»Nachtigall, ick hör dir trapsen«, berlinerte Faber und grinste Rike verstohlen an.

»Was meinst du denn damit?«, fragte sie völlig naiv.

»Ich glaube, Knut hat sich wirklich einen Kurschatten zugelegt, so eilig, wie er es hat. Deshalb fehlt ihm die Zeit anzurufen«, erklärte er ihr und zwinkerte verschwörerisch.

»So ein Quatsch. Was redest du für ein dummes Zeug. Doch nicht Opa«, erwiderte sie überzeugt.

Faber fing schallend an zu lachen. »Meine Güte, Liebes, du bist ja eifersüchtig. Hey, ich finde es ganz prima, wenn unser Knut mal ein bisschen auf Freiersfüßen wandelt.«

»Richard«, wandte Rike sich jetzt todernst an ihn. »Ich war vier Jahre alt, als meine Eltern bei dem Autounfall starben und Opa mich zu sich nahm. Das ist achtundzwanzig Jahre her. Er war damals achtundvierzig, also in einem Alter, in dem Frauen immer noch eine größere Rolle spielen. Jedoch hatte er seitdem nie mehr eine Freundin. Ich glaube, noch nicht einmal etwas anderes«, betonte sie und nickte, um das Gesagte zu unterstreichen.

Faber ging auf sie zu und nahm sie in den Arm. »Du bist süß«, meinte er und küsste ihre Nasenspitze. »Doch wenn du ernsthaft glaubst, dass Knut seit fast dreißig Jahren keinen Sex mehr hatte, dann kennst du die Männer nicht. Kein Mann kann dreißig Jahre sexuell in Klausur gehen!«

»Verdori, Faber, wir reden hier von meinem Opa. Ich mag noch nicht mal darüber nachdenken, geschweige denn darüber sprechen!«

»Wie du meinst«, kommentierte Faber das lapidar und nahm sich den Schnellhefter vom Schreibtisch. »Auf geht's, wir laufen zum Amtsgericht. Und müssen jetzt auch los, sonst kommen wir noch zu spät.«

Während Faber den Kollegen im Großraumbüro Bescheid gab, dass sie jetzt das Haus verlassen würden, wartete Rike vor dem Polizeikommissariat. Es war der sechste Juni und die Temperaturen bewegten sich zwischen zwanzig und fünfundzwanzig Grad. Die Wettervorhersage hatte auch für das Pfingstwochenende wunderbares Wetter vorausgesagt. Rike freute sich enorm, mit Opa und Faber ein bisschen am Strand von Wangerooge spazieren zu gehen und sich die Sonne auf die Nase scheinen zu lassen. Sie grübelte, ob Faber mit seiner Theorie über Opas Sexualleben recht haben konnte, und fragte sich, ob sie es all die Jahre einfach nur nie gemerkt hatte. Doch irgendwie wollte sie sich das erst gar nicht vorstellen, denn allein der Gedanke, dass Knut eine Frau gernhaben könnte, verursachte ihr Grummeln im Bauch.

***

Sie hatten am nächsten Tag das Büro um zwei Uhr verlassen und dem Team ein schönes Pfingstfest gewünscht. Dann waren sie nach Klein Hauen aufgebrochen, hatten dort zwei Reisetaschen gepackt, das Haus gesichert und waren zügig Richtung Harlesiel weitergefahren. Dort befand sich, gegenüber von Spiekeroog, der letzte nordöstliche Fährhafen an der ostfriesischen Küste. Daher fuhren sie ab Norden auf den Landstraßen L5 und L6 die Küste entlang. Sie passierten oder streiften auf ihrer Fahrt hübsche alte Dörfer wie Dornumersiel, Bensersiel, Neuharlingersiel und kurz vor ihrem Ziel noch Carolinensiel. Es war gut, dass Faber darauf gedrängt hatte, früher loszufahren, denn an diesem Sommerwochenende waren bereits einige Reisende unterwegs.

Da auf etwa tausend Einwohner in Ostfriesland während der Saison fünfeinhalbtausend Touristen kamen, war es dementsprechend voll auf den kleinen Straßen. Außerdem zog es viele ältere Menschen aus

Nordrhein-Westfalen hier hoch an die Küste, da die Anfahrt relativ kurz war. Die Überalterung bei den Autofahrern war bereits beim normalen Verkehr zu beobachten. Hier in Ostfriesland jedoch zuckelte man ziemlich oft hinter einem älteren Ehepaar her, das lieber fünfzig Kilometer pro Stunde anstatt der erlaubten neunzig Stundenkilometer auf der Landstraße fuhr. Als Polizist wusste Faber genau, wie gewagte Überholmanöver die nicht mehr so reaktionsschnellen älteren Herrschaften irritierten. Daher nahm er sich heute einfach Zeit beim Fahren. Immerhin wollten er und Rike auch drei Tage Urlaub machen und die hatte gerade eben begonnen.

Ihr Dienstwagen blieb für die Tage sicher auf dem Parkplatz direkt neben dem Fähranleger in Harlesiel. Sie konnten mit ihren zwei kleinen Reisetaschen sofort an Bord der *Wangerooge* gehen, da Faber ihre beiden E-Tickets vorbestellt und bereits auf seinem Smartphone hatte. So war es auch nicht notwendig, extra eine Kurkarte für die Insel zu kaufen. Das digitale Zeitalter hat manchmal auch seine Vorteile, dachte er, als sie das Schiff betraten.

Innerhalb von fünfzehn Minuten waren sie auch schon unterwegs. Beide saßen oben auf Deck und genossen den Sonnenschein und die Brise auf dem Meer. »Das erinnert mich an unsere erste Bootsfahrt in Hamburg, weißt du noch?«, sagte Faber, setzte sich die Sonnenbrille auf und legte seinen Arm um Rike. Der Fahrtwind wehte seine Haare in alle Richtungen, doch er liebte es, draußen zu sitzen und übers Meer zu tuckern. Rike hatte sich ein Basecap aufgesetzt, da sie mit ihren roten Haaren und der hellen Haut wesentlich empfindlicher auf Sonne reagierte als Faber.

»Klar, da hast du mir das erste Mal etwas von dir und deinem Leben erzählt. Ich glaube, in dem Moment wurden wir richtige Freunde.« Sie sah ihn schräg von der Seite an und wechselte dann abrupt das Thema. »Sag mal, auch wenn Knut uns ständig damit aufzieht, schnellstens ein Kind in die Welt zu setzen, was denkst du wirklich darüber? Du bist immer etwas zurückhaltend, wenn ich das Thema anspreche.«

»Wahrscheinlich, weil ich mich noch nicht ernsthaft damit auseinandergesetzt habe. Eigentlich möchte ich noch ein bisschen warten. Schau, ich übernehme im Herbst den Job meines Chefs und du meinen Posten. Auch wenn ich nur zweimal im Monat nach Oldenburg muss und alles von Emden erledigen kann, kommt ein völlig neuer Aufgabenbereich auf mich zu. Eigentlich wäre es mir lieber, wir warten noch ein paar Jahre nach unserer Hochzeit«, sagte Faber ganz ehrlich. Dabei blickte er in ihr Gesicht, um jede Reaktion mitzubekommen.

Doch Rike blieb ganz entspannt. »Ehrlich, Faber, so sehe ich das auch. Opi ist kerngesund und rüstig, er kann auch mit achtzig noch ein großartiger Uropa werden«, meinte sie und Faber nickte erleichtert. »Aber eigentlich glaube ich, der Grund, warum du noch etwas warten möchtest, hat eher mit deiner Ex und ihrem Kind zu tun.«

Richard kräuselte die Stirn und blickte über die Nordsee, die wie fast immer durch den Wind in Wellen lag. »Auch«, gab er zu. »Damals, als ich dachte, es wäre mein Kind, habe ich mich sehr darauf gefreut, Vater zu werden. Zu sehr, denn als die ganze Sache aufflog, war ich wie vor den Kopf geschlagen. Ich hatte das Baby in ihrem dicken Bauch bereits geliebt.«

Rike streichelte seinen Oberschenkel. »Keine Sorge, wenn es bei uns irgendwann mal so weit ist, stellt sich das Gefühl schon wieder ein. Du wirst ein wunderbarer Vater werden.« Anstatt zu antworten, zog er sie fest an sich und küsste sie einfach nur.

Eine Stunde später legten sie auf der Insel an. Sofort stellte sich bei beiden das Hochgefühl ein, dass man nur auf den Ostfriesischen Inseln bekam. Vor allem, wenn es eine der Inseln war, auf der keine Autos erlaubt waren. Die beiden liefen mit ihren Reisetaschen direkt zu der kleinen Bimmelbahn.

»Die ist ja niedlich«, sagte Faber und sah sich interessiert die rote Lokomotive an, bevor sie sich in den ersten weiß-blauen Waggon setzten. Faber kam aus dem Schwärmen gar nicht mehr heraus, als sie endlich auf dem historischen Bahnhof von Wangerooge anhielten. Ein so schönes altes Gebäude aus roten Klinkersteinen und weißen Verzierungen hatte er schon lange nicht mehr gesehen. Die Vorfreude auf den Rest der kleinen Stadt und auch die Insel stieg bei ihm mit jeder Sekunde. Gerade wollte er Rike wieder etwas vorschwärmen, als ihm die Worte im Hals stecken blieben. Das Einzige, wozu er sich in der Lage sah, war, Rikes Kopf zu nehmen und in Richtung des Bahnsteigs zu drehen.

Dort stand Knut, nur dass er gar nicht aussah wie ihr Opilein. Erstens fehlten ein paar ganz wichtige Accessoires, ohne die ihr Großvater normalerweise nicht aus dem Haus ging. Zum einen seine alte Kapitänsmütze. Von der hatte er mal behauptet, dass er ohne sie nicht denken könnte. Außerdem hing keine Pfeife in seinem Mundwinkel. Stattdessen stand dort ein älterer eleganter Herr in einer beigefarbenen Hose, einem weißen Hemd und einem dunkelblauen Jackett mit goldenen Knöpfen. Auf dem Kopf trug er einen weißen Panamahut mit dunkelblauem Band, im gleichen Farbton wie sein Jackett. Knut war zusätzlich tipptopp rasiert und sein Gesicht war braun gebrannt.

»Oha«, war das Erste, was Faber sagen konnte. Er musste Rike regelrecht an der Hand zur Tür ziehen, denn sie starrte immer noch auf den Mann, der mal ihr Großvater gewesen war. »Rike, du musst zu seiner Eroberung mehr als nur nett sein. Das sieht nach was sehr Ernstem aus.«

»Kinners«, rief Knut und breitete die Arme aus. Erst als Rike seine Stimme hörte, war sie sich sicher, dass es ihr Opa war, und fiel in seine Arme.

»Opi, du riechst aber lecker. Seit wann benutzt du denn Rasierwasser?«, fragte sie.

»Ist ein Eau de Toilette, Aqua di Giò von Armani«, erwiderte Knut und ließ sich von Faber in den Arm nehmen. Knut war mit seinen ein Meter fünfundsechzig genauso groß wie Rike und schaffte es gerade so, Faber auf die Schultern zu klopfen. Richard war mehr als zwanzig Zentimeter größer. »Habe ich geschenkt bekommen!«, betonte Knut noch und lächelte dabei.

»Die Dame hat einen guten Geschmack. Hat sie dich auch beim Kleiderkauf beraten?«, konnte sich Faber nicht verkneifen und erwartete eine zynische Antwort von Knut. Das war seine normale Art zu reagieren, wenn Richard ihn auf den Arm nahm.

Doch stattdessen erschien ein makellos strahlendes Lächeln auf Knuts Gesicht und er nickte nur glücklich. »Na kommt, Kinner! Ihr werdet Rena gleich kennenlernen. Wir treffen uns im Restaurant und gehen erst danach zum Hotel. Ihr habt ja nur kleines Gepäck.«

»Rena«, meinte Rike. »Soso!«

***

Das Restaurant war nur drei Minuten Fußweg vom Bahnhof entfernt. So folgten sie einem aufgeregten Knut die Zedeliusstraße entlang. Die Gaststätte lag in einem hübschen weißen Gebäude mit rotem Ziegeldach. Die Terrasse war bereits voll besetzt, obwohl es erst halb sieben war. Wie erwartet war der Großteil der Gäste mindestens sechzig. Knut ging sofort hinein und sah sich enttäuscht um. Anscheinend war seine neue Freundin noch nicht angekommen, und eine der freundlichen Bedienungen brachte sie an einen netten Vierertisch.

»Putzig, anners is Rena immer up Tied«, brummte Knut, nachdem sie schon einmal Getränke bestellt hatten.

»Ruf sie einfach an«, schlug Faber vor, denn er hatte verstanden, dass sich Opa Sorgen machte. Es war anscheinend nicht Renas Art, unpünktlich zu sein. Knut stand auch sofort auf und ging kurz nach draußen, während Rike und Faber mittlerweile hungrig die Karte studierten.

»Sie geht nicht ran«, sagte Knut etwas traurig. »Tja, es ist bereits sieben, dann bestellen wir mal. Vielleicht ist etwas dazwischengekommen und sie hatte keine Zeit, mich anzurufen«, schob er hinterher.

»Ich nehme ein Carpaccio vom Black Angus und dann ein Filetsteak mit belgischen Fritten, einem Salat, Kräuterbutter und selbstgemachter Mayonnaise«, orderte Rike heißhungrig und Faber zog die Augenbrauen zusammen.

»Du bekommst einen Proteinschock«, murmelte er ihr ins Ohr und gab ihr einen Kuss auf die Schläfe. Als Vegetarier hielt er sich lieber an eine Karotten-Mango-Suppe und anschließend an den Felsenoktopus auf Rauke mit Pellkartoffeln und Aioli. Knut bestellte ähnliche Berge von Fleisch wie Rike.

»Knut, mach dir keine Sorgen«, meinte Faber etwas später und löffelte seine cremige Suppe, die zusammen mit den Salaten für Rike und Knut recht schnell gekommen war. »Nach dem Essen gehen wir einfach zu ihr. So lange erzähl mal, wer ist sie denn? Und vor allem, wie ist sie so?« Faber bemerkte zwar, dass Rike bei dem Thema unruhig wurde, doch sie beherrschte sich so gut wie möglich.

»Wir haben uns gleich nach vier Tagen kennengelernt. Rena Sommer ist eine wunderbare, unglaublich elegante und gebildete Dame«, berichtete er und strahlte. Dabei vergaß er völlig, den Salat auf seiner Gabel in den Mund zu stecken. Knut hat es gehörig erwischt, dachte Faber. Denn den verzückten Gesichtsausdruck kannte er nur zu gut. Und zwar von sich selbst, aus der Zeit, als er so verliebt in Rike war, dass er nicht wusste, wohin mit seinen Gefühlen.

»Wie alt ist Frau Sommer denn?«, steuerte Rike etwas unsicher bei.

»Erst sechzig. Damit ist sie gehörig jünger als ich. Rena ist sehr sportlich und wir haben die Insel schon etliche Male mit dem Fahrrad erkundet. Außerdem ist sie eine hervorragende Schwimmerin, da habe ich keine Chance mitzuhalten«, kam es prompt von Knut. Dann lehnte er sich vor und sagte ernst: »Wisst ihr, Kinners, dass sie gerade heute nicht kommt, macht mir Sorgen. Erst vor zwei Tagen hat sie mir anvertraut, dass sie unter fürchterlichem Druck steht«, erzählte er leise, als ob es ein großes Geheimnis wäre. Jetzt kommt es, dachte Rike. Rena war eine der Damen, die ältere Herren ausnimmt, befürchtete die Kommissarin.

»Hat sie dich um Geld gebeten?«, fragte Rike daher schneller, als sie denken konnte, und erntete von Knut, aber auch von Richard einen tadelnden Blick.

»Immer die Polizistin. Wo denkst du denn hin, Kind? Rena ist gut situiert und ich musste mich mit Händen und Füßen wehren, damit sie mich nicht auf ihre Kosten völlig neu einkleidet. Das Ensemble, das ich trage, wollte sie mir schenken«, erklärte Knut, nicht ohne eine gewisse Empörung wegen Rikes Gedanken. »Nein, Rena sagte mir, dass sie bedroht wurde, sie erhielt in Emden Telefonanrufe. Daher ist sie hier auf Wangerooge erst einmal untergetaucht. Als ich ihr sagte, dass Rike und auch du bei der Kriminalpolizei arbeitet«, wandte sich Knut an Faber, »da wollte sie unbedingt heute kommen und mit euch sprechen. Das macht es ja so eigenartig!«

»Wann hast du ihr denn erzählt, dass wir beide bei der Kripo sind?«, hakte Faber mittlerweile auch etwas alarmiert nach.

»Gestern am frühen Abend, als wir noch auf ein Gläschen Wein im Lokal Seedorf waren«, erwiderte Knut völlig arglos.

»Mhm«, machte Faber und steckte sich ein Stück seines Oktopus mit der Aioli in den Mund. Der Tintenfisch war wunderbar gegart und hatte eine herrliche Konsistenz. Nicht wie die panierten und frittierten Ringe, die sich oft wie Gummi kauten. Rike wollte gerade den Mund aufmachen, aber Faber legte seine Hand auf ihre, damit sie schwieg. Es war besser, er sprach darüber, denn von ihm konnte Knut die unangenehme Wahrheit vielleicht besser akzeptieren.

»Knut«, fing Faber vorsichtig an. »Weißt du, es gibt wirklich professionelle, kriminelle Menschen, die sich darauf spezialisiert haben, ältere Herren und auch Damen auszunutzen. Denen ist eine kleine Investition wie die Kleidung, die sie für dich angeboten hat zu kaufen, für ihr eigentliches Ziel …«

»Moment«, intervenierte Knut sofort.

»Lass mich bitte ausreden. Sie sagte, sie wurde bedroht, ist hier untergetaucht. Ich wette, sie hätte dich irgendwann um Geld gebeten. Aber als du ihr sagtest, dass wir bei der Kripo sind, hat sie sich verabschiedet. Wahrscheinlich ist sie bereits gestern mit der Fähre verschwunden. Oder hast du heute schon etwas von ihr gehört?«

»Dunnerkiel, nu sloog dat aver darteihn!«, erwiderte Knut erbost. »Nach dem Essen gehen wir in Renas Hotel. Dann werdet ihr schon sehen. Ji verflöckten Schandarms!«, fluchte Opa darüber, dass seine beiden Polizisten immer nur in eine Richtung denken konnten.

»Opi, nicht böse sein. Aber Richard und ich haben das einfach schon zu oft gesehen. Tut mir leid, ich hab dich einfach zu lieb, um das geschehen zu lassen.«

»Vielleicht ist es ja auch gar nicht so«, versuchte Faber nun auch die Situation zu retten.

»Hollt de Snabels un upeten«, befahl Knut, was bedeutete, dass sie den Mund halten und sich mit dem Essen beeilen sollten. Solch einen Ton hatte Faber selten bei dem alten Ostfriesen gehört. »Nu hebb ich dat ielig!« Rike und Richard zogen den Kopf ein und redeten kaum ein weiteres Wort, bis Opa nach der Rechnung verlangte.

***

Obwohl das Parkhotel To Huus um die Ecke lag, bestand Knut darauf, erst die fünf Minuten in entgegengesetzter Richtung zum Strandhotel Gerken zu laufen. Rike und Faber könnten später einchecken, bügelte Opa Fabers Kommentar ab. So trotteten sie mit ihren Reisetaschen hinter Knut her, der einen verdammt flotten Schritt an den Tag legte.

»Guten Abend, Sie erinnern sich an mich?«, fragte Knut die junge Rezeptionistin.

»Aber natürlich, Sie waren gestern Morgen mit einer Dame hier zum Frühstück«, erinnerte sich die blonde Angestellte sofort.

»Gefrühstückt, soso!«, flüsterte Rike Faber zu und rollte die Augen, der schüttelte den Kopf. Er hatte Sorgen, Knut könnte das hören und noch verstimmter werden.

»Genau, mein Kind«, meinte Knut schon besänftigter zu der jungen Frau am Empfang. »Die Dame heißt Rena Sommer und ist selbst Gast in Ihrem Haus. Zimmer Nummer elf.«

»Sommer, sagen Sie, eigenartig. Ich kann mich gar nicht an den Namen erinnern oder dass Ihre Begleitung hier wohnt«, meinte die Rezeptionistin, tippte aber auf der Tastatur ihres PCs. »Hier haben wir es: Zimmer elf ist bereits seit zwei Wochen an ein Ehepaar aus Castrop-Rauxel vermietet, doch die heißen nicht Sommer«, erwiderte sie pflichtbewusst. In dem Moment trat ein Mann Mitte vierzig im schwarzen Anzug hinzu. Sein Messingschild wies ihn als Hotelmanager aus.

»Mareike, gibt es ein Problem?«, fragte er freundlich.

»Der Herr hat sich nach einem Gast erkundigt. Aber die Dame wohnt nicht in dem Zimmer«, fasste Mareike zusammen.

»Oh, ich erinnere mich, Sie haben kürzlich hier mit einer Dame gefrühstückt. Ja, die Dame zahlte das Frühstück für Sie beide in bar, war aber kein Gast. Ich hatte die Dame zwar schon des Öfteren in der Bar gesehen, aber sie wohnte nie hier, tut mir leid.«

»Hat diese Frau auch einmal mit Kreditkarte bezahlt?«, mischte sich Richard jetzt ein, weil Knut mit offenem Mund dastand und anscheinend nicht fassen konnte, was er hörte.

»Nein, immer nur bar«, erwiderte der Manager wie aus der Pistole geschossen. »So etwas fällt einem auf, da nicht mehr viele Gäste mit Bargeld zahlen.«

»Darf ich Sie noch etwas fragen?«, meinte Faber höflich und der Mann nickte. »Sie haben diese Rena Sommer also schon mehrmals hier in der Bar gesehen, richtig?« Wieder erntete Richard ein Nicken. »Nur mit dem Herrn, mit dem sie gefrühstückt hat, oder irgendwann auch mal mit anderen männlichen Gästen?«

»Lassen Sie mich mal nachdenken. Ich glaube schon, die Dame ist bestimmt schon seit einem Monat auf der Insel und ab und zu war sie in Herrenbegleitung«, erklärte er, dann sah er Faber etwas skeptisch an. »Entschuldigen Sie, darf ich vielleicht wissen, warum Sie all die Fragen stellen?«

Automatisch zückte Richard seinen Dienstausweis, ohne den er nie das Haus verließ. »Wir erkundigen uns nur nach einer Person. Wenn die Dame heute noch hier erscheinen sollte, bitte rufen Sie mich auf dem Handy an. Nur informieren Sie die Frau nicht darüber. Bitte lassen Sie Diskretion walten, es geht um eine Ermittlung«, bat er und legte dem Mann seine Visitenkarte auf den Tisch.

Rike hatte sich bei Knut eingehakt und zog ihn mehr oder weniger aus dem Hotel, als Faber sich von dem Manager verabschiedete. »Rike, kannst du die zweite Reisetasche auch nehmen und mit Knut ins Hotel To Huus weitergehen?«, fragte er, als sie wieder auf der Zedeliusstraße Richtung Restaurant gingen.

»Und du?«, fragte Rike. Mittlerweile waren sie an der Kreuzung zur Charlottenstraße angekommen. Er hielt ihr die zweite Tasche hin, aber Knut ergriff sie.

»Ich gehe hier lang, da vorne ist die Polizeistation Wangerooge«, erwiderte er und sah noch einmal auf das Navi seines iPhones. »Es ist zwar schon ein bisschen spät, aber normalerweise wohnen die Polizeichefs auf den Inseln über den Revierräumen. Ich versuche mein Glück, ob ich heute noch jemanden erwische.«

»Muss das denn wirklich sein?«, meinte Knut niedergeschlagen. Rike war schon froh, dass er endlich wieder Worte fand.

»Tut mir leid, Knut. Alles an deiner Bekannten schreit förmlich nach Verbrechen. Vielleicht ist sie eine Trickbetrügerin. Oder eine wie die Frauen, die in Entwicklungs- und Urlaubsländern Touristen mit Liebesfallen ausnehmen. Im schlimmsten Fall ist sie eine Schwarze Witwe, die auf Heirat drängt, um ihren älteren Mann sukzessive ins Grab zu bringen. Vielleicht erinnerst du dich an den Fall letztes Jahr an der Côte d'Azur. Ich muss leider dafür sorgen, dass der Vorfall aktenkundig wird. Vielleicht ist die Frau noch auf der Insel. Knut, hast du ein Foto von ihr gemacht?«, fragte Faber am Schluss seiner Erklärungen völlig professionell.

Knut schüttelte seinen Kopf. »Das wollte sie nicht«, meinte er resigniert, gab Faber aber eine kurze Beschreibung von Rena. »Komm, mien deern, ik bruuk en Snaps un daarvan vööl«, murmelte Knut und sah aus, als wäre er gerade ein paar Jahre gealtert.

Keine zwei Minuten später stand Faber vor dem rot geklinkerten Häuschen, in dem sich das Revier befand. Natürlich brannte im Präsidium kein Licht mehr, doch in den Wohnräumen darüber, darum klingelte Faber beim oberen Namensschild. Dort stand Ankia Kalsche, und Richard vermutete, dass es sich um die Polizeikommissarin handelte. Sofort war Bewegung auf der Treppe und dann öffnete eine blonde Frau, die vielleicht zehn Jahre älter war als Faber.

»Ja?«, fragte sie.

»Kriminalhauptkommissar Faber aus Emden. Hätten Sie einen Moment Zeit, ich müsste mit Ihnen sprechen. Es ist beruflich«, fügte er noch an und zeigte seinen Dienstausweis. Sofort bat POK Kalsche ihn in das Revier und machte das Licht an. Die Polizistin mit dem Pferdeschwanz trug Jeans und ein T-Shirt, sie stellte sich erst einmal offiziell vor und forderte ihn auf zu reden. Faber und die zuständige Polizistin für Wangerooge setzten sich an den Schreibtisch hinten in ihrem Büro und Richard berichtete sehr detailliert von Rena Sommer.

»Nun, ich bin noch nicht sehr lange auf der Insel, weiß aber von meinem Vorgänger, der fast vierzig Jahre hier Polizist war, dass so etwas früher ein paar Mal vorgekommen ist«, meinte sie. »Aber wir hatten das seit Langem nicht mehr. Ich telefoniere ein bisschen rum. Wenn diese Frau nicht bereits gestern oder heute mit der Fähre übergesetzt hat, dann finden wir sie. Denn auf einer Insel geht keiner verloren! Schicken Sie mir morgen mal Herrn Waatstedt vorbei, damit er eine Aussage machen kann.«

Etwa fünf Minuten später machte Faber sich endlich auf den Weg zum Parkhotel To Huus. Er fand Rike und Knut im Garten bei einer Flasche Wein. Noch mehrere weitere Gäste saßen an diesem warmen Sommerabend in dem hübschen Garten. Kleine Solarlichter erhellten die Büsche und Blumen mit einem weichen gelben Licht. Rike schüttete ihrem Liebsten ein Glas ein und füllte auch Knuts Glas erneut mit dem kalten Rosé. Sie hatte ihren Großvater erfolgreich davon abgehalten, sich für Schnaps zu entscheiden. Aber er hatte bereits sein drittes Glas Wein intus.

»POK Kalsche will heute noch rumtelefonieren. Ich nehme an, sie hat direkten Kontakt zu den Vermietern und allen Hotels hier. Sie wird sich nach der Frau umhören. Deine Beschreibung war ja ganz gut. Wenn sie noch auf der Insel ist, findet die Polizistin sie«, erklärte Faber und trank einen großen Schluck Wein. »Schön hier«, meinte er dann und sah sich um. Im Garten saßen noch zwei ältere Paare, die sich einen Schlummertrunk gönnten. Alle sahen sehr erholt aus und schienen rundherum zufrieden zu sein. Richard konnte sich vorstellen, wie sehr auch Knut die Gesellschaft seiner Bekannten genossen hatte. »Es tut mir wirklich leid, Knut!«

»Lass man, mien Jung«, meinte Knut und blickte von seinem Weinglas auf. »Mir tut es leid, dass ich euch so beschimpft habe.

Was bin ich nur für ein alter, dummer Trottel. Da habe ich wirklich gedacht, diese nette Dame hat an mir altem kauzigem Seebären einen Narren gefressen. Doch ihr scheint recht zu haben. Wahrscheinlich ging es ihr nur um Geld, und als ich die Kripo in meiner Familie erwähnte, ging sie stiften. Ich dummer alter Esel!«

»Knut, das hat nichts mit dumm und alt zu tun. Schau mich an. Bevor ich meine Rike kennengelernt habe, wurde ich von meiner Ex richtig vorgeführt. Sie versuchte mir sogar das Kind eines anderen unterzuschieben. Als die Sache aufflog, habe ich aus heiterem Himmel meine Partnerin, mein vermeintliches Kind, mein Zuhause und fast auch noch meinen Job verloren«, erklärte Richard sehr ehrlich. Er hatte Knut die Sache mal angedeutet, jedoch nie im Detail erzählt. »Dennoch würde ich mich nicht als dumm oder einen Esel bezeichnen.«

»Nein, das nicht«, mischte sich Rike ein und wandte sich ernst an ihn. »Normalerweise benutzt du in dem Zusammenhang immer nur die Bezeichnung Vollidiot! Es ist sehr natürlich, dass man sich in solchen Situationen selbst Vorwürfe macht. Aber gerade du bist nun wirklich nicht dumm, Opa. Nur wenn es um Gefühle geht, dann kann auch der klügste Mensch ein Esel sein!«

Kapitel 2

»Los, wir machen ein Wettrennen. Wer zuerst beim Café Pudding ist, hat gewonnen!«, schlug Moni vor. Sie und zwei ihrer Freunde des Wohnprojekts KARUNA-Villa Störtebeker aus Berlin waren zusammen mit noch achtzehn anderen Jugendlichen über Pfingsten im Oldenburgischen Jugenderholungswerk auf Wangerooge. Sie gehörten zu den etwa sechzig Teenagern und Kindern, die im Wohnprojekt der KARUNA eine gute Vorbereitung für die Zukunft bekommen sollten. Dort waren Kinder untergebracht, die den Einstieg in die Gesellschaft bislang noch nicht schafften.

Deutschlandweit gab es Erhebungen, dass etwa zwanzig Prozent aller Kinder gesellschaftlich im Abseits standen. Schlechte oder keine Schulabschlüsse und fehlende Berufsausbildungen waren oftmals eine zwangsläufige Folge dieser Situation. Solche Kinder erkrankten häufiger, hatten Suchtprobleme und mussten in relativer Armut leben. Da Selbstachtung und Selbstständigkeit sich so nicht entwickeln konnten und auch nicht gefördert wurden, hatte es sich die KARUNA auf die Fahne geschrieben, diese Jugendlichen und Kinder aufzunehmen. KARUNA bedeutete Schutz, Geborgenheit und Zuwendung für Kinder in Deutschland und aller Welt.

Die Gruppe, die jetzt ihre gesponserten Pfingstferien auf Wangerooge verbrachte, wohnte schon länger im Projekt Villa Störtebeker in Neukölln. Alle der einundzwanzig Jugendlichen zwischen vierzehn und siebzehn Jahren waren einmal von Heroin oder Meth abhängig gewesen. Sie hatten in ihren jungen Jahren bereits die Hölle hinter sich gebracht, hatten auf der Straße gelebt und ihre Sucht durch Diebstahl, Dealen oder Prostitution finanziert.

Auch Moni, Kai und Mohamed, den alle Amed nannten, kannten sich bereits vom Kinderstrich. Doch seit zwei Jahren lebten die mittlerweile sechzehn- und siebzehnjährigen Teenager im Projekt und waren nie wieder rückfällig geworden. Moni hatte sogar schon ihren Hauptschulabschluss geschafft und würde nach dem Sommer in die zehnte Klasse kommen.

»Quatsch«, rief Amed gegen den Wind an. »Lass uns lieber Muscheln sammeln, die können wir den anderen zu Hause mitbringen!«

»Das ist cool«, meinte auch Kai, als sie zum Meer rannten. Sie hatten sich vor dem Frühstück rausgeschlichen, weil sie vor lauter Aufregung schon um halb sechs heute Morgen aufgewacht waren. Keiner von ihnen war jemals am Meer gewesen und die Überfahrt gestern war schon der Hammer gewesen, wie es Moni wörtlich beschrieben hatte. Sie hatten die letzte Fähre genommen und waren erst um zwanzig Uhr im Erholungsheim angekommen. Als alles eingeräumt und das Abendessen vorüber war, war es zu dunkel, um noch einmal an den Strand zu gehen.

»Wow«, meinte Moni und griff mit den Händen ins Wasser, musste aber verdammt schnell zurückspringen, sonst hätte die Welle ihre Turnschuhe erwischt. »Boar, is das kalt. Ich weiß nich, ob ich darin schwimmen werde.«

»Guckt mal«, rief Amed plötzlich und zeigte zur östlichen Inselspitze. »Ich glaube, da liegt eine Robbe. Hab gelesen, hier gibt's Robben!« Moni und Kai blickten angestrengt und sahen den runden dunklen Punkt. Alle drei rannten auch schon los. Je näher sie kamen, umso langsamer wurden sie, weil sie das Tier nicht verscheuchen wollten. Jedoch war es eigenartig, dass sich die Robbe gar nicht bewegte.

»Da stimmt was nicht.« Es war Moni, die in Schritt verfiel und langsam weiterging. »Mann, das ist keine Robbe. Das ist ein Mensch!«

Dann standen die drei plötzlich vor einer älteren Frau im Badeanzug. Seetang lag über ihrem Gesicht und ihren Beinen. Der Bauch wirkte aufgebläht. »Is die tot?«, fragte Kai.

»Mausetot, kommt, lasst uns abhauen. Wenn die uns hier erwischen, denken die wer weiß was. Mit unserem Vorstrafenregister sind wir die idealen Sündenböcke«, gab Amed zu bedenken.

»Spinnst du? Die Omi ist doch ertrunken. Wir holen Ulli, der soll die Polizei verständigen«, beschloss Moni. »Wenn die hier auf der Insel überhaupt so etwas wie Polizei haben.«

»Wie denn, hier darf noch nicht mal ein Auto fahren«, warf Kai ein. »Was hat die Oma denn da um den Hals? Schöne Kette«, murmelte er und kniete bereits neben der Toten. »Moni, das ist ein Seepferdchen, willste die?«

»Du bist wohl voll verblödet. Ich trag doch nicht 'ne Kette von einer Leiche. Igittigitt«, zischte sie und schüttelte sich. »Los, komm schon, und lass alles, wie es ist. Fass nix an!«

***

Faber und Rike saßen bereits um halb sieben draußen im Garten und frühstückten, als Knut dazukam. Heute Morgen trug er seine Cordhose, ein weißes Polohemd und hatte nicht nur seine alte Strickjacke in der Hand, er trug auch seine Kapitänsmütze.

»Schön zu sehen, dass ich meinen Opi Knut wiederhabe«, sagte Rike zur Begrüßung und gab ihm einen Kuss auf die stoppelige Wange. »Moin, Grootvader!«

»Moin Knut«, schloss sich auch Faber an und schüttete etwas Kaffee aus seinem Kännchen in Opas Tasse.

»Moin, mien Deern. Dank ok, mien Jung«, brummte der und setzte sich.

Faber köpfte sein weiches Ei und stippte einen Streifen gebutterten Toast in das Eigelb. Knut nahm sich ein Brötchen aus dem Korb und bediente sich an Rikes Wurstteller mit einem Stück Blutwurst, auf das er den scharfen Senf strich. »So, was wollen wir heute machen?«, versuchte es Knut etwas zu gestelzt fröhlich.

Er schien immer noch schwer mit der Sache zu kämpfen. Eigentlich war es auch erstaunlich, dass Opa auf so einen Trick hereingefallen war. Denn erstens war er ein enormer Menschenkenner und zweitens hatte er ein echtes Geschick, wenn es um Kriminalfälle und deren Aufklärung ging. Rike und Faber erzählten ihm regelmäßig von ihren aktuellen Fällen, nicht nur, wenn sie nicht mehr weiterwussten. Knut hatte ihnen schon sehr oft den entscheidenden Hinweis gegeben, der sie dem Täter dann auf die Spur brachte. Wahrscheinlich machte diese Tatsache die ganze Sache noch schwieriger für Knut.

»Wir wollten eigentlich über die Insel radeln. Auch wenn du das schon oft getan hast, komm mit und zeige uns die schönsten Flecken«, erwiderte Faber, während er gleichzeitig im Augenwinkel sah, wie eine uniformierte Frau mit der Bedienung sprach und diese in ihre Richtung zeigte.

»Moin! KHK Faber«, sprach die Polizistin ihn ein paar Sekunden später auch an.

»Polizeioberkommissarin Kalsche, darf ich vorstellen«, meinte er, war aufgestanden und schüttelte ihre Hand. »Das ist Kriminalkommissarin Rike Waatstedt, sie arbeitet ebenfalls in Emden. Und das ist Knut Waatstedt. Der Herr, von dem ich gestern gesprochen habe, und auch Rikes Großvater.«

Ankia Kalsche begrüßte die beiden ebenfalls mit Handschlag. »Herr Waatstedt, ich muss Sie was fragen. Hatte Ihre Bekannte, diese Rena Sommer, eine Kette um ihren Hals?«, kam sie ohne Umschweife zur Sache.

Knut sah sie erstaunt an. »Haben Sie Rena gefunden?«, stellte er sofort die Gegenfrage, doch besann sich eines Besseren. »Ja, das letzte Mal, als ich sie sah, trug sie eine Halskette. Ich habe sie ihr nämlich geschenkt, am späten Nachmittag, vorgestern, als wir noch im Seedorf ein Glas Wein tranken.«

»Was für eine Kette war das?«, fragte die Polizistin mit neutraler Miene.

»Nun, ein etwas stärkeres Goldkettchen mit einem Seepferdanhänger«, beschrieb Knut das Schmuckstück und deutete mit Daumen und Zeigefinger in etwa die Größe an. »Das habe ich bei Juwelen Tröndle hier auf der Insel gekauft und ihr vor zwei Tagen geschenkt. Ich glaube, die Rechnung habe ich noch. Aber warum fragen Sie?«

»KHK Faber, kann ich Sie kurz unter vier Augen sprechen?«, meinte POK Kalsche und sah ihn ernst an. Richard stand sofort auf und nickte. Dann ging sie mit ihm tiefer in den Garten.

»Warte hier, Opi!«, bat Rike Knut und sprang auf, um den beiden hinterherzugehen.

»Ist schon in Ordnung, sie ist immerhin auch Kriminalkommissarin«, meinte Faber, als die Polizistin bei Rikes Ankunft sofort verstummte. »Außerdem sage ich ihr sowieso, was Sie mir erzählen. Also reden Sie einfach weiter. Sie sagten, dass man heute früh etwas entdeckt hat.«

POK Kalsche zögerte erst, fuhr dann aber fort: »Die Leiche einer älteren Frau wurde am Strand gefunden. Sie trug das Schmuckstück, das Herr Waatstedt gerade erwähnte. Ein ziemlich teures und auffälliges Seepferdchen.«

»Am Strand, kennt man schon die Todesursache?«, konnte Rike sich nicht zurückhalten.

»Momentan vermuten wir, dass sie ertrunken ist. Sie war immer noch in einen dunkelblauen Badeanzug gekleidet. Auch weist der Leichnam Spuren auf, die zeigen, dass er mehr als zwanzig Stunden im Wasser lag, bevor er heute Morgen angespült wurde«, berichtete die Polizistin. »Ich habe bereits mit Oldenburg gesprochen, die schicken in der nächsten Stunde den Spurensicherungshelikopter. Ein gewisser Doktor Schorlau wird kommen, da ich Ihren Namen erwähnte, KHK Faber. Wenn wir einen Todesfall auf der Insel haben, dann steht uns eigentlich der KED Jever oder Wilhelmshaven zur Verfügung, da ich alleine hier auf Wangerooge bin. Es wurde aber entschieden, dass Ihr Team von Emden eingesetzt werden soll, weil Sie bereits vor Ort sind.«

»Na, vielen Dank auch. Von wegen Pfingstferien, hoffentlich kann Schorlau den Tod durch Ertrinken bestätigen«, brummte Faber reichlich egoistisch, sah aber Rikes vorwurfsvollen Blick. »Tut mir leid, das war ziemlich pietätlos.«

»Muss Opa die Tote identifizieren?«

Die Polizistin nickte. »Das wäre das Beste. Es kann auch per Foto gemacht werden.«

»So, wie ich ihn kenne, will er sie bestimmt sehen. Opa schafft das schon«, meinte Rike. »Willst du schon mitgehen? Ich frühstücke mit Knut zu Ende und du rufst mich an, wenn wir kommen sollen und vor allem wohin. Ich nehme an, sie soll identifiziert werden, bevor Philipp mit der Toten abfliegt.«

»Ja«, antwortete Ankia Kalsche für Richard. »Aber frühstücken Sie auch ruhig zu Ende, KHK Faber. Ich habe für Sie ein E-Bike angefordert und man wird es Ihnen zum Hotel bringen, dann können Sie später nachkommen.«

Als Faber und Rike zum Tisch zurückkamen, starrte Knut nur blass vor sich hin. Sein Brötchen hatte er nicht angerührt und der Kaffee in seiner Tasse war mittlerweile kalt. Faber löffelte sein ebenfalls kaltes Ei auf die Brötchenhälfte, die er mit Butter beschmiert hatte, und streute ordentlich Salz darüber. Nicht, dass er noch großartig Hunger hatte, er suchte nach den richtigen Worten und musste sich dabei beschäftigen. »Man hat eine Tote am Strand gefunden. Sie trug die Kette, die du gerade beschrieben hast«, sagte er endlich zu Knut.

»Das habe ich mir schon gedacht. Warum sollte die Polizei nach der Kette fragen, wenn ihre Besitzerin genauso gut darüber Auskunft geben kann? Richard, was ist passiert?«

»Opa, ich denke nicht, dass du …«, setzte Rike an und erntete einen vernichtenden Blick von Knut.

»Es reicht, Rike. Ich bin ein wesentlich erwachsenerer Mensch, als du das mit deinem jugendlichen Alter bist. Also behandle mich nicht wie ein Kind.« Dann wandte er sich wieder an Faber. »Wie ist sie gestorben? Muss ich sie identifizieren?«

»Es macht den Anschein, als sei sie ertrunken. Und ja, sobald Philipp dort draußen fertig ist, solltest du sie identifizieren. Es sei denn, du möchtest das lieber per Foto machen«, sprach Faber völlig professionell. Er wusste, dass man Knut momentan nicht schonen konnte, daher war es das Beste, ehrlich mit ihm zu sein.

»Erstens ist sie nie und nimmer ertrunken. Dafür war sie eine zu gute Schwimmerin. Und zweitens möchte ich sie sehen, bevor Doktor Schorlau sie mitnimmt«, erwiderte Knut und stand auf. »Ich bin auf meinem Zimmer. Hol mich ab, wenn es losgeht.«

Rike wollte schon aufstehen und ihm nachgehen. Aber Faber hielt sie am Arm fest und zog sie wieder runter auf ihren Stuhl. »Nicht, Rike«, sagte er leise. »Knut muss jetzt allein sein, glaube mir.«

»Aber vielleicht braucht er jetzt Trost«, entgegnete sie und sah dem alten Mann besorgt hinterher, wie er im Hotel verschwand.

»Ja, den braucht er. Den kannst du ihm im Moment nur nicht geben. Wenn du jetzt zu ihm gehst, dann hat er das Gefühl, er müsse stark sein. Wenn er alleine ist, kann er vielleicht weinen, und das wird ihm guttun«, versuchte er sie zu überzeugen. »Männer sind in der Hinsicht anders gestrickt, glaube mir einfach!«

***

Faber war auch hochgegangen und hatte seine weißen Shorts mit einer dunklen Jeans getauscht. Immerhin musste er als Kriminalhauptkommissar einen gewissen Eindruck machen, auch wenn er sich bei dem schönen Sommertag am Strand totschwitzen würde. Anschließend hatte er seinen Chef EKHK Miedler bei ihm zu Hause angerufen. Er fasste schnell alles zusammen und berichtete, dass Oldenburg den KED Emden bestimmt hatte, den Fall auf Wangerooge zu übernehmen.

»Faber, wenn Oldenburg das entschieden hat, übernehmen Sie auch. Hoffen wir mal, dass es sich nur um Tod durch Ertrinken handelt, dann ist der Fall schnell erledigt«, erwiderte Sinus Miedler, erstaunlicherweise klang er nicht so entspannt wie sonst. »Falls dem nicht so ist, wird es etwas schwieriger. Vor allem darf Frau Waatstedt in dem Fall nicht an den Ermittlungen teilnehmen, da ihr Großvater ein wichtiger Zeuge in der Angelegenheit ist.«

»Verstehe. Ich fahre erst einmal raus mit Knut, um sicherzugehen, dass es sich überhaupt um Rena Sommer handelt. Und anschließend mache ich Schorlau Druck. Wenn er uns noch heute die Todesursache nennen kann und es notwendig wird, werde ich am Abend KK Hehler und KK Withuus herüberfliegen lassen. In der Zwischenzeit versuchen wir herauszufinden, wo Rena Sommer gemeldet ist. Frau Polizeioberkommissarin Kalsche wird uns so weit wie möglich unterstützen.«

»Ja, denn Sie müssen ihre Verwandten finden«, wies ihn Miedler an und atmete tief durch.

»Alles in Ordnung mit Ihnen, Chef?«, fragte Faber.

»Ja, ja, geht schon. Bei mir ist etwas im Busch, vielleicht eine Erkältung. Mal wieder typisch für mich, über Pfingsten krank werden! Für Sie viel Glück und halten Sie mich auf dem Laufenden. Ach, noch etwas: Bitte sagen Sie Herrn Waatstedt, dass es mir leidtut!« Sinus Miedler hatte Knut einmal bei einem Essen in Fabers Haus kennengelernt. Die beiden gebürtigen Ostfriesen hatten sich auf Anhieb verstanden.

Kaum war Faber wieder unten bei Rike, die sich mit einem Buch etwas in die Sonne gesetzt hatte, kam der Mann von der Fahrradvermietung. Richard holte Knut von seinem Zimmer und sah sofort die roten Augen des alten Mannes, kommentierte das aber nicht. Man übergab Faber das Fahrrad, während Knut sein E-Bike aus dem Schuppen des Hotels holte. Er hatte sich für die ganze Woche das Fahrrad gemietet. Als der Fahrradvermieter versuchte Faber zu erklären, wohin er musste, intervenierte Knut. »Sie meinen draußen hinter der Mutter-Kind-Kurklinik des DRK?«, fragte er.

»Ja, sogar etwas weiter. Fahren Sie bis zum Neudeich Café und an der Kreuzung links runter zum Strand. Dort sollten Sie es sehen«, bestätigte der Mann.

»Ich weiß, wo das ist. Wir brauchen bei Gegenwind vielleicht fünfzehn Minuten, eher weniger«, meinte Opa und stieg auf sein E-Bike. Faber bedankte sich bei dem Mann und radelte hinter Opa her, der wesentlich sicherer vor sich her strampelte als Richard am Anfang.

Sie fuhren die Charlottenstraße herunter, und wie immer an der Nordsee hatten sie mächtig Gegenwind. Auch als sie nach links auf die Straße Zum Osten abbogen, blies ihnen eine frische Seebrise entgegen. Die Sonne strahlte von einem märchenhaft blauen

Himmel. Doch trotz der sechsundzwanzig Grad kam Faber bei dem Wind nicht ins Schwitzen. Richard sah den Flughafen auf der rechten Seite mit den kleinen Sportflugzeugen und passierte gleich darauf den Golfclub der Insel. Neben der Straße wuchsen Bäume und Büsche, durch deren Lücken man auf der linken Seite immer mal wieder den weißen Sandstrand und das Meer sah. Mittlerweile war es neun Uhr und das Wasser am Sinken. Es würde um kurz nach elf den niedrigsten Stand haben, doch auf den Inseln nahm man das nicht so sehr wahr wie am Festland. Ab elf würde das Wasser wieder ansteigen, um gegen halb sechs am Abend den höchsten Stand zu erreichen.

Knut ließ sich nach hinten zu Faber fallen und streckte den Arm aus. »Da ist das Café, ich glaube, euer Helikopter steht bereits dort.« Faber erkannte den Hubschrauber, in dem Schorlau und sein Team immer unterwegs waren. Der Pilot war auf einem breiten Grünstreifen gegenüber dem Lokal gelandet. Wie immer zog Derartiges Schaulustige an, und als sie an der Kreuzung ankamen, standen dort viele Urlauber mit Fahrrädern.

POK Kalsche war jedoch so clever gewesen, die Straße zum Strand mit dem blau-roten Polizeiabsperrband blockieren zu lassen. Rechts und links standen zwei Zivilpersonen mit ernstem Blick und sorgten dafür, dass niemand zum Wasser runterkam. Selbst Faber musste seinen Dienstausweis zeigen, der ganz genau in Augenschein genommen wurde. Es dauerte eine Weile, bis die beiden einheimischen Männer von der freiwilligen Feuerwehr verstanden, dass auch Knut als Zeuge mitmusste.

Endlich konnten sie die verbleibenden zweihundert Meter zum Strand fahren. Dann stellten sie die Räder an der Straße ab und gingen den Sandweg herunter. Hier roch es herrlich nach frischem Seetang und das Rauschen des Wassers erinnerte einfach nur an Urlaub. Wäre da nicht das weiße Spurensicherungszelt in der Nähe des Meersaumes gewesen. Vor dem Zelt stand POK Kalsche und winkte ihnen bereits zu. Faber sah, dass in großzügiger Entfernung ebenfalls Männer und Frauen von der Feuerwehr die beiden Strandabschnitte mit einer Absperrung abgeriegelt hatten. Dennoch seufzte Faber, als er draußen auf dem Wasser ein weißes Segelboot sah, auf dem ein Mann mit Fernglas in ihre Richtung blickte.

»Ich werde nie verstehen, wie man Schaulust entwickeln kann«, rutschte es ihm raus, denn er hatte völlig vergessen, dass Knut angespannt neben ihm herging. Sofort tat es ihm leid, dass er den Mund aufgemacht hatte. Normalerweise war es Rike, die neben ihm ging, und die kannte seine rüde Art, im Angesicht von Verbrechensopfern ganz andere Themen anzusprechen. In Situationen, in denen normale Menschen keinen Ton sagen würden, redete er einfach über Dinge, die ihm durch den Kopf gingen.

»Wusstest du, dass es Forschungen über Schaulust gibt?«, meinte Knut, der jedes Wort mitbekommen hatte. »Manche Forscher deuten den Zwang hinzuschauen als unterbewussten Wunsch nach Bestätigung der eigenen Unversehrtheit, wenn man das Leid eines anderen miterlebt.« Knut hatte diverse Magazine abonniert wie *Geo*, *Psychologie Heute* und andere Wissenschaftsmagazine. Opa liebte es einfach, immer noch zu lernen und Dinge zu haben, über die er nachgrübeln konnte.

Faber sah ihn nachdenklich an. »Dann hat diese Unart wieder einmal mit Angst zu tun wie so viele falsche Verhaltensmuster bei Menschen. Die Angst vor Tod und Verletzung wird gemildert, wenn es einem anderen passiert. Sieht man einen Unfall auf der Straße, ist die Wartezeit im Stau und der Ärger mit dem Chef nicht mehr relevant.«

»So ist es, mien Jung«, sagte Knut. »Leider denken die Menschen selten nach, wenn sie ihr Handy zücken und verletzte Menschen auch noch fotografieren wollen. Denn würden sie nachdenken, warum sie das tun, müsste ihnen klar werden, wie ängstlich sie eigentlich selbst sind.« Faber blickte auf seinen klugen Schwiegeropa in spe und klopfte ihm liebevoll auf die Schulter.

POK Ankia Kalsche schüttelte Faber und Knut die Hand. In dem Moment kam auch schon Schorlau aus dem kleinen Zelt gekrabbelt. Er trug wie immer einen weißen Schutzanzug, doch war dieser heute nicht aus Polypropylen, wie Philipp ihn bei kühleren Temperaturen trug. Dieser Anzug war dünner und atmungsaktiv, genau richtig für einen heißen Tag im Sand. »Lieber Herr Waatstedt«, fing Philipp an, nachdem er den Mundschutz heruntergezogen hatte. »Es tut mir sehr …«, versuchte er sein Mitleid auszudrücken, denn POK Kalsche hatte ihn bereits über die Umstände informiert.

»Na, lass man gut sein, Doktorchen«, unterbrach ihn Opa. »Wir kennen uns lang genug, wird Zeit, dass du Knut sagst. Außerdem kein Beileid, bis ich nicht mit eigenen Augen gesehen habe, ob sie es überhaupt ist.«

»Natürlich, aber Faber muss zuerst mit rein. Dann erst bist du dran«, erwiderte Schorlau und reichte Faber einen Anzug. »Zieh den Mundschutz und die Mütze über. Für die Schuhe brauchst du nichts, mit dem Boden sind wir fertig.«

Als Richard sich endlich in den Anzug geschält hatte, der trotz aller Atmungsaktivität dafür sorgte, dass innerhalb von Sekunden seine Kleidung am Körper klebte, bückte er sich unter dem Zelteingang durch. Natürlich staute sich die Hitze unter dem Schutzzelt der Spusi. Es war vorrangig dafür da, den Wind abzuhalten, damit Spuren nicht verweht wurden. Dementsprechend ging kein Lüftchen. Erst zweitrangig war es ein Sichtschutz gegen die Presse und Neugierige. Faber atmete sofort durch den Mund, nachdem er den mittlerweile aufgeblähten Leichnam gesehen hatte. Der Tod hatte immer einen unangenehmen Geruch, doch eine Wasserleiche, die in der Hitze gelegen hatte, war furchtbar.

»Das möchte ich Knut nicht zumuten«, sagte er auch sofort.

»Müssen wir nicht. Wir sind hier fertig, ich wollte nur, dass du sie noch kurz in ungefährer Originalposition siehst«, erklärte Schorlau professionell. »Dann heben wir sie auf die Bahre und tragen sie raus. Wenn sie auf der Rollliege ist, decke ich das Gesicht kurz auf. Der Wind wird jeden Geruch wegtragen und Knut muss auch nicht in einen Spusi-Anzug.«

Faber war dankbar, dass Philipp mitgedacht hatte, und lächelte ihn kurz an. Anschließend fiel sein Blick zurück auf den Leichnam. Die ältere Frau war klein und zierlich, auch wenn ihr Bauch jetzt durch die Verwesungsgase etwas geschwollen war. Das Gesicht hatte Schorlau von dem Seetang befreit und Richard sah sofort, wie gepflegt sie im Leben gewesen war. Zwar waren auch die Gesichtszüge der Frau nicht mehr genau so, wie sie wohl lebend ausgesehen hatte, aber man sah die recht glatte Haut.

Ihre Augenbrauen waren kosmetisch nachgezogen. Faber hatte das schon einmal gesehen, es war so eine Art temporäres Tattoo. Ihr Mund zeigte noch Reste von einem roten Lippenstift. Die Fingernägel waren bis auf einen ordentlich gefeilt und rot lackiert. Nur der vom Mittelfinger war tief eingerissen und abgebrochen. Der Badeanzug war ein Designerstück, denn er hatte unterhalb des Ausschnittes einen goldenen Anhänger, der ein YSL zeigte. Yves Saint Laurent, so viel wusste sogar Faber über solche Mode. Seine Ex hatte im Gegensatz zu Rike Unsummen für diese Stücke gezahlt.

In dem Moment fiel ihm auch das sehr geschmackvolle Seepferdchen an der Kette auf, welches jetzt irgendwie traurig in ihrer Drosselgrube unterhalb des Kehlkopfs lag.

»Hast du schon irgendwas?«, fragte Faber ganz automatisch.

»Keine äußeren Wunden, außer dem Fingernagel Mitte rechts«, erwiderte Schorlau sofort. »Eines ist jedoch ein bisschen eigenartig. Wenn wir eine Leiche, die im Wasser gelegen hat, auf den Rücken legen, dann hört man normalerweise ein Geräusch, wenn Wasser die Lungen verlässt. Das ist etwas gruselig, denn es hört sich an wie ein Röcheln. Das ist bei der Frau nicht passiert!«

»Was bedeutet das, Philipp?«

»Nun, entweder sie hatte kein Wasser in den Lungen und wäre damit nicht ertrunken oder die Kids, die sie fanden, haben sie bereits bewegt. Es gab genug Fußspuren von allen drei Teenagern. Einer hat sich sogar vor sie hingekniet«, meinte er. »Check das mal. Deine Inselpolizistin sagte zwar, die Jugendlichen behaupten das Gegenteil, doch ich würde an deiner Stelle nachhaken.«

»Verstehe«, meinte Faber nachdenklich. »Aber wenn sie kein Wasser oder nur wenig Wasser in den Lungen hatte …«, setzte er an.

»Dann ist sie nicht ertrunken«, beendete Schorlau den Satz für ihn. »Das weiß ich heute Abend, nach der Obduktion!« Er gab seinen zwei Assistenten mit einem Nicken zu verstehen, dass sie die Tote jetzt auf die Bahre heben und abdecken konnten. Er nahm einen der Spurensicherungskoffer und Faber den mit den Proben, die die Forensiker genommen hatten. Die beiden Assistenten trugen die Bahre heraus und gingen direkt hoch zur Straße, wo der Pilot des Helis mittlerweile mit einem Rollwagen wartete.

»Knut, komm bitte mit hoch zur Straße«, meinte Faber und sie folgten Schorlau und der Bahre. Während diese auf dem Rollwagen befestigt wurde, zog Faber sich den Anzug aus. Dort oben schlug Philipp den Leichensack ein Stück zurück, sodass Knut das Gesicht der Frau sehen konnte. Der alte Mann zog scharf die Luft ein und wich zurück. Faber legte Opa von hinten die Hände auf seine Schultern.

»Ist sie es?«

»Ja, das ist Rena«, sagte Knut leise, woraufhin Philipp sie wieder verdeckte. Schorlau nickte Faber und POK Kalsche zu und rollte gemeinsam mit dem Piloten die Bahre zum Hubschrauber. Seine Assistenten bauten in der Zwischenzeit das Tatortzelt ab.

»Kommen Sie später mit Herrn Waatstedt auf das Revier, wenn er sich dazu imstand fühlt, damit wir zusammen eine genaue Aussage aufnehmen können. Die drei Jugendlichen sind auch für zwei Uhr dort hinbestellt, dann können Sie selbst mit ihnen sprechen. Ich lasse Sie jetzt mal alleine«, meinte die Polizistin einfühlsam und schob ihr Fahrrad hinter den Forensikern her.

Knut hatte kehrtgemacht und stand jetzt am Wasserrand mit seinen Schuhen in der Hand. Die Wellen leckten an seinen Füßen und er blickte hinaus auf den Horizont. Faber setzte sich neben den Fahrrädern auf eine Düne und hoffte, dass die Inselpolizistin die Absperrung noch eine Weile aufrechterhielt, damit sie nicht gleich von Touristen überfallen wurden. Denn Richard hatte sich vorgenommen, einfach auf Knut zu warten, egal, wie lange er da unten brauchte.

***

»War sie es? Wo ist Opa?«, meinte Rike, als Faber eine Stunde später auf ihr Hotelzimmer kam. Sie saß an dem kleinen Schreibtisch vor ihrem Laptop. Die Balkontür stand weit auf und man konnte aus dem vierten oberen Stockwerk weit bis zur Nordsee blicken. »Trink erst einmal einen Kaffee, ich habe eine Thermoskanne bestellt und Tassen stehen draußen«, sagte sie, nachdem sie Richards Gesicht gesehen hatte.

Beide setzten sich an den kleinen Terrassentisch in die gemütlichen Gartenstühle. Rike füllte ihm eine Tasse, gab Sahne dazu und sah ihn geduldig an. Faber trank einen Schluck Kaffee, bevor er anfing zu berichten. Er erzählte ihr jedes Detail und endete mit dem Satz: »Knut hat sich jetzt ein bisschen hingelegt. Er weiß, dass er nachher noch auf das Revier kommen muss. Doch ich würde gerne vorher schon hingehen und anschließend auch noch mit den Jugendlichen sprechen, die die Tote gefunden haben.«

»Philipp meint also, wenn die Teenager die Leiche nicht bewegt haben, könnte es sein, dass die Frau ermordet wurde?«, vergewisserte sich Rike, ob sie richtig verstanden hatte.

»Das vermutete er. Darum wird er die Autopsie vorziehen und uns am späteren Nachmittag anrufen, damit ich eine Chance habe, zwei unserer Kommissare noch herfliegen zu lassen.«

»Nicht nötig, ich habe mit Tamme und Sonja geskypt. Sie fragt sogar bei Laurien an, ob sie eventuell kommen kann. Stellt es sich raus, dass wir es mit einem potenziellen Mord zu tun haben, dann nehmen die drei eine Fähre am Nachmittag«, erzählte sie ihm. »Tamme wäre am liebsten sofort gekommen, als ich mit ihm sprach. Es tut ihm wahnsinnig leid für Opa.«

»Wir haben schon eine gute Truppe! Selbst unsere beiden neuen Kommissarinnen Frau Withuus und Frau Heiligenstadt legen sich mächtig ins Zeug«, murmelte Faber und nippte wieder an seiner Tasse.

»Ja«, bestätigte Rike. »Und weil du die beste deiner Kommissarinnen, Rike Waatstedt, vergessen hast zu erwähnen, berichtet sie dir mal, was sie rausgefunden hat.« Faber kräuselte die Stirn und musste sogar ein wenig lächeln. »Ich habe mich den Vormittag mit Rena Sommer beschäftigt. Faber, weder das Melderegister noch die anderen Dateien, auf die ich zugreifen kann, haben irgendetwas über diese Rena Sommer. Die Frau ist nicht existent!«

»Moment, noch nicht einmal im Geburtenregister?«, fragte er erstaunt. Denn eigentlich hatte man immer Übereinstimmungen. Auch wenn es meistens die falschen Leute waren.

»Doch, ich habe drei Personen namens Rena Sommer gefunden, die in Deutschland geboren wurden, doch zwei sind noch Kinder und die dritte in den Zwanzigern. Eine Frau in dem Alter der Toten mit dem Namen Rena Sommer gibt es nicht. Jedenfalls ist sie keine Deutsche. Vielleicht Holländerin?«

»Komm, lass uns zum Revier gehen. POK Kalsche meinte, wir können um zwei mit den Teenagern sprechen, die die Tote fanden. Von dort können wir eine Anfrage nach einer Rena Sommer bei Europol machen«, schlug er vor und stand bereits auf. »Aber ich ziehe mich kurz um. Fall hin oder her, für eine schwarze Jeans ist es viel zu warm. Ich gehe in Shorts.«

»Und Opa?«

»Wir lassen ihn noch schlafen. Es reicht auch, wenn er morgen eine Aussage macht oder später am Abend bei uns.«

Faber sah mit seinen weißen Shorts, dem Polohemd und seinen Segelschuhen wirklich alles andere als wie ein Polizist aus. Er hielt Rike, die ein leichtes Sommerkleid trug, bei der Hand und sie schlenderten in Richtung Charlottenstraße. Richard ließ es sich nicht nehmen, beim Eiscafé Venezia für sie beide jeweils eine Kugel Eis im Hörnchen zu kaufen. Der fünfminütige Fußweg reichte gerade so, um es aufzuessen. Als sie in das kleine Revier traten, stand dort am Empfang ein junger Mann mit einem auffallend dünnen, blonden Oberlippenbleistiftbart. Er war sehr gepflegt mit heller Hose und einem marineblauen Jackett, schien aber sehr aufgeregt zu sein.

»Ah, Hauptkommissar Faber und Kommissarin Waatstedt. Gut, dass Sie kommen«, meinte POK Kalsche, die den Mann anscheinend nicht beruhigen konnte. Sofort drehte sich der Mittdreißiger um.

»Na, den Job möchte ich auch«, wandte er sich reichlich überheblich an die beiden. »Das sieht ja mehr nach Urlaub aus als nach Polizeiarbeit! Also, ich möchte meine Tante als vermisst melden. Ihre Kollegin hier meinte, es wäre etwas übertrieben und viel zu früh!«

»Wann haben Sie denn das letzte Mal mit Ihrer Tante kommuniziert?«, fragte Faber und schluckte die Verärgerung über den Tonfall des Mannes einfach herunter.

»Vorgestern am Abend wie jeden Abend. Doch gestern hat sie sich nicht gemeldet und ist auch nicht ans Telefon gegangen.« Der Typ stemmte die Hände in die Hüften. »Daraufhin bin ich heute mit meiner Cessna hergeflogen, aber sie öffnet nicht. Ich war bei ihrer Eigentumswohnung.«

»Dann haben Sie keinen Schlüssel?«, fragte Rike und der Kerl schüttelte den Kopf.

»Meine Tante will nicht, dass die Familie Schlüssel zu ihren Wohnungen und Villen hat.«

»Aha«, entfuhr es Richard. »Wissen Sie, vielleicht will sie nicht ständig von Ihnen mit Anrufen kontrolliert werden. Haben Sie schon einmal daran gedacht?«

»Was bilden Sie sich ein?«, empörte sich der Mann. »Meine Tante ist Freifrau Renata von Wintershausen und hat wahrscheinlich mehr für Niedersachsen und Ostfriesland getan als jeder andere Einwohner.«

Damit hatte er Fabers nächste Frage bereits beantwortet, dennoch hatte Richard plötzlich ein mulmiges Gefühl. Denn der Name Rena konnte eine Abkürzung von Renata sein. Wenn sich die Dame wirklich bedroht gefühlt und unter anderem Namen agiert hatte, wäre es nur logisch gewesen, so nahe an der Wahrheit zu bleiben wie möglich. Ebenso handelte man auch beim Zeugenschutz. Was den

Nachnamen anging, von Wintershausen, daraus Sommer zu machen, entbehrte auch nicht unbedingt einer gewissen Logik.

Anscheinend hatte Rike das Gleiche gedacht und fragte: »Haben Sie ein Foto von Ihrer Tante?«

Der Mann verzog zwar immer noch das Gesicht, weil er sich über Faber geärgert hatte, wischte aber auf seinem Smartphone rum, um ihnen ein Foto hinzuhalten. Es zeigte ihn im Smoking, wie er mit einer älteren Dame im teuren Abendkleid vor dem Eingang der Hamburger Elbphilharmonie stand. Faber atmete laut aus, dann meinte er: »Kommen Sie, setzen Sie sich einen Moment« und drückte den etwas kleineren Mann an den Schultern runter auf den Stuhl. Er nahm neben ihm Platz. »Herr von Wintershausen, es tut mir sehr leid«, fing er mitfühlend an.

»Was reden Sie denn da, was soll das Ganze?«, fragte der verwirrt.

»Wir haben Ihre Tante heute Morgen tot am Strand gefunden. Ich kann Ihnen die genaue Todesursache noch nicht nennen. Wir müssen auf den pathologischen Bericht warten«, musste Faber ihn jetzt aufklären. »Es tut mir sehr leid!« Unsympathisch und arrogant, wie der Mann noch vor Sekunden war, änderte sich plötzlich seine Mimik. Er hatte die Augen weit aufgerissen wie ein kleiner Junge und Sekunden später füllten sie sich mit Tränen. Faber legte ihm eine Hand auf die Schultern.

»Aber, aber«, stotterte er nach einer Weile. »Tante Renata tot am Strand? Sie kann aber nicht ertrunken sein, denn sie war eine ausgezeichnete Schwimmerin. Sie hat jetzt noch an Wettbewerben teilgenommen und manche Damen, die erst kurz über fünfzig waren, geschlagen. In ihrer Jugend hätte sie an den Olympischen Spielen teilnehmen können, wenn der Baron es erlaubt hätte«, brabbelte er völlig schockiert.

Rike hatte sich auf die andere Seite zu dem Mann gesetzt und ihre Hand auf seine gelegt. Der griff danach, als ob er sich an ihr festhalten müsste, um überhaupt noch sitzen zu können. »Gab es denn gesundheitliche Probleme? Wenn ein älterer Mensch im Meer einen Herzinfarkt bekommt, dann kann man manchmal einfach nichts mehr tun.«

Wieder schüttelte der Mann den Kopf. »Sie nahm noch nicht einmal Blutdrucktabletten, sie war kerngesund und topfit für ihr Alter. Das kann nicht sein. Sie hatte mir erst vorgestern gesagt, dass sie einen älteren Herrn kennengelernt hat. Den müssen Sie finden, doch ich kann mich nicht mehr an den Namen erinnern.«

»Wir haben den Herrn bereits gefunden, denn er hat Ihre Tante ebenfalls als vermisst gemeldet. Hören Sie, wir lassen Ihnen jetzt einen Arzt rufen, aber bitte sagen Sie uns noch, wo die Ferienwohnung Ihrer Tante ist, damit wir uns dort umsehen können.«

»Natürlich, es ist im Haus Strandblick in der Peterstraße, genau am Strand. Sie hat dort oben zwei Wohnungen gekauft und ausbauen lassen«, sagte er noch und schluchzte herzzerreißend. POK Kalsche hatte bereits den Inseldoktor angerufen. Rike blieb bei dem Mann, bis der Mediziner endlich angekommen war und ihn mit nach hinten in einen separaten Raum nahm.

In der Zwischenzeit waren die drei Teenager mit einem Betreuer gekommen und Faber setzte sich mit ihnen zusammen. Als er ihre Namen in den Reviercomputer tippte, sah er erstaunt auf. »Für euer zartes Alter habt ihr alle drei eine ganz schöne Vorstrafenliste«, konnte Faber sich nicht verkneifen.

»Ich hab es euch ja gesagt, die Bullen sehen nur, was wir waren, und jetzt wollen sie uns verantwortlich machen«, murmelte Amed Kai und Moni zu. Dann sah er provokant in Fabers Augen und meinte: »Aber machen Sie nur, die Villa Störtebeker hat einen guten Anwalt, nicht wahr, Ulli?«

Der Betreuer holte tief Luft und rollte die Augen. »Ihr braucht keinen Anwalt, da ihr ja nichts getan habt! Ihr beantwortet nur die Fragen. Wenn der Kommissar endlich mal Fragen stellt, anstatt Dinge zu kommentieren, die schon lange in der Vergangenheit liegen und ausgestanden sind«, meinte er vorwurfsvoll in Richards Richtung.

»Sorry«, entschuldigte Faber sich. »War nicht so gemeint. Ich bin ja froh, dass ihr jetzt anständig seid und gut aufgehoben. Aber Leute, das ist jetzt sehr wichtig, bitte seid ehrlich. Es passiert euch auch nichts. Habt ihr die tote Frau angefasst?«

»Ich wollte erst, aber Amed und Moni haben gesagt, ich soll nicht«, gab Kai zu. »Ich dachte, die Kette wäre schön für Moni«, fuhr er fort und erntete Monis Ellenbogen in seinen Rippen. »Aber«, stotterte er, »aber … ich stehle nicht mehr, und schon gar nicht von Toten. Obwohl die ja solche Dinge am wenigsten gebrauchen können.«

Faber schmunzelte ein bisschen und war eigentlich nur froh, dass die Teenager jetzt ein Zuhause hatten. »Aber du hast dich hingekniet, oder? Hat dich der Leichnam nicht gegruselt?«

»Klar hab ich mich hingekniet, musste doch gucken, ob die Omi noch zu retten ist. Vor allem, weil um sie rum keinerlei Fußabdrücke waren. Die war wirklich aus dem Meer angeschwemmt worden und schon echt lange übern Jordan. Ich weiß das, hab schon viele tote Junkies gesehen, bestimmt mehr als Sie!«

Faber blickte im Computer auf das Alter des Jungen. Kai Wieland war erst sechzehn und bereits mit zwölf das erste Mal auf dem Babystrich in Berlin mit Drogen verhaftet worden. »Wahrscheinlich hast du recht. Gut nur, dass ihr coole Kids seid. So etwas verkraftet auch nicht jeder. Ich meine, stellt euch nur mal vor, es wären normale Jugendliche gewesen, die die Tote gefunden hätten«, betonte Richard und sah, wie die drei stolz die Brust rausstreckten. »Okay, dann wünsche ich euch einen schönen Urlaub hier. Macht keinen Unsinn. Verstehen wir uns?«

»Klar, Chef, ist doch Ehrensache!«, erwiderte Amed und die beiden anderen Jugendlichen nickten wild. Der Betreuer musste ein wenig lächeln und zuckte nur die Schultern.

Kapitel 3

»Ich habe gerade einen Anruf von Schorlau bekommen. Wir sollen ihn in einer halben Stunde am Bahnhof abholen, er ist bereits auf der Fähre«, sagte Rike, nachdem die Jugendlichen mit ihrem Betreuer gegangen waren.

Faber sah erstaunt auf die Uhr. Es war schon vier. Wenn Schorlau auf der Fähre war, musste er das Schiff um drei genommen haben. Von Oldenburg schaffte man es nach Harlesiel in einer knappen Stunde. Der Pathologe musste die Autopsie in Rekordzeit durchgeführt haben. Aber es bedeutet noch etwas anderes: Frau von Wintershausen war nicht ertrunken!

»Mord«, sprach Rike seine Gedanken aus.

»Scheint so«, erwiderte Faber und zückte sein Handy. »Ich informiere jetzt Tamme, er soll mit Frau Withuus die letzte Fähre nehmen, damit die beiden auch noch heute ankommen.« Er ließ es lange durchklingeln, konnte ihn jedoch nicht erreichen. Vielleicht ist er gerade in einem Funkloch, dachte Faber. Aber das machte nichts, denn wenn seine Kommissare die letzte Fähre um achtzehn Uhr verpassten, konnten sie immer noch mit dem Helikopter rüberkommen. »Komm, holen wir Schorlau ab. Anschließend haben wir Zeit, uns die Wohnung von Frau von Wintershausen anzusehen. Dafür brauchen wir ihn ebenfalls. Nur schade, dass Tamme mit der Kollegin noch nicht da ist. Die könnten heute noch mit den Zeugenbefragungen anfangen.«

»POK Kalsche ist bereits unterwegs und will sich schon etwas umhören. Sie meinte, wenn wir jemanden brauchen, der die Wohnung von Frau von Wintershausen aufbricht, kann sie uns jemanden besorgen«, informierte ihn Rike, dann traten sie aus dem Revier. »Der Inseldoktor hat dem Neffen etwas zur Beruhigung gegeben und ihn ins Hotel Gerken gebracht.«

»Wir können die Präsidiumstür doch nicht einfach offen lassen, oder?«, fragte Faber und kratzte sich an der Stirn, als sie nach draußen gegangen waren. Rike hielt einen Schlüssel hoch. Wie mit Ankia besprochen, hängte sie das Schild an die Tür, das jedem eine Handynummer für den Notfall nannte, und schloss ab.

Da in dem Städtchen Wangerooge alles nur einen Katzensprung entfernt war, ließ Faber sein Fahrrad auf dem Revier zurück und sie liefen wieder nur fünf Minuten bis zum Bahnhof. Als sie dort ankamen, war der Zug gerade eingefahren. Relativ viele Touristen stiegen aus und wurden von Ferienhausbesitzern und Hotelangestellten abgeholt. Da die meisten kein Gepäck dabeihatten, weil es später von der Fähre entladen wurde, ging alles sehr zügig. Als Faber plötzlich Tamme mit energischem Schritt am Ende des Zuges sah, musste er unwillkürlich an einen Quentin-Tarantino-Film denken. Tamme schritt, in einer Hand eine Reisetasche, in der anderen einen Spurensicherungskoffer, energisch voran. Neben ihm beeilte sich Schorlau Schritt zu halten, und rechts und links von den beiden gingen die Kommissarinnen Heiligenstadt und Withuus.

»Die Kavallerie ist angekommen«, meinte Rike und schmunzelte darüber, wie die Kollegen in Polizeilederjacken auf sie zuschritten, die Gesichter zu ernsten Mienen verzogen.

»Die vier erinnern mich eher an Inglourious Basterds, so wie die da anmarschieren!«, meinte er und begrüßte anschließend alle mit einem Lächeln. »Gott sei Dank seid ihr da. Wir brauchen hier auf der Insel echt Hilfe!«

»Chef, Sie haben ein eigenartiges Verständnis von Urlaub«, meinte Sonja Withuus trocken und umarmte Rike.

»Tja, habe ich mir auch anders vorgestellt. Aber Knut geht es echt mies. Das tut mir am meisten leid«, erwiderte Faber. »Jetzt müssen wir mal sehen, ob es genug Übernachtungsmöglichkeiten für euch alle gibt«, gab er zu bedenken.

»Schon erledigt, du glaubst doch nicht, dass Philipp Schorlau halbe Sachen macht? Ich habe ein Ferienhaus an der Promenade gemietet, da kommen wir alle unter. Ist sogar noch Platz, falls ihr morgen aus eurem Hotel rausmüsst.«

»Lasst uns erst einmal dort hingehen und euer Gepäck loswerden. Schorlau kann uns anschließend briefen, oder habt ihr schon über die Autopsie gesprochen?«, fragte Rike. Doch Tamme schüttelte den Kopf.

»Philipp meinte nur, dass wir alle mit auf die Insel kommen müssen«, sagte Laurien.

»Schön, dass Sie auch mit dabei sind. Ich hoffe, Ihre Frau ist nicht zu enttäuscht, dass Sie über Pfingsten wegmüssen«, wandte Faber sich an seine Kommissarin. Laurien Heiligenstadt war genau wie ihre Dienstpartnerin Sonja Withuus von Wilhelmshaven nach Emden gekommen. Da Laurien Heiligenstadt in einer gleichgeschlechtlichen Ehe mit einer Frau lebte, hatten die Kolleginnen auf ihrer vorherigen Arbeitsstelle viel ertragen müssen. Das war der Grund, warum sie nach Emden gewechselt waren.

»Keine Sorge, meine Frau ist zu ihren Eltern nach Hamburg gefahren. Eigentlich bin ich ganz froh, dass ich mich drücken konnte!«, meinte sie in ihrer feinen Art. Laurien Heiligenstadt war eine kleine, zierliche Frau mit braunen Locken, die sehr akzentuiert redete und vor allem sehr überlegt handelte. Sie hatte Jura studiert und war danach in den Polizeidienst gegangen. Faber schätzte ihr Rechtsverständnis, aber auch ihre gute Nase oder ihr Bauchgefühl, wie er es mittlerweile nannte.

Kommissarin Sonja Withuus war äußerlich genau das Gegenteil von Laurien. Sie war groß, durchtrainiert und eine Blondine mit langen Haaren. Als deutsche Vizemeisterin im Karate hatte sie nicht nur körperlich einige Durchsetzungskraft. Sie hatte so von ihrem Sport geschwärmt, dass Tamme mittlerweile mit ihr zum gemischten Training ging. Faber bezeichnete die beiden heimlich als seine Nahkampfwaffen. Rike hatte gelacht, als er das sagte, und gemeint, dass die beiden sich wahrscheinlich mittlerweile wirklich ein paar Nahkämpfe geliefert hatten. Faber hatte vorsichtshalber nicht nachgefragt, was sie damit meinte, denn noch ein Liebespaar im Team des KED Emden wäre ein wenig zu viel.

»Wow, läuft das auf dein Budget?«, fragte der Kriminalhauptkommissar, als sie in die Villa am Strand eintraten. Schorlau verdrehte nur die Augen und nickte.

»Bevor du mich in einer Kaschemme mit Kakerlaken unterbringst, nur um zu sparen, bezahlt die Pathologie die Unterkunft«, maulte Philipp Faber an. Es hatte nichts zu bedeuten, denn das war einfach Schorlau und Fabers Umgangston. Sie waren Freunde und behandelten sich verbal, als könnten sie sich nicht ausstehen. Dabei wäre jeder der beiden für den anderen durchs Feuer gegangen.

Tamme pfiff durch die Zähne und meinte: »Noble Bude, prima! Hey, sogar mit Minibar!«

»Okay, Leute, reißt euch mal zusammen. Ich bringe euch auf den letzten Stand der Dinge und dann kann Philipp uns von der Obduktion berichten. Bitte denkt daran, dass die Tote Knut viel bedeutete, daher bitte ich um ein bisschen Feingefühl!« Anschließend berichtete er von den wenigen Fakten, die Knut ihnen erzählt hatte, von Renata von Wintershausens Neffen und von den drei Jugendlichen, die den Leichnam am Strand gefunden hatten.

Philipp holte tief Luft und machte mal wieder seine theatralische Pause, um sich der gesamten Aufmerksamkeit sicher zu sein. Anscheinend ging es ihm dieses Mal nicht um sein Ego, er war eher betroffen und meinte: »Das ist Renata von Wintershausen, ich habe sie nicht erkannt. Mein Gott, wisst ihr eigentlich, wer die Familie von Wintershausen ist? Das ist einer der ältesten Adelszweige Deutschlands. Soweit ich weiß, erhielten sie ihre Nobilitierung von Kaiser Karl dem IV. und sind mit den Hohenzollern zu vergleichen. Renata von Wintershausen ist eine Baroness, wie konnte mir das nur entgehen?«, meinte er völlig erschüttert.

»Philipp, jetzt krieg dich mal wieder ein. Selbst wenn du sie erkannt hättest, hättest du den Y-Schnitt in dem Fall etwa erhabener durchgeführt?«, provozierte ihn Faber, weil er endlich wissen wollte, was bei der Autopsie herausgekommen war.

Schorlau sah ihn entsetzt an. »Nee, natürlich nicht, ich bin Profi. Doch ich wette, ich bin der Baroness schon begegnet, wahrscheinlich in Bayreuth oder in der Philharmonie in Hamburg«, sagte er mit Falten auf der Stirn. »Elbphilharmonie, März 2018, es war …«, fuhr er fort und schnippte mit den Fingern wie ein Streber, der die Aufmerksamkeit des Lehrers erwecken wollte. »Brahms' Klaviertrio, Bashkirova, Barenboim und Steckel. Da wurde ich der Baroness vorgestellt!«

Alle im Raum rollten die Augen. Jeder von ihnen, selbst die Neulinge, wussten, dass Philipp Schorlau aus einer stinkreichen Familie stammte, die mit pharmazeutischen Mitteln ein Vermögen erwirtschaftet hatte. Aber nur Faber und Rike war klar, wie der junge Philipp Schorlau auf den teuren Internaten unter seiner herkömmlichen Abstammung gelitten hatte. Denn die Blaublütigen, mit denen er die Schulbank hatte drücken müssen, waren schon im zarten Alter von acht wählerisch mit ihren Freunden gewesen. Es war erst Ostern gewesen, als Philipp bei den beiden zu Besuch war und sie alle zu viel getrunken hatten. An dem Abend hatte er ihnen von seiner komplizierten Kindheit erzählt und auch, was es bedeutete, den Makel eines Neureichen zu tragen.

»Philipp, ich hoffe, dass es dich nicht zu sehr belastet, dass du Freifrau Renata von Wintershausen kanntest, doch bitte, rede über die Autopsie. Woran ist sie gestorben?« Faber hoffte, ihn auf den Boden der Tatsachen zurückgeholt zu haben.

»Es heißt Renata Freifrau von Wintershausen oder Baroness Wintershausen. Die alte Dame war immer noch eine der omnipotenten Größen der Wirtschaft und des Hochadels«, berichtete Philipp ihnen. »Wie ihr euch schon denken könnt, war es Mord. Sonst hätte ich deine Truppe gar nicht erst zusammengerufen.« Dabei nickte er vielsagend und war endlich wieder der Wissenschaftler, den Richard so sehr schätzte. »Die Baroness ist nicht ertrunken. Es befand sich zu wenig Wasser in den Lungen. Außerdem war die Baroness eine ausgezeichnete Schwimmerin. Das wüsstet ihr, wenn ihr mal die Gala lesen würdet.«

In dem Moment hatte er es überzogen. Trotz der ernsten Situation ließ Tamme seinen donnernden Bariton hören, als er laut losprustete. Das hatte zur Folge, dass alle mitlachen mussten, ob sie nun wollten oder nicht. Sein Organ war entweder einschüchternd oder man lachte automatisch mit, wenn er anfing. Es dauerte auch eine Weile, bis sich alle beruhigt hatten. Selbst Schorlau konnte sich nicht beherrschen und hatte mittlerweile Tränen in den Augen.

»Faber, das war morbid, halte mal deine Leute zurück«, meinte Philipp und versuchte sich zu sammeln. Faber sah alle ernst an, besonders Rike, die immer noch kicherte. »Die Baroness starb an einem Herzanfall, aber keinem natürlichen. Es war eine Überdosis Digitalis, die den Anfall erzeugte. Als ich mir ihr Herz ansah, war da keinerlei Anzeichen für eine Schwäche. Es gab keinen Grund, warum sie Digitalis einnehmen sollte. Noch nicht einmal ihre Adern waren verkalkt!«

»Hat ihr jemand absichtlich das Zeug verabreicht?«, wollte Richard sicherstellen.

»Genau das würde ich vermuten. Wenn es ein Suizid war, wäre sie wohl nicht schwimmen gegangen.«

»Dann hat ihr Neffe recht gehabt. Er vermutete, dass sie nicht ertrunken ist, als wir vorhin mit ihm redeten«, sagte Rike.

»Ihr Neffe? Sprechen wir von Mathias Baron von Wintershausen-Zollner?«, fragte Schorlau wieder hochinteressiert. Rike nickte nur. »Interessant, denn die Baroness hatte mit ihrem Neffen einen riesigen Eklat. Sie sprach eigentlich nicht mehr mit ihm. Warum ist er denn so schnell hier auf der Insel?«, fragte Schorlau.

»Er hat seine Tante als vermisst angezeigt und meinte, dass er jeden Abend mit ihr telefonierte und sie sich nicht mehr gemeldet hat«, berichtete Faber.

Schorlau zog übertrieben die Augenbrauen hoch. »Ist ja spannend«, murmelte er geheimnisvoll.

»Meine Güte, Doc«, fuhr jetzt Sonja dazwischen. »Jetzt spucken Sie schon aus, was in der Gala über den Von-Wintershausen-Skandal stand!«

»Ach, jetzt wollt ihr das von mir wissen«, zierte sich Philipp plötzlich, und wenn Faber ihn nicht in- und auswendig gekannt hätte, dann hätte er ihn in dem Moment für eine zickige Diva gehalten. »Mathias Baron von Wintershausen-Zollner hat seiner Tante seine künftige Frau vorgestellt, mit der er sich bereits heimlich verlobt hat. Das schlug in der Familie mehr ein als bei der Queen eine geschiedene Amerikanerin. Denn die Verlobte des Barons hat eine Hautfarbe wie Schokolade. Es hieß, die alte Dame hätte sich furchtbar aufgeregt und einen Riegel davorgeschoben. Entweder den Grafentitel oder die Verlobte!«

»Damit hat unser rührseliger Neffe ein Motiv«, fasste Faber zusammen. »Philipp, ich werde nie wieder darüber lachen, dass du die Gala liest. Du hast uns wahrscheinlich ein paar Tage Ermittlungsarbeit erspart!«

Philipp Schorlau nickte gönnerhaft. »Ich weiß, ich bin nun mal ein Genie. Wie oft muss ich euch das eigentlich noch sagen?«

***

Die Truppe war nach ihrem Gespräch direkt zur Wohnung des Opfers gegangen. Es war nicht im Geringsten notwendig, einen Schlüsseldienst zu bestellen. Tamme erledigte solch ein Schloss mit einem kleinen Metallspatel und seinen Haken, die er immer am Schlüsselbund trug. Bisher hatte sich jede Tür seinem Willen unterworfen, wenn es nicht gerade ein besonderes Sicherheitsschloss war. Die Wohnung sah aus, als wäre ihre Besitzerin gerade eben noch anwesend gewesen. Schorlau verteilte die Spusi-Anzüge und gab klare Anweisungen, was die Kommissare tun und nicht tun durften.

»Hier ist ihre Handtasche«, meinte KK Heiligenstadt und begann sie zu durchsuchen.

»Im Schlafzimmer liegen Kleidungsstücke auf dem Bett. Es sieht so aus, als hätte sie sich dort zum Schwimmen umgezogen und ihre Sachen einfach aufs Bett geschmissen«, berichtete Rike. »Eigenartig, eine Freifrau hätte ich für ordentlicher gehalten«, murmelte sie eher zu sich selbst.

»Also, sie war mit Knut am späten Nachmittag vor zwei Tagen noch in der Gaststätte Seedorf. Sie waren mit dem Fahrrad gefahren und Knut schenkte ihr die Kette mit dem Seepferdchen«, fasste Faber noch einmal zusammen, was ihnen Knut bereits berichtet hatte.

»An dem Abend wollten sie sich nicht mehr treffen. Die Frau sagte Opa, dass sie etwas zu erledigen hätte. Jedoch wollte sie am folgenden Tag mit Knut und uns essen gehen«, fuhr Rike für ihn fort.

»Sie hat Knut aber nicht gesagt, was sie vorhatte, oder?«, hinterfragte KK Withuus.

»Nein. Und Knut war zu höflich nachzufragen!«

»Aber anstatt, was immer sie vorhatte, zu erledigen, kommt sie nach Hause, zieht sich um und geht schwimmen?«, fragte Laurien skeptisch. »Da stimmt doch etwas nicht!«

»Leute, warum bleibe ich nicht mit Philipp hier und wir sichern die Wohnung? Ihr vier solltet zu Knut gehen und endlich mal eine komplette, offizielle Aussage aufnehmen«, schlug Tamme vor. »Hier stehen wir uns nur auf den Füßen rum.«

»In Ordnung, machen wir uns auf die Socken.«, stimmte Faber zu. »Treffen wir uns zum Abendessen im Restaurant Seedorf. So können wir auch gleich das Personal befragen, ob man Knut und die Baroness gesehen hat. Ich reserviere einen Tisch für uns, sagen wir um sieben. Bis dahin habt ihr noch eineinhalb Stunden, passt das?«, fragte er und alle stimmten zu.

»Das ist ein kleiner Spaziergang, denkt daran. Das Seedorf liegt etwa zwei Kilometer außerhalb des Städtchens«, informierte Rike Tamme und Schorlau sicherheitshalber. »Ihr müsst nach Westen in Richtung des Leuchtturms.«

Knut freute sich, die beiden Kommissarinnen im Parkhotel wiederzusehen. Er hatte die Neulinge schon beim ersten Treffen in Richards Haus ins Herz geschlossen. Sie entschieden, auf Rike und Fabers Zimmer zu gehen, weil es etwas größer war, um dort die Vernehmung offiziell durchzuführen.

Faber legte sein Handy auf den runden Tisch. Sie hatten die Balkonmöbel reingeholt, sodass alle sitzen konnten. »Knut, wir müssen jetzt eine offizielle Aussage aufnehmen, daher werde ich das Gespräch aufzeichnen. Bitte rede laut und deutlich«, meinte er an Opa gewandt. »Rike, du hältst dich da raus, ich werde dich noch nicht einmal als offiziell anwesend erwähnen. Daher musst du dich beherrschen und still sein. Sonst ist das ganze Verhör rechtlich nicht zulässig.« Rike nickte und setzte sich etwas entfernt auf das Bett.

Faber stellte die Aufzeichnung an und begann zu reden: »Heute ist Samstag, der achte Juni 2019. Befragt wird Zeuge Knut Waatstedt im Mordfall Renata Baroness von Wintershausen …« Weiter kam er nicht, weil Knut ihm bereits ins Wort fiel.

»Renata von was?«, fragte er erstaunt. »Und wieso Mord, ich dachte, sie ist ertrunken?«

»Bitte, Herr Waatstedt«, übernahm Laurien Heiligenstadt jetzt das Wort. »Bei der Befragung anwesend sind Kriminalkommissarin Sonja Withuus, Kriminalkommissarin Laurien Heiligenstadt und Kriminalhauptkommissar Richard Faber. »Herr Waatstedt«, fuhr sie fort und Faber war dankbar, dass sie übernommen hatte. »Erzählen Sie uns mit eigenen Worten, wie Sie Renata Baroness von Wintershausen kennengelernt haben.«

Opa schob sich die Kapitänsmütze in den Nacken und sah seinen Schwiegerenkel in spe eindringlich an. »Ich wusste nicht, dass sie eine Baroness ist! Habe diesen Namen Wintershausen noch nie gehört. Rena sagte mir, ihr Name ist Sommer, Rena Sommer. Ich bin jetzt mehr als zehn Tage auf Wangerooge. Meine Kinners hatten mir hier einen dreiwöchigen Aufenthalt zum Geburtstag geschenkt«, fuhr er fort. »Eigentlich hielt ich das für Geldverschwendung, aber als ich dann Rena kennenlernte, wurde es der schönste Urlaub, den ich seit Langem hatte.«

»Wo lernten Sie Frau von Wintershausen kennen?«, versuchte ihn Laurien wieder auf die Frage zurückzubringen. Bei jedem anderen wäre ihre Stimme bestimmt schärfer gewesen, doch nicht bei Opa Knut.

»Gleich am ersten Sonntag traf ich sie im Café Pudding. Ich saß auf der Panoramaterrasse und es war ziemlich voll an dem Nachmittag. Noch hatte ich nicht bestellt, als ich sah, wie Rena sich nach einem Platz umsah«, ging Opa jetzt ins Detail. »Ich erhob mich und bat sie an meinen Tisch, aber sie lehnte ab und meinte, sie sei es nicht gewohnt, mit Fremden einen Tisch zu teilen.« An der Stelle lächelte Knut. »Da kam sie mir reichlich verwöhnt vor. Ich sagte ihr, wenn das so wäre, könne sie meinen Tisch haben, und wollte schon gehen. Da hielt sie mich am Arm zurück und meinte, andererseits wäre es Unsinn, und entschuldigte sich für ihren dummen Kommentar. Ja«, meinte Knut und seufzte, »so tranken wir das erste Mal gemeinsam Kaffee und fingen an, uns zu unterhalten. Es war, als würden wir uns schon immer kennen. Sie war einfach interessant, klug und witzig. Ich glaube, sie freute sich, dass auch ich zu vielen Themen eine eigene Meinung hatte und mich auskannte.«

»Wie ging es weiter, Herr Waatstedt?«, forderte KK Withuus ihn auf weiterzureden, da er jetzt schwieg und mit den Gedanken irgendwo anders war.

»Wir tranken Kaffee, bestellten anschließend ein Glas Wein und aßen im Pudding auch noch zu Abend. Ich brachte sie, kurz bevor das Café um zehn Uhr am Abend schloss, zu ihrem Hotel.«

»Sie meinen das Hotel Gerken?«

Opa nickte und sagte: »Genau, das ist ja gleich nebenan. Wir verabredeten uns für den nächsten Tag zu einem Fahrradausflug. Sie wollte mich nach dem Frühstück gegen zehn Uhr abholen, um eine kleine Inselrundfahrt zu machen.« Knut blickte traurig und fügte an: »Ab dem Sonntag waren wir eigentlich jeden Tag zusammen.«

»Herr Waatstedt, entwickelte sich zwischen Ihnen eine Freundschaft oder mehr? Ich meine, wurde Ihre Beziehung mit der Zeit intim?«, fragte Laurien vorsichtig. Es war nicht einfach, einen sechsundsiebzigjährigen Mann nach so etwas zu fragen, schon gar nicht, wenn es sich um Knut Waatstedt handelte.

Knut blickte auf Faber und dann auf Rike. Rike verstand, erhob sich und verließ den Raum. Faber deutete mit der Hand an, dass er auch gehen würde, doch Knut schüttelte nur den Kopf. »Ja, es wurde mehr, wenn man das in unserem Alter denn behaupten kann. Rena übernachtete ein paar Mal bei mir im Hotel und es kam zu Zärtlichkeiten. Wir sprachen davon, die Beziehung nach dem Urlaub fortzusetzen.«

»Reden wir über die Bedrohungen, von denen Frau von Wintershausen Ihnen erzählt hat«, lenkte Sonja das Gespräch jetzt auf ein anderes Thema. Auch sie hatte sofort gemerkt, wie unangenehm Knut diese Fragen waren. »Wann sprach sie das erste Mal davon und was sagte die Frau?«

Knut lehnte sich in seinem Sessel zurück und seufzte. »Das war Anfang dieser Woche. Sie sagte, dass sie eigenartige Telefonanrufe bekommen hat. Es war wohl immer nur ein schweres Atmen zu hören, dann wurde ihr gesagt, dass sie zu büßen hätte. Rena wusste aber nicht wofür.«

»Hatte sie eine Chance, die Telefonnummer zu erkennen?«

»Nein, die Nummer war unterdrückt. Jedoch hat sie die Anrufe bereits in Emden bekommen. Sie wollte mir und den Kindern am Freitagabend alles genau erklären.«

»Herr Waatstedt, waren Sie je in der Wohnung von Frau von Wintershausen?«

»Wohnung?«, fragte Knut erstaunt. »Nein, ich dachte doch die ganze Zeit, sie wohnt im Hotel Gerken«, beantwortete er die Frage resolut.

»Ist Ihnen denn einmal jemand aufgefallen, der Frau von Wintershausen beobachtet hätte oder öfters in ihrer Nähe gesehen wurde?«, versuchte es Laurien abschließend.

»Nein, abgesehen von mir niemand. Ich war die ganze Zeit in ihrer Nähe!«

Faber brach das Verhör nach dem Satz ab, weil Knut Tränen in die Augen stießen. Opa entschuldigte sich und meinte, er wolle sich hinlegen. Er würde heute Abend nur ein Brot aufs Zimmer bestellen. Man sähe sich dann beim Frühstück.

Als Faber mit den beiden Kommissarinnen im Restaurant Seedorf ankam, warteten Schorlau und Tamme schon bei einem frischgezapften Jever auf sie. Rike hatte er nicht überreden können mitzugehen. Sie war bei Knut geblieben, und obwohl der alte Mann gesagt hatte, dass er sich früh hinlegen wollte, war ihm anzusehen, wie froh er war, seine Enkelin bei sich zu haben.

»Was macht ihr denn für ein Gesicht?«, fragte Faber und winkte der Bedienung. Auch die Neuankömmlinge entschieden sich für Bier und fragten nach der Speisekarte. »Rike bleibt bei Knut. Opa geht es gar nicht gut.«

»Das ist auch besser so, denn wir grübeln die ganze Zeit, wie wir es euch sagen sollen«, meinte Tamme mit besorgter Stimme.

Faber runzelte die Stirn und sah ihn auffordernd an. Doch es war Philipp, der die Hiobsbotschaft überbrachte. »Faber, es tut mir leid, aber ich habe in der Spülmaschine Gläser gefunden. Sie trugen die Fingerabdrücke des Opfers, aber auch von Knut. Es sieht so aus, als wäre er in der Wohnung gewesen.«

»Wie bitte? Quatsch, das hätte er uns bestimmt gesagt. Woher hast du überhaupt Knuts Fingerabdrücke?«

»Erinnerst du dich, als wir das neue elektronische Abdruckgerät bekamen, von dem man sofort die Ergebnisse in den Datenbanken abgleichen kann? Das habe ich Ostern doch mitgebracht, als ich euch besuchte. Knut wollte es unbedingt ausprobieren«, erklärte Schorlau. »Natürlich muss ich seine Abdrücke noch offiziell nehmen, aber es gibt keinen Zweifel, sein Daumen und Zeigefinger sind an einem der Gläser.«

»Dann hat jemand das Glas absichtlich dort deponiert«, erwiderte Richard sofort und sah Schorlau empört an. Der nickte nur.

»Leider habe ich auch etwas gefunden, das für Knut alles andere als gut aussieht«, ergriff Tamme jetzt wieder das Wort. »Auf Frau von Wintershausens Tablet fand ich eine Mail an ihre Freundin. Die besagt mehr oder weniger, dass sich das Opfer von einem gewissen Knut sehr belästigt fühlte und sie nicht wissen würde, wie sie den aufdringlichen Ostfriesen loswerden könne. Sie schreibt wörtlich, dass sie die Befürchtung hat, er könnte ihre wahre Identität herausbekommen haben, denn er stand plötzlich vor ihrer Wohnungstür. Sie wollte versuchen, den Kerl mit Geld loszuwerden.«

»Irgendjemand versucht, Knut das alles in die Schuhe zu schieben!«, empörte sich Faber viel zu laut, sodass die anderen Gäste sich nach ihm umdrehten. »Ihr glaubt das auch, oder?«

»Ja, natürlich glauben wir das, weil wir Knut kennen. Jeder andere Ermittler würde ganz andere Schlussfolgerungen ziehen«, warf Sonja zu Tammes Verteidigung ein.

Faber stürzte die Hälfte seines Biers herunter, als KK Heiligenstadt in ihrer ruhigen Art sagte: »Faber, damit man Ihnen und uns nichts vorwerfen kann, müssen Sie dringend eine Durchsuchung von Herrn Waatstedts Hotelzimmer veranlassen.«

»Kommt gar nicht infrage«, haute Richard heraus, ohne erst nachzudenken.

»In dem Fall muss ich EKHK Miedler anrufen. Es muss sein!«, ließ sich die Juristin nicht aufhalten. »Chef, denken Sie nach. Ich erwirke gleich morgen einen Durchsuchungsbefehl. Meine Güte, wir alle wissen doch, dass Knut unschuldig ist. Wir dürfen jetzt als Polizisten nicht versagen, sonst weist man uns Verfahrensfehler nach. Sonja und ich machen das gleich am Morgen, das geht schnell und damit ist es erledigt!«

Langsam nickte Faber, denn die beiden hatten recht. Es musste sein, sonst würde man ihn persönlich schneller von dem Fall abziehen, als es ihnen lieb war. Er machte sich nur Sorgen darüber, wie Rike reagieren würde. Der Durchsuchungsbefehl für Knuts Zimmer wäre schon schlimm genug, doch es gab noch etwas, was er bei der Lage der Indizien tun musste. Rike galt als direkte Verwandte als befangen und er musste sie wirklich sofort von dem Fall abziehen. Das bedeutete, er durfte ihr auch keine weiteren Informationen mehr geben.

***

Rike und Faber hatten sich in den ganzen zwei Jahren sehr selten ernsthaft in die Wolle bekommen. Jedenfalls niemals so, wie es später an diesem Abend passierte. Sie war völlig außer sich gewesen, hatte ihn lauthals angeschrien und war aus dem Zimmer gestürmt, obwohl es schon spät war. Richard brauchte eine Weile, um sein eigenes verletztes Ego wieder auf Vordermann zu bringen, erst dann war er ihr nachgegangen. Er vermutete sie irgendwo unten am Strand und ging runter zum Wasser.

Die meisten Restaurants und auch das Café Pudding waren bereits geschlossen, jedoch machten viele Urlauber noch einen letzten Spaziergang vor dem Schlafengehen. Hier draußen mitten auf dem Meer war die Nacht nicht so wie auf dem Festland. Dafür sorgten ein strahlender Mond und die vielen Sterne am Himmel. Es fehlte auch an den unnützen Lichtquellen, die man besonders in Großstädten sah und die es fast unmöglich machten, überhaupt noch etwas am nächtlichen Himmel zu erkennen. Hier, beim moderaten Schein der spärlichen Lampen auf der Strandpromenade, gewöhnten sich die Augen schnell an das Dämmerlicht.

Faber brauchte auch nicht lange zu suchen, ein paar hundert Meter entfernt saß eine einzelne Person im Sand und blickte auf die rauschenden Wellen der Nordsee. Obwohl das Wasser gerade ablief und gegen dreiundzwanzig Uhr seinen niedrigsten Stand erreichen würde, wühlte die Brise das Wasser auf. Kleine Wellenberge brachen mit weißer Gischt unweit der Wasserkante. Faber zog seine Schuhe aus und lief barfuß auf die Person zu. Selbst bei stockfinsterer Nacht hätte er seine Rike noch erkannt.

Er setzte sich neben sie und legte den Arm um ihre Schultern. »Es tut mir leid«, murmelte sie mit verweinter Stimme und legte ihren Kopf an seine Brust.

»Ich weiß, mich hat dein Zorn nur getroffen, weil ich dir diese schlechten Nachrichten überbringen musste. Doch du verstehst, warum wir so handeln müssen?«, fragte er mit sanfter Stimme und küsste ihr Haar.

»Natürlich, auch dass ich aus der Ermittlung raus muss. Es ist nur wegen Opa. Ich habe ihn noch nie so traurig gesehen«, erklärte sie. »Er hatte diese Frau richtig lieb und es ist schlimm genug, dass jemand ihren Tod verursacht hat. Wenn wir ihm jedoch sagen, dass er unter Verdacht steht, was macht das mit meinem guten Großvater?«

»Komm, Liebes, wir laufen noch ein bisschen am Strand entlang«, erwiderte Faber, ohne ihre Frage zu beantworten. Er stand auf und zog sie zu sich hoch. Hand in Hand gingen sie Richtung Osten.

Unwillkürlich steuerten sie dabei auf den Fundort der Leiche zu. Mittlerweile war jegliches Absperrband wieder verschwunden. Wenn man gestern nichts von dem Leichenfund erfahren hatte, würde man heute nichts mehr vermuten. Die Natur hatte sich ihren Platz zurückerobert, die Spuren im Sand waren verweht oder beim Hochwasser weggeschwemmt worden. »Rike«, meinte Richard, nachdem sie vielleicht eine Viertelstunde schweigsam gelaufen waren. »Das gesamte Team weiß, dass Knut nichts damit zu tun hat. Dennoch gibt es Spuren, die auf ihn hinweisen. Das kann nur zwei Dinge bedeuten. Entweder die ganze Sache ist ein blöder Zufall oder jemand will, dass Knut verdächtigt wird.«

»Und was denkst du?«

»Letzteres! Wenn Knut in eine Frau verliebt ist und denkt, dass diese Frau auch ihn mag, dann täuscht er sich nicht. Warum sollte diese von Wintershausen ihn plötzlich als lästigen, aufdringlichen alten Ostfriesen bezeichnen, wenn sie vorher die ganze Woche jeden Tag mit ihm zusammen war? Das könnte nur sein, wenn etwas Unangenehmes zwischen den beiden passiert wäre. Nun, und an Intimitäten liegt es bestimmt nicht, sonst hätte die Dame sicher kein zweites Mal bei ihm übernachtet«, bemühte Faber sich um Argumente. »Vielleicht hat jemand anderes diese Mail an die Freundin geschrieben.«

Rike nickte. »Ja, das wäre möglich. Außerdem ist Knut nie unhöflich oder indiskret. Jemand will ihn reinreiten, den Verdacht auf ihn lenken, um unerkannt davonzukommen.«

»Genau! Ich muss morgen noch einmal mit diesem Mathias von Wintershausen-Zollner sprechen. In der Zeit werden unsere Leute so viele Zeugen wie möglich vernehmen. Bitte bleibe bei Knut, wenn unsere Kommissarinnen sein Zimmer durchsuchen. Du musst es ihm erklären«, redete er auf seine Verlobte ein.

»Ob er das verstehen wird? Ich befürchte, er wird es dir sehr übel nehmen!«

»Unterschätze unseren klugen Opa nicht. Vielleicht ist er erst einmal böse auf mich, doch spätestens, wenn er alles durchdacht hat, wird er sich beruhigen«, sagte Faber bestimmt und hoffte innerlich auch, dass er damit recht hatte. Denn Opa war zwar außergewöhnlich klug, aber auch stolz. Und diese Aktion würde erheblich an seinem Ehrgefühl kratzen.

Wenigstens hatten sich Rike und Faber in der Nacht jedes böse Wort verziehen. Es gab schließlich kaum etwas Schöneres als eine leidenschaftliche Versöhnung im Bett. Das brauchte Richard auch, denn als er mit Knut und Rike beim Frühstück saß und das Thema Zimmerdurchsuchung vorsichtig ansprach, flippte Knut unbeschreiblich heftig aus. Faber hatte seine Zweifel, ob Opa überhaupt jemals wieder ein Wort mit ihm sprechen würde.

Der schwere Zimmerschlüssel von Knut war nur aus einem Grund nicht direkt an Fabers Kopf gelandet. Richard hatte eine zu gute Reaktion und sich das Ding geschnappt, bevor es seine Stirn getroffen hatte.

Während Rike ihrem Opa nachlief, kamen die beiden Kommissarinnen mit Schorlau und überreichten Faber den Durchsuchungsbefehl, um den sie sich heute Morgen gekümmert hatten. Er gab ihnen den Schlüssel, blieb aber im Garten sitzen. Zwar war ihm der Appetit vergangen, doch er trank trotzdem noch ein Kännchen Kaffee. Rike kam alleine zurück und setzte sich zu ihm. »Opa ist so furchtbar aufgebracht, dass er mir verboten hat, ihm hinterherzulaufen. Er will seine Ruhe und meinte, er werde heute noch abreisen. Er sagte, wenn ich noch alle meine grauen Zellen zusammenhabe, sollte ich unsere Verlobung lösen und mir einen vernünftigen Kerl suchen. So viel zum Nachdenken und Sich-Beruhigen!«

Der Kriminalhauptkommissar stöhnte laut auf, als er das hörte. Und dann kamen auch noch Schorlau und die Kommissarinnen auf sie zugelaufen. Schorlaus Gesicht war alles andere als entspannt und auch die beiden Polizistinnen kräuselten vor Sorge ihre Stirn. »Was habt ihr denn?«

Philipp setzte sich auf Knuts Platz und schüttete sich aus Fabers Kännchen einen Kaffee in die unberührte Tasse. »Frag lieber, was wir nicht haben. Entlastungsbeweise. Im Gegenteil: Was wir in Knuts Koffer unter dem Bett fanden, ist leider eine Tretmine!«

Faber sah Hilfe suchend auf Laurien Heiligenstadt, die für ihre Geduld und Professionalität regelrecht berüchtigt war. »Wir haben Digitalis gefunden, ein fast leeres Päckchen, und Philipp ist sich sicher, dass es genau dieses Medikament ist, das bei dem Opfer den Herzstillstand herbeiführte.«

Rike sprang sofort auf. »Aber das kann doch alles nicht wahr sein!« Faber legte beide Hände über die Stirn und atmete hörbar aus.

»So eine verdammte Scheiße«, fluchte er laut.

»Chef, wo ist Herr Waatstedt? Wir müssen ihn …«, setzte Sonja leise an.

»Ich weiß, besorgt den Haftbefehl. Ich mach das!«, meinte Faber geschlagen und sah auf das entsetzte Gesicht seiner Liebsten.

Kapitel 4

August 1968, Hamburg

Sie schritt langsam die steilen Stufen herunter in den Club und sofort legte sich der heiße, feuchte Dunst der tanzenden Körper um sie. Es war erschreckend und erregend zugleich, nie hatte sie die Präsenz von so vielen Körpern tief in sich gespürt. Die Luft waberte vom Zigarettenrauch und da war noch ein süßlicher Geruch von Marihuana. Die Körper bewegten sich im Stroboskoplicht, den grellen Blitzen zu *Hello I love you* von den Doors. Als dann Otis Reddings *Sittin' on the dock of the bay* begann, fügten sich die Paare keineswegs zusammen, so wie sie es von der Tanzstunde gewohnt war. Man tanzte weiter alleine, irgendwie abgehoben und die Arme hoch ausgestreckt nach unsichtbaren Sphären greifend.

Es war für sie unwirklich, hier zu sein, in einem Minikleid mit Stiefeln, und wenn sie ehrlich war, fühlte sie sich nackt. Die großen Creolen, die Vicki gegen ihre Familienerbstücke getauscht hatte, verhedderten sich in ihren langen blonden Locken. Doch als dieser attraktive Mann ihre Hand griff und sie auf die Tanzfläche zog, hatte sie das Gefühl, dass alles genau richtig war. Sie schmiss die Arme in die Luft, schüttelte das Haar und reckte stolz ihr Kinn. Der Typ sah sie mit seinen dunklen, magischen Augen an. Ein Blick, ein Stich und bei *Jumpin' Jack Flash* von den Stones hatte sie bereits die Arme um seine Schultern gelegt und bewegte ihre Hüften mit seinen im gleichen Rhythmus.

Ihre Sinne schwanden, als ob sie plötzlich betrunken wäre. Und das, obwohl sie außer dem Schluck brennenden Schnaps aus Vickis Flachmann, der ihr Mut machen sollte, noch gar keinen Alkohol zu sich genommen hatte. Geschweige denn irgendwelche Drogen geschmissen. Diese Atmosphäre hier reichte völlig, um sie in ein anderes, besseres Leben zu katapultieren. Als die Temptations *My Girl* anstimmten und seine starken Arme sie an sich zogen, schwebte sie einfach nur. Dann begann er leise in ihr Ohr zu singen:

I've got sunshine on a cloudy day
When it's cold outside I've got the month of May
Well I guess you'd say
What can make me feel this way?

My girl
Talkin' 'bout my girl. My girl!

Es war wohl in dem Moment, in dem sie sein Girl wurde. Denn plötzlich gab es nur sie, Mike und David Ruffin, der von seinem Girl sang!

***

»Scheiße aber auch, Vicki, wo war denn die Braut gestern?«, knurrte Christian sie an. »Ich habe fast die ganze beschissene Nacht dort auf sie gewartet.«

»Jetzt mach mich nicht an. Ich habe sie hingeschickt und ihr genau erklärt, wo sie dich an der Bar treffen soll. Ich konnte nicht mitgehen, ich hatte heute eine wirklich wichtige Klausur und musste lernen«, versuchte Vicki ihre Situation zu erklären. Christian wiederum verzog nur sein Gesicht.

»Ich habe das Gefühl, du nimmst unsere Sache nicht im Geringsten ernst. Klausur …«, höhnte er, »hier geht es doch um ganz andere Sachen in diesem fucking Staat!« Manchmal fragte sich Vicki, ob Christian noch mehr draufhatte, als nur zu fluchen. Ob er wirklich zu seinem Wort stand und auch mit Gewalt eine bessere Welt durchsetzen wollte. Sie war mit einigen der Gruppe in Berlin gewesen und hatte Rudi Dutschke gehört, bevor man im April auf ihn geschossen hatte. Der Mann hatte gewusst, wovon er redete, und hatte es nicht nötig gehabt, unflätig zu fluchen. Ob er sich je wieder von den Folgen des Kopfschusses erholen würde, war fraglich.

Auf der anderen Seite hatte Christian anklingen lassen, dass ihre Gruppe, wie er sie nannte, für die zwei Brände in den Frankfurter Kaufhäusern verantwortlich war. Andreas Baader, Gudrun Ensslin, Horst Söhnlein und Thorwald Proll waren wegen Brandstiftung verurteilt worden. Jedoch wurde momentan über eine Revision beim Bundesgerichtshof diskutiert und es stand zu erwarten, dass man die vier eventuell nächstes Jahr erst einmal wieder auf freien Fuß setzen würde. Natürlich hatte Vicki die Fotos der vier bei Gericht gesehen, ihnen schien jegliche Angst zu fehlen. Einer hatte sich bei der Urteilsverkündung sogar eine Zigarre angesteckt und sie fand die Typen nicht nur cool, sondern auch verdammt sexy. Keine Schwätzer, die würden noch von sich hören lassen.

»Also, jetzt bin ich ja hier«, ergriff Christian wieder das Wort. »Hol die Kleine, ich gehe mit ihr ein Eis essen und taste mich mal an ihre politische Gesinnung ran.«

»Sie ist gerade achtzehn geworden und völlig naiv. Vergiss nicht, die ist auf einem Schloss groß geworden, hatte die meiste Zeit Privatlehrer. Dass ihr Alter sie überhaupt rausgelassen hat, damit sie in Hamburg studieren kann, ist ein Wunder. Darum lass es langsam angehen. Sie ist zwar eine Unschuld vom Land, aber klug.« Vicki sah ihn forsch an und meinte noch: »Wir treffen uns heute Abend einfach im Unicafé!«

»Was laberst du mir da vor? Du warst es doch, die von den großkotzigen Kontakten ihrer Familie gesprochen hat. Wir können sie gut gebrauchen. Bei ihrem Vater, diesem Baron von Wintershausen, gehen Minister und der halbe deutsche Adel ein und aus. Das sind in der Zukunft unsere Ziele, wenn erst einmal der bewaffnete Widerstand begonnen hat«, schwadronierte er. »Ich habe keine Zeit zu verlieren, jetzt hol sie endlich aus dem Bett oder hat sie so einen schlimmen Kater, dass sie nicht aufstehen kann?«

Vicki verzog den Mund. »Sie ist nicht hier, ist heute Nacht gar nicht nach Hause gekommen«, gab sie endlich zu.

Jetzt lachte Christian schallend. »Die Unschuld vom Lande war das erste Mal in einem Club und schon hat sie sich abschleppen lassen. Na, vielleicht kann man mit der Braut doch was anfangen. Also gut. Bring sie heute Abend mit, wir unterhalten uns dann. Es kommen noch ein paar Leute, die sehr beeindruckend sind. Eine Journalistin von *konkret* und APO-Mitglied ist auch dabei. Sie hat mit Ensslin im Gefängnis ein Interview gemacht und wird mit uns über die Motive diskutieren. Die Ulli wird dir gefallen und bestimmt auch unser Freifräulein überzeugen.« Endlich drehte sich Christian um, ging in den Flur und knallte die Tür hinter sich ins Schloss. Vicki war heilfroh, dass er endlich weg war, und wusste im Moment nicht so recht, was sie tun sollte. Sie hatte keine Ahnung, wo sie nach Rea suchen sollte. Sie konnte nur hoffen, dass ihre Freundin von alleine bald auftauchen würde.

»Hoffentlich verpasst du das heute Abend nicht«, sagte sie laut, als ob Rea das hören könnte. Vicki jedenfalls freute sich ungemein auf den Abend, denn sie wusste genau, wer diese Journalistin war. Die großartigen Artikel in der *konkret* und auch ihren offenen Brief an Fahra Diba, die Schah-Gattin, der letztes Jahr zum Schah-Besuch erschienen war, hatten ihr sehr gefallen. Außerdem unterstützte Ulrike Meinhof die Frauenbewegung, die Vicki besonders am Herzen lag. Denn in ihrem eigenen Elternhaus herrschten völlig veraltete Ansichten darüber, was Frauen zu tun und zu lassen hatten.

Vicki war als einzige Tochter eines Hamburger Senators geboren worden, der aus einer angesehenen alten Kaufmannsfamilie stammte. Mittlerweile saß er im Vorstand einer der größten Reedereien der Freien Hansestadt, der Hamburg-Übersee-Verschiffungs-Aktiengesellschaft, kurz HÜVAG. Er war gerade dabei, sich auf etwas völlig Neues einzulassen: Containerschiffe!

Alles, was ihrem Vater noch zu seinem Glück fehlte, war Vickis Heirat mit einem Adeligen. Auch daran wurde gearbeitet, zusammen mit seinem besten Freund, Baron Wolfgang von Wintershausen. Von Wintershausen war mit Otto Klaasen in Marburg zur Uni gegangen und beide trugen ihren Schmiss mit Stolz im Gesicht. Der Baron und Dr. Klaasen hatten im selben Jahr ihr erstes Kind bekommen. Rea und Victoria waren mit einem Abstand von nur drei Wochen im Jahr 1949 geboren worden. Wie Schwestern hatten sie alle Ferien gemeinsam verbracht, fast immer auf Schloss Lütetsburg, der ehemaligen Sommerresidenz derer von Wintershausen. Diese Freundschaft hatte dann auch die nächsten achtzehn Jahre gehalten.

Die Baronin und Frau Dr. Klaasen waren Frauen der Nazigeneration. Kurz vor der Übernahme des NS-Regimes geboren, waren ihnen die Werte, wie eine Frau sich zu verhalten hatte, ins Blut übergegangen. Beide unterstützten ihre Männer, kümmerten sich um den üppigen Haushalt, die Kindererziehung und das Personal. Besonders Vickis Mutter verstand es, an den richtigen Stellen wegzusehen. Ihre Tochter war davon überzeugt, dass Mutter von dem Verhältnis ihres Mannes mit seiner fünfzehn Jahre jüngeren Sekretärin wusste, aber ihre Mama sagte nie ein Wort. Genau wie die Baronin, deren innige Freundin Frau Klaasen war. Nur ein einziges Mal hatten beide Ehefrauen aufbegehrt, als Vicki und auch Rea verkündeten, in Hamburg gemeinsam studieren zu wollen. Ihre Mütter hatten sich mit den Töchtern gegen den Willen der Hausherren durchgesetzt.

Aus dem Grunde waren sie heute hier. Natürlich wohnten sie nicht auf irgendeinem Campus, nein, der Baron hatte die kleine Zweizimmerwohnung gekauft und für die beiden Mädchen einrichten lassen. Sie hatten mit dem Herbstsemester begonnen. Rea hatte es sich in den Kopf gesetzt, Jura zu studieren, und Vicki war für Wirtschaftswissenschaften und Philosophie eingeschrieben. Zwar waren die Frauen- und vor allem die Studentenbewegung ganz groß im Vormarsch, doch was das für eine junge Frau in der Realität hieß, war eine ganz andere Sache.

In einem Hörsaal für Jura und besonders Wirtschaftswissenschaften suchte man fast vergeblich nach weiblichen Studenten. Selbst in der Studentenbewegung war die Gleichberechtigung eher ein Slogan. Und was Langhans mit der Obermaier in der Kommune 1 in Berlin trieb, hatte mehr mit sexueller als mit politischer Revolution zu tun. Das schönste Paar der APO hatte es dementsprechend auch eher mit Drogen, Nudismus und Musik als mit Kritik an der herrschenden Macht.

Irgendwann, auf ihrer Suche nach Anerkennung und Anschluss unter den Studenten, war ihr Christian Scholl über den Weg gelaufen. Er war engagiert, hatte Benno Ohnesorg gekannt, war in Kontakt mit Dutschke und den radikalen Linken. Lange hatte es nicht gedauert, bis er Vicki vom gewalttätigen Widerstand überzeugt und ganz nebenbei ins Bett gequatscht hatte. Christian war, wenn es um die Rollenverteilung ging, auch nur ein Kerl. Frauen waren schön und gut, wenn sie ihre Aufgabe erfüllten. Einzig vor Ulli Meinhof schien er einen Höllenrespekt zu haben. Und wenn Vicki ganz ehrlich zu sich war, so musste sie zugeben, dass Christian für sie auch nur ein Mittel zum Zweck war: Durch ihn wollte sie die wirklichen Helden der Studentenbewegung kennenlernen: Meinhof, Dutschke und vielleicht sogar diese Gruppe um Andreas Baader.

Sie war so tief in ihren Gedanken versunken, dass sie Rea erst bemerkte, als sie vor ihr stand und sich einen Tee aufbrühte. »Mensch Rea, da bist du ja endlich. Was ist denn passiert? Christian hat stundenlang auf dich gewartet und ist dementsprechend sauer!« Vicki sah Rea an, wie sie sich zu ihr setzte, und seufzte sofort auf. Reas blonde Locken fielen wild um ihr zartes Gesicht. Sie war einzigartig mit ihrer makellosen, durchscheinenden Haut. Eine ätherische Schönheit, der man den Adel ansah. Bloß die Unschuld vom Lande, als die sie gestern die Wohnung verlassen hatte, die achtzehnjährige Jungfrau, gab es heute nicht mehr. Oh Mann, dachte Vicki. Hoffentlich ist Rea nicht an ein Arschloch geraten, das sich um Verhütung einen Dreck schert!

»Es ist etwas ganz Tolles passiert. Ich habe einen Mann kennengelernt«, flötete Rea etwas müde, aber sichtlich glücklich.

»Hab ich mir gedacht, und Christian hast du total vergessen, der hat in dem Club auf dich gewartet und hat hier gerade rumgetobt.«

Rea lachte nur laut auf. Dieses Lachen, als ob kleine Glöckchen klingeln würden, nahm jedem Streit die Schärfe. »Sorry, ich habe es gar nicht bis zur Bar geschafft, wurde gleich am Eingang auf der Tanzfläche aufgehalten.« Sie lächelte in sich hinein und fügte an: »Vicki, Mike ist wunderbar, ich glaube, ich liebe ihn.«

»Dann hat er dich die ganze Nacht flachgelegt«, bemerkte Vicki abgeklärt dazu und verdrehte die Augen. »Na ja, wie auch immer. Jetzt hau dich erst einmal hin und ruh dich aus. Heute Abend treffen wir uns mit Christian im Unicafé auf dem Campus. Dort gibt es eine Podiumsdiskussion, und diese Journalistin von *konkret* ist auch mit dabei, die Ulli Meinhof.«

»Mit der Meinhof«, erwiderte Rea begeistert. »Oh, wie toll. Sag mal, kann ich da noch jemanden mitbringen?«

»Mike?«, fragte Vicki halbherzig. »Ist der denn an Politik interessiert?«

»Wenn ich dabei bin, bestimmt«, meinte Rea und drehte sich einmal kurz wie ein kleines Mädchen im Kreis. Sie winkte Vicki und verließ mit ihrem Tee die Küche.

»Willkommen in der sexuellen Revolution«, brummte Vicki und verdrängte den Gedanken an Reas Vater. Der Baron wäre ausgeflippt, hätte er gewusst, dass Rea heute Nacht mit einem Mann zusammen war.

Juni 2019, Wangerooge

»Wenn du das jetzt machst, sorge ich dafür, dass Rike dich nicht heiratet«, drohte Knut in einem Ton, den Faber bei ihm noch nie gehört hatte. Für einen Moment blinkte ein gefährlicher Mann auf, der anscheinend auch in Knut steckte, bisher jedoch nie zum Vorschein gekommen war. Opa hatte Faber einmal erzählt, wie er damals als Rausschmeißer in den Hamburger Klubs, die nichts anderes als Puffs gewesen waren, gearbeitet hatte. Trotz der Prostitution waren es Klubs, weil dort Bands spielten wie die Beatles oder die Stones, und Knut war mitten unter ihnen gewesen. Er hatte sich sogar einmal so mit John Lennon besoffen, dass der damals noch unbekannte Sänger in Knuts möbliertem Studentenzimmer übernachtet hatte. Auch wusste Faber, dass Knut einmal einen jungen Soldaten zusammengeschlagen hatte, weil der seine betrunkene Enkelin angefasst hatte. Jetzt sah genau dieser Knut ihn an, ein Mann, der, wenn es sein musste, äußerst gewalttätig werden konnte.

»Knut, bitte sei vernünftig. Ich habe darauf bestanden, dich zu verhaften, weil sonst ein anderer, fremder Kriminalbeamte es hätte tun müssen. Diese Leute sind nicht gerade sanft, wenn sie dich für einen Mörder halten! Für die bist du nur ein Hauptverdächtiger und nicht Knut«, versuchte sich Faber zu verteidigen.

»Dann hast du noch nicht verstanden, was Familie bedeutet!«, war alles, was Knut bitter erwiderte. »Ich scheiß auf deine Vorschriften. Ich war das nicht, Rena lag mir am Herzen, und zwar sehr!«

»Als ob ich das nicht wüsste«, meinte Faber. »Aber die Tatsache, dass man alle diese Beweise gegen dich gefunden hat, ist nicht von der Hand zu weisen. Da versucht dich jemand reinzulegen und bisher ist er sehr erfolgreich damit!« Faber flehte ihn fast an, als er anfügte: »Verstehe doch. Man wird dich durch die Mangel drehen, wenn ich das nicht übernehme!«

Knut sah ihn zweifelnd an, kniff die Augen zusammen und sagte hart: »Nein!« Faber wurde mulmig. »Was immer auch passiert, so behandelt man keine Familienmitglieder. Kein Gesetz der Welt kann das bestimmen. Du bist ab heute Luft für mich. Wer so etwas tut, gehört nicht zur Familie. Jetzt leg mir schon die Handschellen an, du Scheißbulle!«

Faber sah ihm tief in die Augen, bis Knut sich umdrehte und aus dem Fenster blickte. »Bitte bleib auf deinem Zimmer. Ich werde dich hier einschließen, das verlangt die Vorschrift, und erst einmal deine Telefone mitnehmen. Wir besorgen dir in der Zwischenzeit den besten Verteidiger. So wie die Sache aussieht, wird man mich jetzt wegen Befangenheit auch von dem Fall abziehen. Doch ich kann bestimmt auf den Staatsanwalt und meinen Vorgesetzten einwirken, dass es keine Untersuchungshaft gibt. Man wird wahrscheinlich damit einverstanden sein, dass du mit einer elektronischen Fußfessel in deinem Haus in Klein Hauen bleiben kannst.«

»Verschwinde«, knurrte Opa ihn an. Faber nahm den Stecker für das Zimmertelefon aus der Buchse und griff auch das Handy auf dem

Nachttisch. Anschließend zog er den Zimmerschlüssel aus dem Schloss.

Im Türrahmen drehte er sich noch einmal um. »Knut, sei nicht ungerecht. Ich weiß, du bist zornig, und ich weiß auch, dass du völlig unschuldig bist. Aber Rike und ich dürfen nicht weiter an deinem Fall arbeiten, das könnte dir mehr schaden als nützen!« Als Knut nicht reagierte, seufzte Faber und verschloss die Tür. Es tat ihm in der Seele weh, so etwas mit Knut zu machen, doch jeder andere Kommissar hätte ihn in Handschellen abgeführt und erst einmal in ein Untersuchungsgefängnis gesteckt.

Rike wartete auf ihn in ihrem Zimmer. Als er endlich eintrat, sah sie kurz in sein Gesicht und umarmte ihn sanft. »Am besten, du gehst jetzt zu ihm«, meinte er, löste sich aus ihren Armen und reichte ihr den Zimmerschlüssel.

»Gibt er dir die Schuld?«, fragte sie mit feuchten Augen.

Faber nickte. »Er meinte, ich bin nur noch Luft für ihn, da ich mich nicht wie ein Familienmitglied verhalte. Ein Teil meines Herzens sagt das Gleiche.«

»Richard, wir müssen rausbekommen, wer Knut das antut!« Rike schluckte ihre Tränen herunter und rieb sich kurz über die Augen. Sie ergriff den Zimmerschlüssel, den Faber ihr immer noch hinhielt.

»Wenn wir beide uns da einmischen, dann wird es für Knut nur noch schlimmer. Die Staatsanwaltschaft wird von uns keine Beweise akzeptieren. Wir sind seine nächsten Verwandten, Polizisten, die wissen, wie man Beweise manipuliert und Zeugenaussagen steuert. Das macht es alles noch schlimmer. Nein, wir halten uns da raus. Buche heute Abend die Fähre, wir beide bringen Knut zurück aufs Festland. Ich sorge dafür, dass die Staatsanwaltschaft mit einer Streife nach Klein Hauen kommt, um eine Fußfessel bei Opa anzubringen.«

»Aber, aber«, stotterte Rike. »Du willst, dass ich in aller Ruhe unsere und Opas Sachen packe und dann bei ihm rumsitze, während die Schlinge sich zuzieht? Faber, man hat ihm dieses Digitalis untergeschoben, genauso wie das Weinglas mit seinen Fingerabdrücken in der Wohnung der Toten deponiert wurde. Jemand will ihn zum Mörder machen, unseren Opa, da können wir nicht einfach nur zusehen!«, schrie sie ihn plötzlich regelrecht an.

Faber sah sie nur an, genau wie Knut vor ein paar Minuten. Er schüttelte enttäuscht den Kopf und verließ das Zimmer.

Sein Team inklusive Schorlau wartete draußen an einem der Gartentische. »Du siehst aus, als ob du es bis zum Sankt-Nimmerleins-Tag bei deinem Schwiegergroßvater in spe versemmelt hast«, merkte der Pathologe an. Aber dieses Mal waren seine Worte nicht sarkastisch, im Gegenteil, er wirkte ernst und etwas besorgt.

»Ja, er nimmt mir den Haftbefehl sehr krumm. Doch Knut ist einfach zu klug. Wenn sich die Gefühle gelegt haben, wird er erkennen, dass ich es nur gut meine«, sagte Faber niedergeschlagen und setzte sich zu ihnen. »Ich habe mit EKHK Miedler gesprochen, er kümmert sich um den Staatsanwalt in Emden, damit auch in der Hinsicht kein Verfahrensfehler gemacht wird. Ab morgen ist unser gesamtes Team raus aus dem Fall, nur Philipp als Leiter der Forensik bleibt in der Ermittlung.«

»Somit bin ich also euer Doppelagent«, erfasste Schorlau sofort seine Rolle.

»Genau, Miedler und du, ihr werdet uns auf dem Laufenden halten. Sinus Miedler ist ein Schlitzohr, er weiß genau, dass wir unsere Finger nicht aus dem Fall lassen können. Er meinte, wir müssen sehr, sehr vorsichtig sein mit dem, was wir tun. Vor allem Rike muss aus den Ermittlungen rausbleiben, denn sie ist als Knuts Enkelin völlig befangen. Das werde ich managen«, erklärte Faber seine Strategie. »Offiziell machen wir ab morgen im Fall der Staat gegen Knut Waatstedt nichts mehr.«

»Alls klaar, Chef«, reagierte Tamme und fuhr auf Hochdeutsch fort: »Was sollen wir also tun?«

»Laurien und Sonja, ihr werdet heute noch so viele Zeugen befragen wie möglich. Konzentriert euch auf das Wohngebäude von Frau von Wintershausen. Nehmt euch die Restaurants, Cafés und Eisdielen vor. Den Juwelier und das Klamottengeschäft, in dem Knut oder beide eingekauft haben. Sprecht mit den Angestellten der Bahn, der Fähre, wir brauchen jede Beobachtung. Ihr habt Zeit bis morgen. Wenn das neue Ermittlerteam ankommt, sind wir raus«, wies Faber an. »Philipp, geh noch einmal durch die Wohnung, nimm alles auseinander. Dann flieg zurück nach Oldenburg und sieh dir alle Fingerabdrücke an, die Digitalispackung, das Weinglas, einfach alles. Tamme, du schnappst dir das Handy und das Tablet von Frau von Wintershausen. Mach Kopien der Festplatte und aller Speicher, denn ab morgen kommen wir da nicht mehr ran! Vielleicht erzählt uns ihre digitale Spur etwas über die Bedrohungen, von denen das Opfer gesprochen hat.«

»Und Sie, Chef?«, fragte KK Heiligenstadt.

»Ich rufe Torben und Friedhelm an und lasse sie in Renata von Wintershausens Leben wühlen. Wir brauchen eine Vita der Frau, Familie, Besitz, einfach alles. Sie müssen sich unbedingt auch die Villa in Emden ansehen. Ich selbst spreche jetzt mit KOK Kalsche, um den Neffen zu vernehmen. Immerhin hatte er einen Grund, ziemlich sauer auf seine Tante zu sein, wenn sie die Verlobte ablehnte. Von wegen inniges Verhältnis, der hat auch Leichen im Keller«, meinte Faber überzeugt. »Rike, Knut und ich nehmen die letzte Fähre. Ihr bleibt und macht die Übernahme mit dem neuen Ermittlerteam. Bitte sagt den Beamten aus Oldenburg nichts außer den bereits offiziell gemachten Informationen. Alles, was ihr noch rausbekommt, muss unter uns bleiben. Denn das Wichtigste ist, dass wir jetzt Zeit schinden!«

»Dafür bekommen wir richtig Ärger, wenn das neue Ermittlungsteam das rausfindet. Und genau das tun sie, wenn sie die Zeugen noch einmal befragen, die wir heute ausquetschen«, gab Sonja Withuus zu bedenken.

»Stimmt, das nehme ich auf meine Kappe. Doch glaubt mir, der Ärger ist nichts im Vergleich zu dem, was passieren wird, wenn man ein Verfahren wegen Mordes gegen Knut eröffnet.«

August 1968, Hamburg

Nachdem Rea mit Mike telefoniert hatte, war sie enttäuscht und auch etwas verunsichert. Sie hatte ihm gesagt, dass sie heute Abend mit Vicki und anderen Freunden im Unicafé sein würde, aber er hatte abgesagt. Er meinte, den Rest des Wochenendes hätte er Dienst und würde sich bei ihr melden, sobald ein wenig Zeit wäre. Vicki hatte gefragt, was dieser Michael eigentlich machen würde, doch Rea musste passen. Genau diese Frage hatte sie nicht gestellt. Daraufhin gab Vicki ihr den guten Rat, sich den Kerl aus dem Kopf zu schlagen. Denn eine solche Ausrede bedeutete nur, dass er nach dem One-Night-Stand kein weiteres Interesse hätte.

Aus dem Grund hatte Rea auch keine Lust, mit auf die Podiumsdiskussion ins Unicafé zu gehen. Weil sie Christian und

Vicki bereits gestern versetzt hatte, tat sie es dennoch ihrer Freundin zuliebe.

Christian Scholl machte erst einen auf netten Kumpel, baggerte Rea anschließend aber ziemlich unverhohlen an. Er quatschte die ganze Zeit von der gesamtdeutschen Revolution und wie er dabei eine entscheidende Rolle spielen würde. Christian nannte sie Genossin im Kampfe und legte ihr den Arm so weit über die Schulter, dass er sie immer wieder versehentlich an der Brust berührte. Dann reichte es ihr und sie setzte sich auf die andere Seite neben Vicki und war froh, als die Podiumsdiskussion endlich losging.

»Genossen«, rief der studentische APO-Vorsitzende der Uni Hamburg. »Es spricht Ulrike Meinhof von *konkret*.« Rea sah, wie die eher unscheinbare dunkelhaarige Frau ihre Brille zurechtrückte und die Papiere vor sich legte.

»Protest ist, wenn ich sage, das und das passt mir nicht. Widerstand ist, wenn ich dafür sorge, dass das, was mir nicht passt, nicht länger geschieht«, fing sie an und Jubel und Applaus erfüllten den Saal des Unicafés. Anschließend redete sie von dem Telegramm, das sie im Februar an Augstein, den Herausgeber des Spiegels, geschickt hatte. »In Berlin herrscht gegenwärtig ein absoluter und kaum schlimmer vorstellbarer Terror gegenüber den Studenten«, begann sie den Inhalt des Telegramms wiederzugeben.

Rea hörte der Frau gebannt zu, war fasziniert von ihrer Ausstrahlung und dem Kampfgeist. Ulli Meinhof gehörte zu den politisch aktiven Journalistinnen, die sie bewunderte. Eine eigenständige Frau, die ihre Meinung vertrat und sich weder politisch noch sexistisch den Mund verbieten ließ. Daher konnte Rea es auch kaum glauben, als gerade dieser Oberidiot Christian mit Ulrike im Schlepptau an ihren Tisch kam, nachdem die Podiumsdiskussion drei Stunden später beendet war.

Christian stellte Vicki und auch Rea als Genossinnen im Kampf gegen den westlichen Imperialismus, den Atom- und Vietnamkrieg vor. Rea war richtig stolz, als Ulrike ihnen die Hand schüttelte. Sie war sehr beeindruckt davon, wie akzentuiert die Journalistin in der anstehenden Unterhaltung redete, über ein Konzept des bewaffneten Kampfes und die Stadtguerillas sprach.

»Das Konzept Stadtguerilla stammt aus Lateinamerika. Es ist dort die revolutionäre Interventionsmethode von insgesamt schwachen revolutionären Kräften«, setzte Ulrike an. »Stadtguerilla geht davon aus, dass viele der sogenannten Revolutionäre das Volk nicht in einen revolutionären Kampf führen möchten. Und so wird es, wenn die Situation reif ist für den bewaffneten Kampf, zu spät sein, weil der Kampf nie richtig vorbereitet wurde. Das bedeutet, dass gerade in der Bundesrepublik ohne eine revolutionäre Orientierung kein Kampf geführt werden kann, auch wenn die Zeiten günstig wären. Selbst wenn ein Volk gewaltbereit wäre aufgrund der politischen Entwicklung des Kapitalismus, ginge das nicht ohne eine Orientierung.«

»Somit bist du der Meinung, dass man, anstatt die Straße als Instrument des Unmutes und der Revolution zu nutzen, organisiert und vorbereitet eine Waffe in die Hand nehmen soll?«, fragte Rea, weil sie eigentlich Gewalt in jeglicher Form ablehnte.

Ulrike sah sie an und lächelte. »Aber das ist doch schon der Fall, nur dass es, wie du sagst, von unserer Seite nicht genügend organisiert ist«, erwiderte sie ruhig. »Stadtguerilla ist bewaffneter Kampf! Momentan ist es die Polizei, die rücksichtslos von der Schusswaffe Gebrauch macht. Es ist unser Rechtssystem, das Polizisten wie Kurras freispricht und die Genossen damit lebendig begräbt. Stadtguerilla heißt, sich von der Gewalt des Systems nicht demoralisieren zu lassen.«

»Aber worauf zielt denn solch ein Kampf ab?«, fragte Rea erschrocken, denn wenn Ulli recht hatte, waren sie schon mitten im bewaffneten Kampf, nur dass Polizisten wie Kurras die Pistole legal in den Händen hielten und Menschen wie Ohnesorg erschossen.

»Stadtguerilla zielt darauf, den staatlichen Herrschaftsapparat stellenweise außer Kraft zu setzen, den Mythos von der Allgegenwart des Systems und seiner Unverletzbarkeit zu zerstören«, beantwortete Ulrike ihre Frage und fuhr fort: »Wichtig ist, dass man, bevor man sich entschließt, bewaffnet zu kämpfen, legale, politische Erfahrungen macht. Wo aber der Anschluss an die revolutionäre Linke einem modischen Bedürfnis entspricht, schließt man sich besser nur da an, von wo man wieder zurückkann«, meinte sie und sah besonders die gestylte Vicki an.

»Verstehe«, meinte Rea nachdenklich. »Nur in unserem Staat wäre so etwas völlig illegal und kriminell. Man müsste das soziale Gefüge verlassen und wie ein Outlaw im Untergrund leben.« Sowohl Christian als auch Vicki taxierten sie. Christian eher ärgerlich, doch

Vicki sah wieder ihre Freundin, die nicht nur schön, sondern auch klug war und den Mund nicht hielt, wenn sie was zu sagen hatte.

Ulrike indes grinste und nickte mit dem Kopf. »Der Legalitätsspielraum, den Reformismus bietet, ist die Antwort des Kapitals auf die Attacken der Studentenbewegung und der APO. Wenn wir uns weiterhin auf diese Legalität berufen und sie verteidigen, dann machen wir die gleichen Fehler wie in Lateinamerika. Denn dann lassen wir den Reaktionären Zeit, sich zu formieren. So werden sie nicht nur in der Lage sein, die Linke in die Illegalität zu treiben, sie werden uns stattdessen zerschlagen.«

Leider kam in dem Moment der APO-Vorsitzende und bat Ulrike, noch ein paar Aktivisten kennenzulernen. Rea hätte gerne noch weiter mit der Journalistin diskutiert. Ihre Worte waren so einleuchtend und durchdacht, grübelte sie gerade, als Christian sie anraunzte: »Spinnst du eigentlich, die Meinhof zu unterminieren?«

»Rede keinen Scheiß«, pflaumte ihn Rea jetzt an und Christian zuckte regelrecht zusammen. Solche Worte hätte er von der Schönheit vom Land nicht erwartet. »Ich habe Fragen gestellt und kluge Antworten bekommen. Ich denke, sie hat recht. Wir sind mit der APO und der Studentenbewegung bereits gegen die Wand gelaufen, vielleicht wird es Zeit für ein Stadtguerilla-Konzept. Zeit für einen bewaffneten Widerstand!« Jetzt sah auch Vicki sie erstaunt an.

»Oh, Kompliment«, zog Christian seine Aggressivität zurück. »Bravo, dann wärst du bereit, uns dabei zu helfen. Wir sind eine kleine Gruppe, die bereits damit angefangen hat«, erklärte er leise und kam sich dabei sehr wichtig vor.

Rea lachte höhnisch auf. »Ach ja? Und du gehörst dazu? Du meinst doch die Gruppe um Ensslin und Baader, die im Knast sitzen für die Kaufhausbrände in Frankfurt. Vicki hat mir davon erzählt. Erstens glaube ich dir nicht, dass du die Leute kennst, und zweitens wäre ich mir nicht sicher, ob die einen wie dich nehmen würden. Denn meiner Meinung nach bist du nur ein chauvinistisches Arschloch, das die Revolutionskarte spielt, um zwischen so viele Beine von Studentinnen zu gelangen wie möglich!«

Dieses Mal blieb auch Vicki die Spucke weg. Sie fragte sich wirklich, was aus ihrer gestern noch jungfräulichen Freundin geworden war. Christian bekam einen roten Kopf vor Zorn.

»Deine frigide Freundin hat sie doch nicht alle«, maulte er anscheinend eingeschüchtert lieber Vicki an, stand auf und ließ die beiden allein.

In dem Moment musste Rea anfangen zu lachen und auch Vicki stimmte in ihr Gekicher ein. »Komm, lass uns abhauen. Wenn wir wirklich etwas für die APO und die Bewegung tun wollen, dann nicht mit diesem Spinner. Da müssen wir uns an jemanden wie die Meinhof halten oder direkten Kontakt zu Ensslin oder Baader in Erwägung ziehen«, sagte Rea überzeugt.

Als die beiden das Unicafé verließen, stand auf der anderen Straßenseite ein Mann. Er winkte begeistert, nachdem er Rea entdeckt hatte, und sie lief erfreut auf ihn zu. Wie vom Blitz getroffen, blieb Vicki stehen. Sie traute ihren Augen nicht und konnte kaum glauben, wen Rea da so leidenschaftlich küsste. Immerhin verstand sie jetzt, warum Rea ihren Lover von letzter Nacht nicht Michael, sondern Mike nannte. Der Kerl war schwarz wie die Nacht, und dass er Amerikaner war, bezweifelte Vicki nicht. Denn er trug die Militäruniform der Army.

Schnell lief auch Vicki auf die andere Straßenseite, um die beiden, die sich immer noch küssten, als wären sie alleine auf der Welt, hier wegzuzerren. Denn würde Christian oder einer der APO-Leute sie sehen, dann hätte Rea und auch sie selbst ein Problem. Mit einem Offizier oder Polizisten abzuhängen, kam einem Hochverrat an der Sache gleich. Besonders die amerikanischen Besatzungsmächte wurden in ihren politischen Kreisen als der Erzfeind betrachtet.

»Du hast sie doch nicht alle!«, beschimpfte sie Rea, die Mike sofort losließ. Der blickte Vicki böse an. »Brauchst gar nicht zu glotzen, ganz knusper bist du auch nicht, hier aufzutauchen. Sei froh, dass nicht schon ein paar der militanten Studenten über dich hergefallen sind. Los, kommt schon, wir müssen hier weg, bevor uns noch jemand sieht.«

Juni 2019, Wangerooge

Faber hatte bei POK Kalsche alle Register ziehen müssen, um sie auf ihre Seite zu manövrieren. Sie war immer noch nicht begeistert von der Idee, die Ermittlungsschritte des neuen Teams aus Oldenburg ab morgen täglich an Faber weiterzugeben.

»Bitte glauben Sie mir, Ankia«, beschwor er sie erneut, nachdem er ihren zweifelnden Gesichtsausdruck gesehen hatte. »Knut, Opa, er ist ein wunderbarer Mann. Glauben Sie denn, er würde ihr ein Schmuckstück kaufen, sie uns vorstellen wollen, wenn er etwas mit ihrem Tod zu tun hätte? Sie haben ihn gesehen, als er Frau von Wintershausen identifizierte, Sie haben die Trauer in seinen Augen gesehen. Bitte …«, weiter kam er nicht.

»Meine Güte, KHK Faber, jetzt reicht es aber. Ist ja gut, ich rufe Sie an und erzähle Ihnen, wenn etwas Besonderes ans Tageslicht kommt. Aber wenn die Sache auffliegt, dann weiß ich von nichts und Sie halten Ihren Mund, wer Ihr Informant war. Verstanden?«

Faber konnte nicht anders, er griff POK Kalsches Schultern und zog sie in eine herzliche Umarmung. »Danke!«

Die Polizistin seufzte und fragte sich ernsthaft, warum sie sich auf so etwas eingelassen hatte. Sie kannte diesen Faber doch kaum. Trotzdem wirkten sowohl er als auch die Kommissarin, die Enkelin des Verdächtigen, ehrlich und wie verdammt anständige Menschen. Mal ganz abgesehen von Knut Waatstedt. Er war ein typischer Ostfriese, der sie an ihren eigenen Großvater erinnerte. »Kommen Sie, wir gehen jetzt rüber ins Hotel Gerken. Der Neffe hat dort ein Zimmer und wir sind mit ihm verabredet. Was Sie mir da über den Streit mit seiner Tante erzählten, hat einigen Erklärungsbedarf aufgeworfen.«

»Der Meinung bin ich auch. Vor allem, wenn man bedenkt, wie tränenreich er den Tod seiner Tante aufgenommen hat. Dabei wollte sie ihn enterben«, stimmte Faber beim Rausgehen zu.

Sie fanden Mathias von Wintershausen-Zollner im Schatten der Terrasse bei einem Aperol Spritz. Faber sah automatisch auf die Uhr, es war noch nicht einmal eins. Aber vielleicht war es in den Kreisen üblich, einen Aperitif vor dem Mittagessen zu nehmen, dachte er.

»Herr Wintershausen-Zollner«, sprach Faber den Mann an, der sich in seiner Trauer wohl gefangen hatte. Sein Gesicht wies keine Spuren von Kummer mehr auf. Außerdem trug er eine weiße Leinenhose, ein pinkfarbenes Poloshirt von Lacoste und weiße Espadrilles aus Leder. »Wir sind hier, um noch einmal mit Ihnen über Ihre Tante zu sprechen.«

»Baron«, meinte der blonde Mann nur.

»Was?«, fragte Faber erstaunt und konnte das erst gar nicht in Zusammenhang bringen.

»Baron von Wintershausen-Zollner. Verzeihen Sie, wenn man einen Titel trägt, wie ich es jetzt tue, dann trägt man auch Verantwortung und nimmt das ernst.«

Faber fing innerlich bereits an zu kochen. »Wie Sie wollen«, erwiderte er jedoch. »Können wir irgendwo hingehen, wo wir ungestört sind? Herr Baron«, schickte er reichlich zynisch hinterher.

»Ich bitte Sie, hier sind wir ungestört. Es ist kaum jemand auf der Terrasse. Außerdem habe ich bereits den Lunch bestellt. Das Essen sollte jeden Moment kommen. Kann ich Sie auch auf einen Aperitif einladen?«

Faber und POK Kalsche setzten sich zu ihm. »Nein, wir sind im Dienst!« Faber rollte die Augen, als in genau dem Moment, als er mit seinen Fragen ansetzen wollte, die Kellnerin kam und dem Baron einen Shrimp-Cocktail mit Blätterteigbrötchen servierte. Außerdem öffnete sie noch eine Flasche Weißwein und hielt ihm ein Glas zur Verkostung hin. Der Baron roch umständlich daran und ließ den Riesling in seinem Mund kreisen, als wäre es ein Château Pétrus. Immerhin holte die Bedienung noch zwei Wassergläser, und so bekamen Faber und Kalsche etwas von dem Sprudelwasser ab.

»Bitte, sprechen Sie, Herr Kommissar. Es stört Sie doch nicht, dass ich esse?«, fragte der Baron zwar, hatte sich aber bereits den ersten Shrimp mit der rosa Cocktailsauce in den Mund geschoben.

»Sie sagten uns, Ihr Verhältnis zu Ihrer Tante war innig«, konnte Faber endlich anfangen. »Wir haben andererseits gehört, dass man Sie enterben wollte, wenn Sie Ihre Verlobung nicht lösen würden.«

»Ach je«, meinte der Adelige genervt. »Diese dumme Angelegenheit wurde von der Presse aufgebauscht. Mein Tantchen hatte doch längst eingelenkt. Selbst eine von Wintershausen kann es sich heutzutage nicht mehr leisten, rassistisch auf Afroamerikaner zu reagieren. Meine Verlobte und ich sind immer noch zusammen, haben gewartet, dass meine Tante in Ruhe darüber nachdenken konnte. Und das hat sie getan, deshalb wollte ich sie ja auch unbedingt erreichen«, versuchte er das Thema herunterzuspielen.

»Aha«, kommentierte Faber die Sache nur, dann meinte er nach einer Weile: »Eigentlich ist der Tod Ihrer Tante in der Hinsicht für Sie gar nicht ganz so tragisch.«

Mathias von Wintershausen-Zollner legte empört die Gabel aus der Hand. »Bitte reißen Sie sich zusammen. Natürlich ist es tragisch, ich liebte meine Tante.«

»Na gut, aber jetzt sind Sie weder enterbt noch steht Ihnen jemand im Wege, wenn es um Ihre Hochzeit geht, oder?«

»Das stimmt schon, doch ziehen Sie keine falschen Schlussfolgerungen!«

Faber runzelte die Stirn. »Sagen Sie, Sie reden immer von Ihrer Tante. Hatte Renata von Wintershausen noch Geschwister, wenn Sie Ihre Tante war?»

Er schob den halb aufgegessenen Cocktail von sich und pflückte ein paar Blätterteigkrümel von seinem Polohemd. »Nein, eigentlich war sie nicht meine Tante. Renatas Vater, Baron Wolfgang von Wintershausen, verlor seine Frau, als Renata erst zehn Jahre alt war. Die Baronin war depressiv und nahm sich das Leben. Erst zwanzig Jahre nach dem Tod seiner ersten Gattin heiratete der Baron wieder, meine Mutter. Ich war damals bereits geboren. In diesen Kreisen ist es zwar erstaunlich, dennoch entschied sich der Baron für eine alleinerziehende Mutter. Da ich noch ein Baby war, zog er mich groß wie seinen eigenen Sohn. Leider starb er, als ich sechzehn wurde.«

»Dann ist Ihre Tante eigentlich Ihre Stiefschwester«, folgerte Faber.

»Ja, das stimmt. Aber sie war damals bereits Mitte dreißig und ich ein kleiner Junge. Man hatte Bedenken, dass ich es nicht verstehen würde. So sagte man mir, sie wäre meine Tante Renata«, erklärte er.

»Kommt der Namensteil Zollner von der Seite Ihrer Mutter?«

»Ja, auch das stimmt. Tantchen bestand bei der Heirat darauf. Der Baron war über siebzig, als er meine wesentlich jüngere Mutter heiratete, und daher hatte seine Tochter viel Einfluss auf ihn.«

»Verstehe«, meinte Faber und konnte sich nicht vorstellen, dass eine junge Frau einen Siebzigjährigen aus reiner Liebe geheiratet hatte. Doch es war noch nie einfach gewesen, eine alleinerziehende Mutter zu sein, weder im Jahr 2019 noch 1990. »Sie sind somit der Erbe, obwohl sie eigentlich nicht aus der Blutlinie der von Wintershausen stammten. Hatte denn Renata von Wintershausen keine Kinder?«

Was Faber gesagt hatte, echauffierte den Baron ein wenig, aber er nahm einen Schluck Riesling und beruhigte sich wieder. »Tante Renata war nie verheiratet. Für eine Adelige lebte sie ein avantgardistisches Leben, sie pfiff auf Konventionen. Sie hatte viele Liebhaber, was ihren Vater, den Baron, verzweifeln ließ. Trotzdem, geheiratet hat sie nie. Sie war eine Vorreiterin, wenn es um

Feminismus ging, eine bekannte Sportlerin und eine Kunstmäzenin. Ihr Name, egal wie alt sie auch wurde, war im Mund der höheren Gesellschaft, bloß hat sie sich nie mit einem Mann oder einem Kind geschmückt.«

Wieder kräuselte Faber die Stirn. Anscheinend ging POK Kalsche der gleiche Gedanke durch den Kopf wie ihm, denn sie fragte: »In dem Fall ist es erstaunlich, dass sie Vorurteile gegenüber Menschen anderer Hautfarbe hatte. Sind Sie sich sicher, dass Frau von Wintershausen Ihre Verlobte nur ablehnte, weil sie farbig ist?«

»Oh, sie lehnte nicht Menschen anderer Hautfarbe ab. Sie sagte nur, dass kein Nigger in ihre Familie kommt«, erwiderte der Baron ohne Umschweife. »Sie schlug mir vor, ich solle mir eine Asiatin anlachen, und meinte, selbst Inderinnen wären tolle Frauen. Aber wie gesagt, kein Nigger in der Familie Wintershausen. Ich zitiere meine Tante nur!« Er sah Faber an und zuckte die Schultern. »Woher ihre Aversion kam, hat sie mir nie erklärt.«

»Erstaunlich«, meinte Faber. »Sagen Sie, wo waren Sie denn Donnerstagabend?«, setzte er das Verhör fort.

»Bei meiner Verlobten in Hamburg!«

»Kein sehr gutes Alibi«, provozierte POK Kalsche.

»Doch, das ist es, denn meine Verlobte gab eine kleine Soiree. In etwa dreißig Leute können bezeugen, dass ich den ganzen Abend Gastgeber war.« In dem Moment wurde dem Mann seine Fischplatte serviert und er sah die beiden Polizisten an. »War es das jetzt? Ich würde nun gerne in Ruhe essen.«

»Vorerst schon. Man wird Sie noch einmal befragen, dann jedoch offiziell auf einem Präsidium«, erwiderte Faber nüchtern. »Danke für das Wasser!«

Kapitel 5

Dezember 1968, Hamburg

Rea hatte Mike jetzt seit drei Wochen nicht gesehen und tigerte aufgeregt in der Küche von einer Ecke in die andere. Vicki war so lieb gewesen und hatte sich mal wieder bei der Wohngemeinschaft von Christian einquartiert. Sie hing immer öfter mit dem Kerl rum und Rea vermutete, dass sie mittlerweile regelmäßig miteinander ins Bett gingen. Deshalb würde Mike dieses Mal von Freitagabend bis Sonntagnachmittag bleiben können. Einer seiner Vorgesetzten nahm ihn heute Nachmittag mit dem Auto von Bremerhaven nach Hamburg mit, da der Mann selbst mit seiner Frau zu einer Offiziershochzeit eingeladen war. Sonntagnachmittag würde Rea ihn dann wieder zum Bahnhof begleiten und es würde ein tränenreicher Abschied werden. Sie liebte ihn und Mike liebte sie.

Sie war unschuldig und naiv an dem Abend gewesen, als er sie in seine Arme gezogen hatte. Doch hatte sie genau in dieser Nacht ihre große Liebe gefunden. Nichts war danach einfach gewesen. Auch Vicki, die sie eigentlich dort hingeschickt hatte, war fuchsteufelswild geworden, als sie hörte, wer er war. Der verdammte Feind, der sich in einem ihrer Clubs amüsierte und ausgerechnet das Freifräulein für sich vereinnahmt hatte. Denn Vickis Freifräulein war eine ganz andere Aufgabe zugedacht worden. Nur Rea stammte aus den Kreisen, die für die Gruppe wichtig waren. Wichtig, weil ihr Vater mit Politikern, Industriellen und anderen VIPs in Verbindung stand, welche zu potenziellen Zielen für Christians Gruppe werden sollten. Eine Gruppe, die als Vorläufer der Bewegung galt, die einige Jahre später als die Rote-Armee-Fraktion Deutschland in Angst und Schrecken versetzte. Aber die Baroness hatte sich, anstatt Informationen zu liefern, dem Feind zugewandt.

Dabei gehörte Captain Mike Hogan aus Boston, Massachusetts, nicht zu den naiven, hörigen Männern der kämpfenden US-Army-Einheiten. Er war zwar in Vietnam gewesen, doch mit dem Medical Corps. Nachdem er das Studium der Medizin hinter sich gebracht hatte, meldete er sich als Assistenzarzt bei der Army. Der einzige Grund dafür war seine Hautfarbe. Es war schwer genug, einen Studienplatz zu finden. Er hatte sich durch die Schikanen der ausschließlich weißen Professoren gekämpft, um als einziger Afroamerikaner seines Jahrgangs den Eid des Hippokrates auf der Promotionszeremonie zu verlesen. Danach eine Assistentenstelle zu finden, war kaum möglich, es sei denn, er wäre in ein schwarzes Hospital gegangen. Nur, dass er dort seinen Facharzt nicht hätte machen können.

Anders sah es da beim Militär aus. Darum hatte er in den sauren Apfel gebissen, die Grundausbildung hinter sich gebracht und war dann sofort in Vietnam stationiert worden. In einem Feldlazarett hatte er drei Jahre die Schrecken von Splitterbombern, Kugeln und Napalm gesehen. Zwar war es die härteste Lehrzeit für einen angehenden Chirurgen gewesen, aber nur so war er auch einer der besten geworden. Die verblutenden Männer, denen er half, scherten sich in dem Dschungellazarett unweit der Stadt Huế nicht besonders, ob ihr Arzt schwarz, weiß oder rot war. Vielleicht hätten einige bei einem gelben Arzt gezuckt, wenn sie bei Bewusstsein gewesen wären.

Wahrscheinlich hätte man Captain PD. Mike Hogan wegen seiner Effizienz für immer dortbehalten, aber als das Lazarett eines Tages unter schweren Beschuss geriet, wurden auch Ärzte verletzt. Man flog ihn von Vietnam nach Frankfurt, wo er erst einmal genesen sollte. Doch für eine Heimkehr war es noch zu früh, darum trat er seine Stelle in dem erst vor fünf Jahren neu sanierten Military Hospital 33rd Station in Bremerhaven an.

Für den ausgebufften Chirurgen genau das Richtige, denn dieses Klinikum war für einen Arzt ein Traum. In den Jahren 1961 und 1962 wurde das US Army Hospital Bremerhaven vollständig renoviert und für modernste medizinische Verfahren eingerichtet. So gab es eine Serologie, eine Röntgenabteilung, eine Zahnklinik und eine Augenklinik. Auch ein EKG konnte hier geschrieben und ausgewertet werden. Für die medizinische Rehabilitation der Soldaten stand eine umfangreiche Physiotherapie zur Verfügung, die ebenfalls nach modernsten Erkenntnissen eingerichtet war, inklusive Whirlpool, Wärmebehandlung mit Elektrotherapie, Übungsgeräten aller Art und einem großen Bewegungsbecken für verschiedene Wasseranwendungen.

Mike war einer mit allen Wassern des Krieges gewaschener Arzt, der Operationen am offenen Herzen unter Gefechtsfeuer und nicht gerade sterilen Bedingungen erfolgreich durchgeführt hatte. In solch einer Klinik konnte er das Traumparadies der Patientenbetreuung kennenlernen. Mike profitierte nicht nur von der neusten Technik, er nutzte auch den Forschungsbereich. So rechnete er sich zurück in den USA eine Professur aus, vielleicht sogar in Harvard. Sein Leben gehörte der Medizin und seit ein paar Monaten auch einem deutschen Fräulein, Rea.

Seine neue Freundin war mehr als nur schön und sexy. Sie war intelligent, was Mike sehr an ihr schätzte. Ihr Englisch hatte sich in den paar Monaten erheblich verbessert und sein deutscher Wortschatz profitierte von ihren zweisprachigen Diskussionen. Und Diskutieren war für sie wichtig. Rea hatte intensive politische Ansichten. Ihm gefielen ihre Meinungen, denn er konnte ihrem Verlangen nach Freiheit und Gleichberechtigung nur zustimmen. Nur wenn sie manchmal euphorisch, mit etwas zu viel Wein im Bauch von der gewalttätigen Revolution sprach, hielt er massiv dagegen.

Der Schock und die Aufstände, die durch das tödliche Attentat auf Martin Luther King vor knapp acht Monaten in den Staaten begonnen hatten, hielten sich beharrlich. Mikes Eltern nahmen an den Kundgebungen und Demonstrationen genauso teil wie seine Freunde. Das war immer wieder ein Grund zur Sorge, denn eigentlich waren sie zu alt und zu gesittet, um sich gegen weiße, rassistische Cops mit Schlagstöcken behaupten zu können. Gewalt, Tod und Verlust hatte er in den drei Jahren in Vietnam zur Genüge gesehen. Keine Überzeugung der Welt war es wert, einen Menschen dafür zu verletzen, geschweige denn zu töten.

»Thank you sir«, sagte er höflich, »Ma'am«, wandte er sich auch nach vorne an die Ehefrau von Colonel Jackson und tippte an die Mütze seiner Ausgehuniform. Beide nickten ihm freundlich zu, als sein Chef ihn in Altona-Nord absetzte. Er schulterte seinen Army-Rucksack und ging schnellen Schrittes die restlichen fünfhundert Meter zu ihrer Wohnung. Sie würde begeistert sein, denn er hatte in der PX nicht nur Levis Jeans in ihrer Größe besorgt, sondern auch mindestens ein Kilo Reese's Peanut Butter Cups bekommen. Die PX, ein steuerfreier Megamarkt mit Überseewaren nur für amerikanische Militärangehörige, bot Schätze an, die die meisten Deutschen gar nicht kannten. Dazu gehörten unter anderem die kalorienreichen Erdnussbutterpralinen, für die Rea innig schwärmte. Mike wurde immer ganz schwindlig, wenn er sich den Nährwert dieser

Leckereien ansah. Doch Rea konnte ein Dutzend davon essen, ohne dass ihr schlecht wurde oder sie nur ein Gramm zunahm.

Als er endlich im zweiten Stock vor ihrer Haustür stand und klingelte, hörte er sie im Flur rennen. Rea riss die Tür auf und fiel ihm in die Arme. Sie küssten sich so lange, bis die Nachbarin aus der Tür trat und einen empörten Kommentar beim Runtergehen machte. Rea zog ihn in die kleine Wohnung, und anstatt erst einmal in die Küche zu gehen, wo sie einen Gugelhupf und Kaffee vorbereitet hatte, zogen sie sich die Kleider schneller vom Leib, als sie in Reas Zimmer stolpern konnten. »You're killing me, sweetheart!«, murmelte er glücklich, nachdem sie sich geliebt hatten.

»Komm«, forderte sie ihn auf und krabbelte aus dem Bett. Sie warf sich den flauschigen Bademantel über. »Lass uns Kaffee trinken, ich habe Kuchen gebacken.«

»So, du bist also auch ein Hausfräulein?«, spottete er mit seinem Akzent. Rea fand, dass es sich süß anhörte, und lachte. »Ist Vicki da?«

»Nein, wir haben die Wohnung bis Sonntag ganz für uns alleine. Und ich habe nicht vor, sie zu verlassen. Die meiste Zeit verbringen wir einfach im Bett. Wir kochen uns etwas und führen uns auf wie ein altes Ehepaar.«

»Wunderbar«, erwiderte Mike und zog sich nur seine Boxershorts über, um ihr mit dem Rucksack in der Hand in die Küche zu folgen. Er sah sich den Gugelhupf an und foppte sie mit den Worten: »Well, der ist nicht angebrannt. Entweder muss ich dich jetzt heiraten oder er ist doch nicht selbstgemacht!« Dann holte er die Jeans raus und gab sie ihr. Rea drückte ihm einen dicken Kuss auf und zog sie sofort über. Sie musste ein bisschen am Reißverschluss ziehen, um ihren kleinen Bauch reinzubekommen. »Besser gebe ich dir die Buttercups gar nicht, du wirst langsam fett«, stichelte er wieder und sie zog eine Schnute. »Aber ich liebe jedes Gramm an dir!« Er holte aus seinem Rucksack noch eine Kleinigkeit. Es war ein Charme-Anhänger für ihr geliebtes Bettelarmband, das sie nie ablegte. Er hatte einen Äskulapstab in Silber besorgt, der sie immer an ihn erinnern sollte. Sofort hakte er ihn am Armband fest und konnte sehen, wie sehr sie sich über das Geschenk freute.

Mike schüttete Kaffee für beide ein und Rea legte ihm ein Stück Kuchen auf den Teller. Sie riss die Verpackung der Süßigkeiten auf, um sich sofort zwei in den Mund zu stopfen. Mit hörbarem Genuss kaute sie auf der Erdnussbutterschokolade herum, sodass es für Mike die reinste Freude war, ihr nur zuzusehen. Jedoch stoppte sie plötzlich und hielt sich eine Hand vor den Mund. Keine Sekunde später rannte sie schon los und er hörte das Würgen auf der Toilette. Mike war sofort bei ihr und hielt ihr die Stirn und die langen Locken aus dem Gesicht, während sie sich übergab.

Es dauerte etwas, bis es endlich besser war und sie sich den Mund ausspülen konnte. »Du hast kein Fieber, wahrscheinlich ist es dann keine Infektion. Hattest du schon öfter solch eine Übelkeit?«, fragte er, in dem Moment ganz der Arzt.

»Ja, seit zwei Wochen passiert mir das immer mal wieder. Tut mir leid, ich war wohl zu gierig.«

»Hauptsächlich morgens? Hast du zugenommen?«

»Mike, worauf willst du hinaus? Ja, ich übergebe mich manchmal am Morgen und habe einen kleinen Bauch bekommen. Na und, wenn schon!«

»Rea, ich habe dir doch die Enovid besorgt, hast du die jeden Tag genommen?«, kam er jetzt auf den Punkt. »Wenn du nur eine Pille vergessen hast, könntest du schwanger sein. Die Übelkeit und auch die Gewichtszunahme sprechen dafür.«

Rea riss die Augen auf. »Quatsch, ich bin nicht schwanger!«

»Fühlen sich deine Brüste anders an, bist du manchmal ein bisschen melancholisch, weinst oder bist müde?«, setzte er seine Befragung fort. Sie konnte jedoch keine Verärgerung in seiner Stimme hören, er sprach wie ein professioneller Arzt. Mike nahm sie in den Arm und meinte: »Sag es mir!«

»Ja, alles, was du aufgezählt hast, und ich habe meine Periode nicht bekommen. Ich bin vier Wochen drüber, das passiert mir öfters. Das muss nicht bedeuten, dass ich ein Baby bekomme«, versuchte sie sich heftig zu verteidigen. Sie drückte ihn von sich. »Außerdem bin ich eine selbstständige Frau, du musst dich nicht verantwortlich fühlen, wenn ich schwanger bin.«

Mike lachte und seine Augen funkelten. Er zog sie wieder in seine Arme. »Honey, wenn du wirklich schwanger bist, werden wir eben Eltern. Das ist doch wunderbar. Wir heiraten und ich nehme dich mit in die USA. Man wird mich endlich aus der Army entlassen«, sagte er überzeugt. Rea drückte sich wieder ungläubig von ihm. Er lächelte immer noch. »Sweety, meine Eltern sind angesehene Menschen. Beide sind Professoren an der Boston University. Entweder ich bekomme dort auch eine Stelle und beginne eine Professur oder ich eröffne eine Praxis. Wie auch immer, es wird uns gut gehen, uns dreien. Außerdem wird mein Dad verdammt stolz sein, wenn ich ihm eine so schöne und kluge Schwiegertochter mitbringe!«

Reas Herz klopfte wild, als er das alles sagte, und sie konnte ihr Glück kaum fassen.

Juni 2019, Wangerooge

Während der gesamten Überfahrt von Wangerooge nach Harlesiel sprach Knut kein Wort, noch nicht einmal mit Rike. Er schien ihr übel zu nehmen, dass sie sich weiterhin auf Richards Seite stellte. Darüber hatte sie auf der Insel lange mit ihm diskutiert. Sie kannte Opa. Im Moment schaltete er auf stur, aber er würde irgendwann Einsicht zeigen und verstehen, dass es keine andere Möglichkeit gegeben hatte. So hatten alle drei schweigsam an Deck der Fähre gesessen und zugesehen, wie die Insel hinter ihnen immer kleiner wurde.

Natürlich hatte Faber von Handschellen abgesehen und war froh gewesen, dass der Staatsanwalt nicht darauf bestanden hatte, eine Streife nach Harlesiel zu schicken. Sie gingen wie drei ganz normale Touristen von Bord und fuhren dann mit ihrem Audi nach Hause. Torben und Friedhelm begrüßten sie in Klein Hauen und auch der Staatsanwalt war vor Ort. Er musste dem Beschuldigten die Verfügung übergeben und war anwesend, als Polizeimeister Torben Husman Knut die Fußfessel anlegte.

»Herr Waatstedt, diese Fußfessel hat eine Reichweite von etwa fünfzig Metern um Ihr Haus. Das bedeutet, Sie können in den Garten gehen, aber sonst nicht weiter«, erklärte Torben reichlich offiziell. »Sollten Sie dennoch die Grenze überschreiten, wird bei uns auf dem Revier ein Alarm ausgelöst und eine Streife wird kommen. Wenn das kleine grüne Licht da unten auf Rot schaltet, gehen Sie sofort zum Haus zurück. Wenn der Alarm nur ein paar Sekunden dauert, können wir das ignorieren.«

»Aber falls nicht, wird das von der Staatsanwaltschaft als Fluchtversuch angesehen, Herr Waatstedt. Das trifft auch zu, wenn Sie versuchen sollten, die Fußfessel aufzubrechen. Sie ist elektronisch verplombt«, fügte der Staatsanwalt an.

»Was stellt ihr euch eigentlich so an? Neben mir wohnt doch einer eurer Bluthunde, der wird schon dafür sorgen, dass ich nicht abhaue. Hat mich ja auch festgenommen«, knurrte Knut und sah Faber vorwurfsvoll an, der an Opas Küchenbuffet lehnte. Dann krempelte er sein Hosenbein wieder runter, ging aus der Küche und stapfte mit seinem Koffer nach oben.

Rike nickte dem Staatsanwalt zu und folgte ihrem Opa. »KHK Faber, können wir uns kurz unterhalten?«, fragte der Staatsanwalt.

»Natürlich, kommen Sie mit, wir gehen rüber zu mir«, erwiderte dieser. Schnell zog er bei sich die Rollläden im Wohnzimmer hoch und öffnete die Terrassentür. Die Luft war etwas abgestanden und es tat gut, eine frische Brise ins Wohnzimmer zu bekommen. Faber schaltete die Kaffeemaschine an und braute erst einmal nur zwei Espresso, da Torben und Friedhelm im Streifenwagen warteten, bis er mit dem Staatsanwalt fertig war.

»Kriminalhauptkommissar Faber, es tut mir leid für Sie und KK Waatstedt, aber die Sachlage ist wirklich verzwickt«, meinte der Staatsanwalt. »Wir werden sehen, was der KED Oldenburg rausfindet. Ich wollte Sie nur inständig darum bitten, sich aus dem Fall rauszuhalten. Sie und Frau Waatstedt sind befangen, und falls Sie sich einmischen, kann es zu Problemen führen. Man könnte uns so Verfahrensfehler unterstellen. Wenn das passiert, könnte dies das Ende Ihrer Karriere bei der Polizei bedeuten!«, sagte der Mann eindringlich und nippte an seinem Espresso. Faber hatte sich zu ihm auf die Couch gesetzt und blickte ihn unverwandt an. Dieser Staatsanwalt war ein anständiger Kerl, dem es wirklich um Wahrheit und Gerechtigkeit ging, daher nahm er ihm die Worte nicht übel.

Faber nickte nur, kommentierte die Worte nicht, denn in dem Moment war ihm eine Idee gekommen und die hatte ihm Staatsanwalt Dr. Dembeck geliefert. Natürlich würde er seine Finger nicht von dem Fall lassen, auch wenn er Rike das nicht sagen konnte, damit wenigstens sie nichts Illegales machte. Doch wenn alle Stricke reißen sollten, konnte er immer noch einen dummen offiziellen Schritt machen. Natürlich nur, wenn sich die Schlinge um Knuts Hals dramatisch zuziehen sollte. Bei einem eindeutigen Verfahrensfehler konnte man selbst eine wasserdichte Anklage abweisen. Er müsste sich dann nur überlegen, was er anstellen sollte, und dafür sorgen, dass Knuts Anwalt das erfuhr. Denn mit einem hatte Knut ganz und gar unrecht: Für seine Familie, für Rike und Knut, würde Faber seine

Karriere und auch seinen Job aufgeben, ohne mit der Wimper zu zucken.

Er schüttelte dem Staatsanwalt die Hand und sah zu, wie er vom Hof der Alten Schule fuhr. Faber ging mit Torben und Friedhelm ins Haus. »Chef, hebben Se en Klaren för uns?«, fragte Friedhelm und setzte sich auf die Couch.

»Ihr seid im Dienst«, meinte Faber, ging jedoch in die Küche und nahm die Flasche kalten Aquavit aus dem Kühlschrank, den er dort nur für Knut bunkerte.

Torben sah auf die Uhr und brummte: »Nicht mehr, jetzt sind wir Privatpersonen!«

»Ich brauche auch einen«, sagte Rike, die durch den Garten gekommen war und jetzt an der Terrassentür stand.

»Wie geht es Knut?«, fragte Friedhelm und sah seine Kollegin an, die den Kopf schüttelte.

»Bescheten! Er hat sich hingelegt, ich konnte ihn noch nicht einmal zum Essen überreden«, meinte sie und pflanzte sich neben Torben auf die Couch. »Okay, was machen wir jetzt?«, fragte sie, als Faber jedem von ihnen einen Klaren hinstellte. Er selbst schüttete sich einen Armagnac in den Cognacschwenker, weil er den Schnaps eigentlich nicht mochte.

»Wir? Gar nichts! Du bist raus, Rike, und wir observieren nur«, fuhr er ihr sofort in die Parade, denn sie musste außen vor bleiben. »Das Beste wäre, du würdest wieder rüber zu Opa gehen.«

Rike stand auf und stemmte ihre Hände in die Hüften. »Faber, es reicht. Erstens weiß ich, dass du nicht nur observieren wirst. Du und das Team werden heimlich an dem Fall bleiben. Darum halte mich nicht für blöde! Du bist genauso befangen wie ich. Auch verstehe ich, warum du mich da raushaben willst, doch das passiert nicht. Danke, dass du mich schützen willst, aber ich bin eine eigenständige Person und treffe meine eigenen Entscheidungen!«

Torben und Friedhelm zogen die Augenbrauen hoch und hoben unisono ihr Glas: »Auf die starken Frauen!«, murmelte Torben und leerte sein Glas in einem Zug.

Faber seufzte. »Eigentlich hatte ich gehofft, dass es reichen würde, wenn einer von uns seinen Job verliert. Immerhin könntest du dann wenigstens die Hypothek für die Alte Schule weiterzahlen«, murmelte er frustriert.

»Deine Hypothek, mein Opa. Logisch wäre, du bleibst außen vor! Warum gehst du nicht rüber und passt auf Knut auf, während ich mit den Kollegen über die nächsten Schritte rede?«, schlug sie in einem Ton vor, der keinen Widerspruch erlaubte.

Faber hob resigniert die Hände. »Okay, es war einen Versuch wert. Also, somit sind wir leider alle im Spiel. Wir werden so vorsichtig wie möglich ermitteln, weder EKHK Miedler noch der KED in Oldenburg dürfen erfahren, dass wir an der Sache dran sind«, legte er seine Strategie dar. »Tamme, Laurien und Sonja werden heute noch bis spät in die Nacht auf Wangerooge Zeugen befragen. Sie kommen morgen zurück, wenn die Übergabe an das neue Ermittlerteam erfolgt ist. Ich konnte POK Kalsche überreden, für uns den Informanten zu spielen. Wenn der KED etwas Neues herausfinden sollte, ruft sie an. Auch Schorlau bleibt am Ball und wird uns berichten. Friedhelm, Torben, ich kann euch nicht zwingen, dabei mitzuspielen. Bitte sagt es, wenn ihr aussteigen wollt. Denn wenn man uns dahinterkommt, fällt das auch auf euch zurück.«

»Chef, wat för en Fraag. Klaar sünd wi daarbi!«

»Gut, Leute, denn ich habe vor, bis zum Letzten zu gehen, um Knut vor einer Verurteilung zu schützen«, sagte Faber ernst. »Der Staatsanwalt brachte mich auf die Idee. Wenn wir den Mörder von Renata von Wintershausen nicht schnell genug finden, werde ich dafür sorgen, dass das Verfahren wegen eines eklatanten Verfahrensfehlers eingestellt wird. Ich kreiere eine mangelhafte Beweisführung und stelle sicher, dass Knuts Anwalt davon Kenntnis bekommt«, legte Faber jetzt alle Karten auf den Tisch.

»Jetzt verstehe ich. Richard, wenn du das tust, dann wird man dich hochkant rausschmeißen, dir vielleicht sogar selbst etwas anhängen«, merkte Rike an.

»Ich weiß, aber ich lasse es nicht zu, dass Knut ins Gefängnis geht!«

In dem Moment räusperte sich Opa. Er hatte unbeachtet neben der Terrassentür gestanden und alles mit angehört. Jetzt trat der kleine, rundliche Mann ins Wohnzimmer. Er trug seine alte Cordhose und seine Strickjacke über einem karierten Hemd, obwohl es nicht kalt war. Er schob die Kapitänsmütze in sein Genick und ging auf Richard zu, um ihm die Hand in den Nacken zu legen. Etwas beschämt zog er seinen Schwiegerenkel in spe zu sich runter und umarmte ihn fest. Er hatte wässrige Augen, als er Faber endlich losließ. »Dank ok, mien Jung! Verzeih, dass ich starrsinnig und gemein war, ich hätte wissen müssen, dass du mich nicht hängen lässt!«

Faber nickte, meinte aber: »Eigentlich hatte ich gehofft, dich da raushalten zu können. Denn es ist wichtig, dass alle deine Reaktionen natürlich kommen. Es wäre besser gewesen, du hättest nichts von unseren Nachforschungen gewusst. Das Team des KED Oldenburg wir dich verhören und das wird kein Spaziergang, du darfst dich nicht verraten!«

»Da kennst du deinen Opa schlecht«, erwiderte Knut schon wesentlich erleichtert. »Außerdem ist es besser, ich bin an allem beteiligt, so kann ich euch helfen! Wie wäre es, wir treffen uns jeden Abend hier bei meinem Jungen, da hier mehr Platz ist? Dann besprechen wir den Stand der Dinge und ich sorge für euer leibliches Wohl!«

»Ich sage nichts mehr dazu, bei den Waatstedts habe ich eh keine Chance!«, meinte Faber und schmunzelte. Auch er fühlte sich trotz der schwierigen Situation besser, denn ein Streit mit Knut oder Rike ging ihm an die Nieren.

»Einverstanden. Was meint ihr, morgen Abend um halb sieben hier?«, fragte Rike Torben und Friedhelm. Als beide nickten, fügte sie an. »Aber Opa, denke daran, du kannst nicht einkaufen gehen.«

Knut machte eine abwertende Bewegung mit der Hand. »Wofür habe ich meine Freunde, den Siebrands und den Hannes? Die rufe ich an und lass mir alles bringen!«

***

Das einzig Gute an der momentanen Situation war, dass es keinen einzigen anderen Fall gab, der erhöhte Priorität verlangte. Die Kleinigkeiten, die reinkamen, konnten mit links erledigt werden. So konnte sich das gesamte Team die meiste Zeit um die Aufklärung des Mordes an Renata von Wintershausen kümmern. Faber nahm es als gutes Omen, obwohl ihn am anderen Morgen sofort EKHK Miedler angerufen und die Worte des Staatsanwalts mehr oder weniger wiederholt hatte. Leider war er noch etwas eindringlicher geworden. Er verlangte plötzlich, dass Faber sich in dem Fall zu hundert Prozent an die Dienstanordnung hielt. Ein Zuwiderhandeln würde dieses Mal Konsequenzen nach sich ziehen.

Kriminalhauptkommissar Faber hatte einen gewissen Ruf, den Dienstweg etwas zu großzügig auszulegen. Immer wenn er das bisher getan hatte, war es ihm um die Opfer einer Straftat gegangen. Dieses Mal ging es um Knut, er musste den wahren Mörder zur Strecke bringen. Trotz allem hatte Faber ein richtig schlechtes Gewissen dabei. Darum war er auch erstaunt, wie einfach er seinen Chef angelogen hatte, als er versprach, sich da rauszuhalten.

Er hatte seine Leute in Teams aufgeteilt. Die Kommissarinnen Heiligenstadt und Withuus stellten die gesamten Zeugenaussagen zusammen. So wollten sie eine Zeitlinie der letzten Woche herstellen und jeden Ort geografisch festhalten, an dem Renata von Wintershausen gesehen worden war. Außerdem sollten sie abnormale Beobachtungen von Zeugen markieren.

Torben und Friedhelm hatten ihre Köpfe tief in die Datenbanken und das Internet gesteckt, um die gesamte Familiengeschichte der von Wintershausen auszugraben. Faber wollte alles über die Freifrau wissen, wie sie aufgewachsen war, ihre berufliche Entwicklung, Klatsch über die Familie und auch Pressemitteilungen. Beide würden ihre Erkenntnisse heute Abend bei der Besprechung zusammenfassen wie auch die anderen Teams.

Tamme saß an den Kopien der Tablet-Festplatte und des Handys der Baroness. Er versuchte, gelöschte Dateien wiederherzustellen und ihre Kontakte im letzten halben Jahr nachzuvollziehen.

Faber hatte sich Mathias von Wintershausen-Zollner und seine afroamerikanische Verlobte vorgenommen und suchte alle Daten zusammen, an die er nur herankam. Schorlau wiederholte seine Tests und verfeinerte sie. Dieses Mal jedoch mit dem Ziel, den momentan Verdächtigen zu entlasten. Er versuchte Spuren zu finden, die klarstellten, dass es Knut nicht gewesen war.

Rike war offiziell freigestellt, was von EKHK Miedler sehr begrüßt wurde. Anstatt aber nur mit Knut zu Hause Händchen zu halten, arbeitete Rike mit Opa in Klein Hauen. Sie ging mit ihm noch einmal in allen Details seine vielen Stunden mit Renata von Wintershausen durch. Die Gespräche zeichnete sie auf, Faber wollte sich die Aufnahmen später anhören und dann an sein Team weitergeben. Sie suchten Hinweise, die Knut gar nicht wahrgenommen hatte. Außerdem hatten sie sich darauf geeinigt, manche Situationen durch eine kognitive Befragung bei Knut zu visualisieren. Auch diese

Befragung zielte darauf ab, verschüttete Erinnerungen aus Knuts Gehirn hervorzuholen.

Um halb sechs besorgte Torben einen Mannschaftseinsatzwagen, in den alle reinpassten. Sonja Withuus, die eine Extremsportlerin war und deshalb so gut wie nie Alkohol trank, kutschierte ihre vier Kollegen nach Klein Hauen. Faber war mit dem Audi bereits vorgefahren, um Knut ein bisschen mit dem Essen für die vielen Leute zu helfen. Als er auf den Hof der Alten Schule fuhr, erlebte er die erste Überraschung, denn Philipps roter Sportflitzer stand dort geparkt. Der Chef der Pathologie hatte es sich nicht nehmen lassen, von Oldenburg hierherzufahren, um an der Besprechung teilzunehmen.

Nachdem er sein Jackett im Flur an die Garderobe gehängt hatte, trat er ins Wohnzimmer und erlebte die zweite Überraschung. Rike deckte zusammen mit Schorlau den Tisch für neun Leute. Sie hatten den Esstisch ausgezogen und er bog sich regelrecht vor Köstlichkeiten. Das war wohl die Reaktion von Knuts Freunden auf die Anschuldigung und das Anbringen einer Fußfessel bei dem alten Ostfriesen. In der Krummhörn stand man zu seinen Freunden und ließ sich selbst von der Polizei kein X für ein U vormachen. Knut Waatstedt war für sie seit Ewigkeiten ein anständiger Kerl und das änderten auch keine widersprüchlichen Beweise.

»Knut, du bist noch nicht freigesprochen. Das sieht hier mehr wie eine Siegesfeier aus!«, meinte Faber an Opa gewandt, der gerade eine Flasche Weißwein öffnete.

»Ha! Dann hast du keine Ahnung von Siegesfeiern in Greetsiel. Wenn ich endlich wieder frei bin von allen Anschuldigungen, machen wir eine Siegesfeier. Wir grillen ein Spanferkel oder Lämmchen, bestimmt auch einen großen Seeteufel. So sieht eine Feier aus. Da fließt das Bier aus mehr als einem Fass!«

Faber lachte, es freute ihn, dass Knut fröhlich war und endlich nicht mehr bedrückt. Er ging zu Rike und gab ihr einen Kuss. »Wie war dein Tag?«

»Gar nicht übel, wir haben einiges rausgefunden, was helfen kann«, sagte sie und streichelte ihm übers Gesicht, bevor er rüber zu Schorlau ging.

»Schön, dass du persönlich da bist«, meinte er und gab ihm einen Klaps auf die Schulter. »Ich ziehe mich kurz um, die anderen werden auch bald hier sein.«

»Mach dat, mien Jung«, erwiderte Knut und drückte Faber ein Glas kalten Weißwein in die Hand. »Von meinem Kumpel Pietje Voss aus seinem Restaurant.«

Faber zog die Augenbrauen hoch und ging mit dem Glas in der Hand nach oben. »Das ist mal ein Tröpfchen«, sagte er zu sich selbst nach dem Probieren und legte die Dienstwaffe in den kleinen Safe. Dann schmiss er sich in Jeans und T-Shirt und ging barfuß wieder nach unten. Die anderen waren wohl angekommen, denn das Stimmengewirr klang wie eine Party. Hauptsache, wir verlieren nicht aus den Augen, warum wir hier sind, dachte er. Der unangenehme Druck, den er schon seit dem Digitalis-Fund verspürte, breitete sich wieder in seinem Magen aus.

»Was mach ich bloß, wenn wir Knut nicht entlasten können?«, brummelte er in seinen Bart, als er die Stufen runter ins Wohnzimmer nahm.

Kapitel 6

März 1969, Hamburg

»Okay, hast du jetzt die Informationen und den verdammten Schlüssel?«, fluchte Christian und sah Rea sauer an. Sie hielt sich ihren gewaltigen Babybauch. Die blöde Kuh, dachte Christian, lässt sich von dem Ami schwängern und setzt Kinder in diese beschissene Welt.

Rea druckste herum, doch musste daran denken, was Christian ihr angedroht hatte. So weit hatte sie es geschafft, dass ihre Eltern sie seit Weihnachten nicht mehr gesehen hatten. Da war ihr Bauch noch klein gewesen und sie hatte ihn gut kaschieren können. Ihre Mutter hatte sich wahnsinnig gefreut über ihren guten Appetit, und auch ihr Vater meinte, dass ihr ein paar Kilo mehr gut stehen würden. Wenn die wüssten, dann wäre die Hölle los, dachte sie.

Christians Gruppe hatten sich noch mehr radikale Studenten angeschlossen und er fühlte sich wie Che Guevara, was ihn immer unausstehlicher machte. Als er vor drei Monaten mitbekommen hatte, dass Rea mit einem Angehörigen der US-Army liiert war, hatte er sie als Verräterschwein bezeichnet. Und das, obwohl sie ihm erklärt hatte, dass Mike nur Arzt war und in dem Military Hospital in Bremerhaven arbeitete. Doch er war stinksauer gewesen und hatte sie angewiesen, sich nicht mehr im Unicafé blicken zu lassen.

Eigentlich war ihr das nur recht gewesen. Sie hatte schon genug damit am Hals, sich immer wieder Ausreden einfallen zu lassen, warum sie nicht nach Lütetsburg fuhr. Immer wieder brachte sie die gleichen Argumente. Zu viel zu tun an der Uni, Prüfungsstress und so weiter. Rea hatte eine höllische Angst, dass ihr Vater eines Tages unangemeldet vor ihrer Tür stand. Darum waren ihr das Politisieren der APO und vor allem Christian nur eine Last.

»Sag mal, hörst du mir eigentlich zu?«, raunzte Christian sie wieder an und griff ihre Schultern.

Sie schlug ihm die Hände weg. »Fass mich nicht an. Ja, ich habe die Infos«, sagte sie. Rea ging in ihr Zimmer und holte den Plan, den sie gezeichnet hatte. Sie drückte ihn Christian in die Hand wie auch den Nachschlüssel, den sie hatte anfertigen lassen.

Leider war Christian nach seinen anfänglichen Beschimpfungen nicht aus Reas Leben verschwunden. Etwa eine Woche später war er wieder aufgetaucht und hatte ihr eröffnet, dass er ihren Vater kontaktieren würde. Zynisch hatte er ihr gedroht, dass der Baron bestimmt erfreut wäre zu hören, dass er Opa werde, und das auch noch von einem schwarzen, amerikanischen Soldaten.

Christian Scholl verlangte von Rea, dass sie Mike ausspionierte. Er wollte genau wissen, wie das Military Hospital aufgebaut war und wie man in das gut geschützte Gebäude hereinkam. Sie hatte eine Heidenangst, denn Mike konnte sie sich nicht anvertrauen. Der würde einen Riesenwirbel machen. Mike wurde mittlerweile ziemlich unruhig, weil sie ihm ihre Eltern nicht vorstellen wollte. Immer wieder vertröstete sie ihn. Sie hoffte, nach der Geburt würde es einfacher werden. Mike würde sie heiraten und mit in die USA nehmen. Irgendwann musste sie ihrem Geliebten jedoch erklären, dass der Baron einen Afroamerikaner niemals akzeptieren würde.

Für Baron Wolfgang von Wintershausen waren Schwarze genauso schlimm wie Juden. Man hatte den adligen Offizier als entnazifiziert anerkannt und konnte ihm nie irgendwelche Kriegsverbrechen nachweisen. Das aber auch nur, weil er einige Freunde in hohen Positionen hatte, zum Beispiel am Bundesgerichtshof. Doch Rea wusste, dass ihr Vater Hand in Hand mit den Nazis gearbeitet hatte. Vor allem auf dem Gut in der Nähe von Posen, das die von Wintershausen nach dem Krieg verloren hatten. Ihre Mutter hatte einmal darüber gesprochen und war nicht gerade stolz auf die Taten ihres Mannes gewesen.

So war Rea nichts anderes übrig geblieben, als Christian die Informationen zu besorgen und Mikes Schlüssel zum Personaleingang der Klinik nachmachen zu lassen. Sie hatte furchtbare Angst, dass die Gruppe Feuer oder eine Bombe legen wollte. Jedoch hatte Vicki, die sich im letzten halben Jahr auch immer mehr radikalisiert hatte, ihr versichert, dass sie Rea warnen würde, bevor etwas passierte. Sie wollte sie zwei Tage vor der Aktion informieren, sodass Rea Mike von der Klinik fernhalten konnte. Auch Vicki hatte mittlerweile genau verstanden, dass Mike für Rea der Mann ihres Lebens war. Rea würde Wehen vortäuschen und war sich sicher, dass Mike sofort nach Hamburg kommen würde. Ihr Liebster war vernarrt in ihren Babybauch und das Kind bedeutete ihm alles, genau wie Rea ihm alles bedeutete. Darum war es auch so schwer, ihn zu belügen.

»Na also, geht doch«, meinte Christian und sah sich die Zeichnung an.

»Damit bin ich raus aus der Sache, verstanden? Ihr lasst mich und Mike ab jetzt in Ruhe!«, machte sie nachdrücklich klar. »Wehe, wenn du versuchst, mich noch einmal zu erpressen! Und sage Vicki, sie soll endlich ihre restlichen Klamotten abholen.« Rea sah Vicki kaum noch, seit sie sich dem radikalen Kern angeschlossen hatte. Sie wohnte jetzt mehr oder weniger in der Kommune, in der auch Christian Scholl lebte.

Christian lächelte, dennoch hatte die Geste etwas Verschlagenes. »Natürlich werde ich das nicht, Genossin. Du hast gute Arbeit geleistet. Jetzt kannst du glücklich werden und ein verschissenes Spießbürgerleben führen!« Warte nur ab, dachte er. Von einem Nigger lässt du dich bumsen, doch ich durfte nie ran, Freifräulein. Eine Überraschung habe ich noch für dich, die deinem Ami und auch dem Baron die Augen öffnen wird. Er grinste dreckig und verschwand aus der Wohnung.

Rea ließ sich schwer auf den Küchenstuhl sinken und streichelte über ihren Bauch. Noch elf Wochen, dachte sie. Wenigstens war Mike Arzt und dazu noch ein guter, sonst hätte sie nicht gewusst, was sie tun sollte. Er untersuchte sie regelmäßig und würde ihr auch helfen, das Kind auf die Welt zu bringen. Das war auch der Grund, warum er bei dem kleinsten Anzeichen einer Wehe zu ihr kommen würde. Wenn das Kind auf der Welt wäre, würde sie Mike eingestehen, dass ihr Vater ihn nie als Schwiegersohn anerkennen würde. Und damit man sie und ihr Kind nicht von Mike trennen würde, hatte Vicki versprochen, falsche Papiere für Rea zu besorgen. Sie arbeitete bereits daran. Dann könnte sie Mike Hogan heiraten und mit ihm in die USA gehen. Solange sie noch keine einundzwanzig Jahre alt war, konnte ihr Vater über sie bestimmen. Ihr sogar das Kind wegnehmen und dafür sorgen, dass sie Mike nie wiedersah. Und bis zur Volljährigkeit waren es noch zwei Jahre.

»Es wird schon alles gut gehen, mein Schatz«, sagte sie laut zu ihrem Bauch und streichelte ihn wieder. »Alles wird gut werden. Mami und dein Papi bleiben bei dir.«

Juni 2019, Klein Hauen

Trotz der Leckereien auf dem Tisch war die Truppe von Anfang an konzentriert auf die Ermittlungen. Laurien hatte sogar das alte Whiteboard mit in den Transit gepackt und jetzt in der Nähe ihres Platzes aufgebaut, um Stichpunkte zu machen. Fotos von Renata und Mathias von Wintershausen hingen bereits dort. Außerdem eine Zusammenfassung von Schorlaus Erkenntnissen über das Digitalis und der Funde in der Wohnung auf Wangerooge.

»Bitte greift zu«, eröffnete Knut die Tafel, als alle etwas zu trinken hatten. »Lasst uns darauf trinken, dass wir den wahren Mörder von Rena finden und für Gerechtigkeit sorgen.« Knut hob sein Weinglas und alle taten es ihm gleich.

Nachdem sie getrunken hatten, meinte Faber: »Wir essen, doch die Teams sollten dabei über ihre Funde berichten. Trotz Knuts Großzügigkeit haben wir viel Druck, den Fall zu lösen. Wer will anfangen?«

»Obwohl ich immer den größten Hunger hab, fange ich trotzdem an. Zwischendurch stecke ich dann immer mal etwas in den Mund. Zur Not bespucke ich euch einfach. Was Rike kann, kann ich auch«, spielte der Wikinger auf Rikes Unart an, ständig mit vollem Mund zu sprechen.

Während der Wikinger anfing, über die Funde auf dem Handy und dem Tablet zu sprechen, reichten sie Schüsseln und Teller herum. »Also die Mail an ihre Freundin, in der sie sich über Knuts lästiges Stalken beschwert, wurde von ihrem Tablet am Abend ihres Todes geschickt. Die Nachricht und viele andere wurden gelöscht. Was bedeutet, dass der Mörder Zugang dazu hatte und schon vor ihrem Tod in der Wohnung war«, berichtete Tamme.

»Hast du noch mehr rausgefunden?«, unterbrach ihn Richard ungeduldig und pulte die Haut von seinem Stück Räucheraal.

»Hetze mich nicht«, brummte Tamme mit vollem Mund. Nachdem er seinen Heringssalat runtergeschluckt hatte, meinte er: »Lecker! Ja, es gab eine Menge Anrufe, fast immer um die gleiche Zeit am Abend. Leider war die Nummer unterdrückt und alles, was ich technisch nachvollziehen kann, ist, dass es sich wahrscheinlich um ein Wegwerfhandy handelte. Also Sackgasse, bis auf den Fakt, dass im letzten Monat die Anrufe vom Sendemast Wangerooge kamen. Davor aus Emden.«

»Dann war der Mörder erst in Emden hinter ihr her und anschließend mit ihr die ganze Zeit auf der Insel«, schlussfolgerte Torben. Tamme stimmte ihm mit einem Nicken zu.

»Sehe ich auch so. Außerdem habe ich auch fast tägliche Anrufe von Mathias von Wintershausen-Zollners Handy, die ebenfalls gelöscht waren. Die Gespräche dauerten nie länger als eine Minute, und es war immer er, der anrief. Bis zum späten Nachmittag ihres Todestages, da rief sie an und man redete länger.«

»Wahrscheinlich ging es dabei immer wieder um seine Verlobte!«, sagte Sonja. »Es kann sogar sein, dass die Baroness die Anrufe von ihrem Neffen selbst gelöscht hat.«

»Eigenartig, dass sie mir nichts von ihrem Neffen erzählt hat. Ich erinnere mich, dass einmal ein Anruf kam, als ich am Abend mit ihr zusammen war. Sie würgte das Gespräch sofort ab«, steuerte Knut nachdenklich bei.

»Ich denke auch, dass die Anrufe ihres Neffen von Rena gelöscht wurden«, meinte Faber. »Die anderen jedoch von der unbekannten Nummer könnten die Drohanrufe sein, von denen sie Knut berichtet hat. Hast du noch was entdeckt, Tamme?«

»Hört sich logisch an«, stimmte Tamme seinem Chef zu. »Ja, ich habe noch etwas entdeckt. Sie tätigte drei Tage vor ihrem Tod eine Überweisung per Online-Banking. Ich habe keinen Namen, nur eine IBAN. Damit komme ich inoffiziell nicht weiter. Damit mir die Bank den Namen des Empfängers gibt, bräuchten wir schon eine richterliche Verfügung. Die ich nicht kriege, da ich in dem Fall ja gar nicht ermittle.«

»Über was für einen Betrag reden wir denn?«, fragte Rike nach und brach sich ein Stück Baguette ab. Sie bestrich es mit Sahnemeerrettich, um es dann mit dem gebeizten Lachs zu belegen.

»Neunundzwanzigtausend Euro.«

»Vielleicht hat sie jemand erpresst und sie ist auf die Forderung eingegangen«, schlug Friedhelm vor.

»Eigenartig«, murmelte Knut und schob seine Kapitänsmütze in den Nacken. Jeder am Tisch sah ihn an. Wenn Opa seine Mütze in den Nacken schob, hatte er entweder eine Idee oder dachte über etwas Wichtiges nach. Als Faber herausfordernd sein Kinn reckte, erklärte Knut: »Der Betrag ist eigenartig. Rena fragte mich einmal, was ich mir im Leben an materiellen Dingen noch wünschen würde. Da erzählte ich ihr, dass ich momentan auf ein neues kleines Boot spare und schon die Hälfte zusammenhabe. Mir fehlen nur noch neunundzwanzigtausend und die werde ich gespart haben, wenn mein Urenkel fünf Jahre alt ist und ich endlich mit ihm zum Fischen gehen kann.« Rike und Faber mussten lächeln, als er das sagte.

Philipp nahm Tamme die Kopie der Überweisung aus der Hand, die der Kommissar ausgedruckt hatte. »Knut, bist du bei der Sparkasse Aurich-Norden?«, fragte er und Knut nickte.

»Wie wahrscheinlich jeder, der hier wohnt. Denn die haben in Greetsiel eine Filiale.« Schorlau reichte ihm den Zettel und Knut schaute ihn sich an. »Saterdag!«, fluchte er plötzlich. »Das ist meine IBAN, mein Konto.« Wieder sahen ihn alle an wie vom Donner gerührt. Rike sprang auf und holte ihr Tablet, dann ließ sie Knut sich einloggen, um seinen Kontostand online zu prüfen.

»Das gibt es jetzt nicht! Letzte Woche Mittwoch ging die Summe auf deinem Konto ein«, sagte sie aufgeregt. »Wieso hast du das denn nicht gemerkt?«

»Jetzt mach mal einen Punkt, Kind«, erwiderte Knut verärgert. »Ich habe im Urlaub Besseres zu tun, als meinen Kontostand zu prüfen. Außerdem wusste ich, dass genug auf meinem Konto war, um Geld abzuheben. Ich konnte doch nicht ahnen, dass Rena so was macht!«

»Wenn sie es denn war«, murmelte Laurien. »Diese Überweisung wird Sie schwer belasten, Herr Waatstedt. Für die neuen Kommissare werden Sie jetzt wie ein schwarzer Witwer dastehen. Man wird argumentieren, dass Sie die Baroness zu der Überweisung überredet haben. Als sie es sich anders überlegte und den Betrag zurückwollte, haben Sie sie ermordet.«

»Gotts verdori«, schimpfte Knut und rückte seine Mütze wieder zurecht. »Aber ein Gutes hat die Situation, ich muss den Mörder gesehen haben.«

»Wieso das?«, fragten Faber und Tamme unisono, weil sie erst einmal nicht weitergedacht hatten.

»Wer immer den Zugriff auf ihr Konto hatte und mich mit der Überweisung belasten will, muss gehört haben, wie ich Rena davon erzählt habe. Es ist doch kein Zufall. Ich habe bereits einen Betrag bei der Bootswerft angezahlt und die anderen Kommissare werden dort erfahren, dass mir genau diese Summe fehlt.«

»Du hast recht. Erinnerst du dich, wann und wo du mit ihr darüber geredet hast? Dann könnten wir Polizeioberkommissarin Kalsche noch einmal zur Zeugenbefragung dort hinschicken«, schlug Rike vor.

Knut kratzte sich am Kopf. »Da muss ich erst drüber nachdenken, mein Schatz. Lass mich man darüber schlafen. Morgen weiß ich es vielleicht.«

»Das ist doch schon mal ein sehr brauchbarer Ansatz«, versuchte Faber die Situation schönzureden, denn eigentlich war die Überweisung eine furchtbare Nachricht.

»Aber wenn der KED Oldenburg die gleiche Entdeckung macht – was sie tun werden, wenn ihre Techniker morgen an dem Tablet arbeiten –, dann ist es vorbei mit der Fußfessel und eine richtige U-Haft steht an«, sprach Philipp aus, was jeder dachte, und Knut sah ihn erschrocken an.

»Danke, Philipp«, reagierte Faber. »Kannst du nicht einfach mal die Klappe halten?«

»Schon gut, mien Jung«, intervenierte Opa ganz ruhig. »Mir ist lieber, ich kenne die Wahrheit. Denn dann muss ich morgen mit Rike noch härter arbeiten, damit ihr meine lückenlose Aussage habt. Und wie es in Untersuchungshaft ist, weiß ich. Wahrscheinlich heutzutage besser als in den siebziger Jahren.« Rike war erstaunt, das zu hören, aber hinterfragte das jetzt nicht.

»Ich denke, du hast wie immer recht, Knut. Wahrscheinlich bleibt uns nur noch morgen, und die Oldenburger Kollegen bestehen darauf, dich abzuholen. Rike und du werdet morgen dem KED Oldenburg melden, dass du den Geldbetrag auf deinem Konto entdeckt hast. Das macht einen proaktiven Eindruck und hilft vielleicht zu zeigen, dass du unschuldig bist. Aber jetzt machen wir weiter, Trübsal blasen hilft nicht«, versuchte Faber sie zu motivieren, denn alle waren eine Nuance blasser geworden und hatten ihr Besteck auf die noch vollen Teller gelegt.

»Mien Jung hat recht. Alles, was wir rausfinden, ist besser, als was wir vorher wussten. Seht es positiv und vor allem, haut rein, es wäre schade um das gute Essen«, forderte Knut sie auf, worauf sich Tamme eine volle Gabel Matjes mit Kartoffelsalat in den Mund schob. Endlich fingen auch die anderen wieder an zu essen.

»Torben, Friedhelm, was habt ihr rausbekommen über die Baroness?«, wandte sich Rike an die beiden Polizeimeister.

»Interessante Familie. Sie gehören zu einer langen Linie Adeliger und hatten ihren Stammsitz eigentlich in der Nähe von Posen, in

Schlesien. Der Baron Wolfgang von Wintershausen hatte eine etwas zweideutige Vergangenheit während des Naziregimes, wurde jedoch nach Ende des Krieges entlastet, vor allem weil er noch so jung war. Er war Ende des Krieges erst siebzehn Jahre alt. Sein Vater war gefallen und er kehrte mit seiner Mutter nach Schloss Lütetsburg zurück. Eigentlich nur eine Sommerresidenz der von Wintershausen, die man einem SS-Offizier überlassen hatte«, holte Friedhelm aus.

Als er in sein Aalbaguette biss, übernahm Torben das Reden. »1949 heiratete der Baron im Alter von zarten zwanzig Jahren Alexandra von Heidenfelden. Sie gehörte ebenfalls zum alten, immer noch wohlhabenden Adel. Mit der Hochzeit sicherte er sein Einkommen und das Schloss. Ihre erste Tochter wurde im gleichen Jahr geboren. Das zweite Mädchen kam zehn Jahre später zur Welt, 1959.«

»Das bedeutet, Rena hat eine Schwester?«, fragte Knut, denn seine Freundin hatte diese ebenfalls nie erwähnt. »So langsam wundert mich gar nichts mehr!«

»Hatte, Knut«, erwiderte Torben. »Das Mädchen starb jung, woraufhin sich ihre Mutter Alexandra ebenfalls das Leben nahm. Die zehnjährige Renata blieb mit dem damals vierzigjährigen Baron allein.«

»Woran starb ihre Schwester?«, hinterfragte Doktor Schorlau sofort.

»Auf dem Totenschein stand Blutsturz mit Herzversagen. Die junge Frau muss wohl sehr krank gewesen sein«, meinte Friedhelm.

»Herzversagen und Blutsturz bei einer jungen Frau?«, fragte Philipp skeptisch. »Sehr mysteriös!«

»Was geht dir durch den Kopf? Spuck es schon aus«, forderte ihn Faber auf. Er kannte Philipp gut genug, um zu wissen, was sein nachdenkliches Gesicht zu bedeuten hatte.

»Na ja, wir gingen davon aus, dass Renata von Wintershausen kein Digitalis nahm und ihr Herz völlig in Ordnung war. Doch wenn ihre Schwester so früh in ihrem Leben an einem Blutsturz mit einhergehendem Herzversagen starb, kann es ein erbliches Herzleiden sein, das plötzlich auftrat. Solche Dinge kommen nicht immer bei Autopsien zum Vorschein, auch wenn ich gründlich war. Vielleicht hatte unser Opfer Digitalis in ihrer Wohnung und der Mörder nutzte das nur aus, bevor er es Knut untergeschoben hat.«

»Verstehe, Philipp. Da du der Einzige von uns bist, der noch offiziell in der Ermittlung ist, wirst du die Krankheitsgeschichte der

Familie ausgraben. Das Beste wäre, du fährst nach Schloss Lütetsburg und sprichst mit der Baronin. Sie lebt seit dem Tod des alten Barons dort, vielleicht hat sie noch alte Papiere.«

»Gerne, die Baronin habe ich auch schon einmal kennengelernt. Sie ist zehn Jahre jünger, als ihre Stieftochter Renata es war. Soweit ich gehört habe, ist sie auch der Grund, warum Renata von Wintershausen in einer Villa in Emden lebte«, erwiderte der Pathologe. »Mach ich gleich morgen, das Schloss liegt auf meinem Weg zurück nach Oldenburg. Ach, im Übrigen, ich habe auch noch etwas gefunden, was uns vielleicht hilft. Das Weinglas in ihrer Wohnung, das wir in der Spülmaschine fanden – ich hatte daran ja Knuts Fingerabdrücke gefunden, aber keine anderen. Das ist eigenartig, denn hätte er mit dem Opfer dort Wein getrunken, hätte sie die Gläser aus dem Schrank geholt und höchstwahrscheinlich auch in die Spülmaschine gestellt. Warum sollte Knut das tun? Besonders, wenn er der Mörder ist.«

»Wäre, Philipp. Wir wissen, dass jemand das Glas dort untergeschoben hat, doch ob uns ein Staatsanwalt und die Kollegen aus Oldenburg da folgen können?«, bemerkte Rike.

»Das habe ich auch gedacht und habe mir noch mal alle Fotos aus der Wohnung angesehen. Die Baroness war eine Frau mit Geschmack, hatte sehr edles Geschirr. Selbst in ihrer Ferienwohnung handelte es sich um Zwiesel-Kristallglas, wenn euch das etwas sagt«, machte Philipp es mal wieder spannend. Ein bisschen Drama und theatralisches Gehabe gehörten bei ihm dazu, bis er auf den Punkt kam.

»Und das Glas mit Knuts Fingerabdrücken gehört nicht in das Set. Es ist ein billiges Glas, wie es in den meisten Restaurants auf Wangerooge benutzt wird«, mischte sich Faber deshalb auch ein.

»Genau, auch wenn du mir meine Pointe geklaut hast!«

»Aber das ist doch fantastisch. Dann braucht ihr nur rausfinden, welches Restaurant die Gläser benutzt, und wir wissen, wo der Mörder das Glas mitgenommen hat«, sagte Opa aufgeregt. »Wenn das nicht meine Unschuld erklärt, weiß ich auch nicht mehr weiter.«

»Opi, ich wünschte, es wäre so einfach. Aber gewiefte Kripobeamte würden einem cleveren Kriminellen unterstellen, das alles geplant zu haben«, dämpfte Rike ein wenig Opas Euphorie.

»Dennoch, schick mir ein Bild von dem Glas und Hersteller auf mein Handy. Ich sende es an POK Kalsche weiter und bitte sie, alle

Restaurants und Cafés aufzulisten, die diese Art von Gläsern verwenden. Es bringt uns jedenfalls ein Stückchen weiter«, sagte Faber zu Schorlau, bevor er sich an die beiden Kommissarinnen wandte. »Laurien, Sonja, was haben die Zeugenaussagen ergeben?« Er nahm sich einen Löffel von dem roten Heringssalat auf den Teller, bevor Tamme die Schüssel leermachte. Rike ging in die Küche und holte den Weißwein aus dem Kühlschrank, um noch einmal nachzuschenken.

April 1969, Hamburg

Rea fiel es mit ihrem dicken Bauch immer schwerer, die täglichen Dinge zu erledigen. Mike kam zwar, sooft es ihm möglich war, doch während der Woche hatte er seinen Dienst in der Klinik und alle drei Wochen auch eine Wochenendbereitschaft. Wie oft hatte sie sich schon gewünscht, ihre Freundin Vicki hätte jetzt mehr Zeit für sie. Immerhin half sie, was Reas Eltern anging. Vicki fütterte ihren eigenen Vater mit Informationen über Reas Studium und gab ihm Bilder mit, die sie irgendwann mal gemacht hatten, um den Baron und die Baronin zu beruhigen. So brachte Otto Klaasen bei seinen Besuchen auf Lütetsburg regelmäßig Neuigkeiten von den Töchtern aus Hamburg mit. Es hatte den Anschein, Reas Eltern ließen die Zügel ein wenig lockerer und vertrauten darauf, dass ihre erwachsene Tochter sich anständig verhielt.

Bei dem Gedanken strich sie wieder über ihren Bauch. In etwa vier Wochen würde sie das Kind eines Afroamerikaners auf die Welt bringen, unverheiratet und noch nicht einmal volljährig. Dass das anständig war, bezweifelte sie.

Es hatte Phasen im Leben ihrer Mutter, der Baronin, gegeben, in denen sie sehr schwermütig war. Ihre Mama neigte zu Depressionen, und wenn sie das mit dem Baby erfuhr, würde sie in ein tiefes Loch fallen. Aber vielleicht würde sie das auch, wenn Rea irgendwann verschwunden war. Rea hatte sich vorgenommen: Sobald sie und Mike sich in Boston eingerichtet hätten, wollte sie Mutter einen Brief schreiben und alles erklären.

Als das Telefon plötzlich klingelte, zuckte Rea automatisch zusammen. »Wintershausen«, meldete sie sich.

»Rea, ich bin es, Vicki. Hör jetzt genau hin, ich habe nicht viel Zeit. Sieh zu, dass Mike am Donnerstag auf keinen Fall in der Klinik ist, hörst du? Er darf nicht da sein!«, sagte sie leise, wenn auch eindringlich. »Ich muss Schluss machen. Leb wohl, ich glaube, wir sehen uns nicht mehr. Deine neuen Papiere liegen im Briefkasten. Alles Gute!«

Reas Herz schlug plötzlich viel zu schnell, auch wenn sie fast täglich mit dem Anruf gerechnet hatte. Oh Gott, dachte sie. Wenn Vicki so etwas sagte, dann würde sie in den Untergrund gehen, und das konnte nur bedeuten, dass sie einen schweren Anschlag planten. Vielleicht ein Brand wie in den Frankfurter Kaufhäusern oder noch schlimmer. Eigentlich war ein Military Hospital der Amerikaner nicht gefährdet, weil immer gut bewacht. Doch sie selbst hatte Christian den Schlüssel zum Personaleingang gegeben. Wenn dort eine Bombe hochging, war sie genauso schuldig wie die Leute, die sie dort installiert hatten. Es zerriss Rea förmlich das Herz, wenn sie an die unschuldigen Menschen dachte. Doch was war die Alternative? Christian erpresste sie. Würde ihr Vater hinter ihre Geheimnisse kommen, wäre ihre Liebe und auch ihr Baby in Gefahr. So verdrängte sie die schlimmen Gedanken und ihr schlechtes Gewissen und versuchte zu retten, was in ihrer Macht lag. Wenigstens wollte Mike morgen kommen und von Mittwoch bis Sonntag bei ihr bleiben. Nur so war er nicht in Gefahr.

Trotzdem wählte sie die Nummer des Military Hospitals und ließ sich mit dem Surgery Wing verbinden. Die Wahrscheinlichkeit, dass Mike gerade nicht im OP stand, war zwar gering, doch in dem Fall wollte sie eine Nachricht hinterlassen. Wie sie es jedes Mal tat, nannte sie nicht ihren Namen, sondern gab sich, wenn einmal gefragt wurde, für Nancy aus. Auch Mike achtete penibel darauf, dass Rea in seiner Welt erst einmal nicht in Erscheinung trat. Es wurde nicht gerne gesehen, wenn sich amerikanische Offiziere mit deutschen Fräuleins einließen.

Wenn Rea richtig darüber nachdachte, dann wusste außer Vicki und Christian eigentlich kein Mensch, dass sie mit Mike zusammen war. Ob die Nachbarn überhaupt mitbekommen hatten, dass Mike regelmäßig in ihrer Wohnung war, stand zu bezweifeln. Denn gerade am Anfang waren viele Studenten bei Vicki zu Besuch gewesen. Mike hatte ihr erklärt, dass es besser wäre, seine Vorgesetzten vor vollendete Tatsachen zu stellen. Das wollte er, sobald das Baby auf der Welt und sie verheiratet waren.

»Nancy, sweetheart. You are allright? I was planning to call you«, hörte sie überrascht seine Stimme.

»Ja, Liebling, es geht mir gut. Du kommst doch morgen? Ich wollte mich nur noch einmal vergewissern!«, erwiderte sie auf Deutsch.

»Well, no. I can't«, dann wurde seine Stimme leiser und er sagte ebenfalls auf Deutsch: »Wir bekommen heute Nacht einen Schwerverwundetentransport aus Nam rein. Wir werden alle für die nächsten drei Tage im OP stehen. Aber ich komme Freitag!«

»Nein«, schrie sie. »Du musst Donnerstag hier sein, du darfst nicht in der Klinik sein.«

»Honey, es ist nur einen Tag später. Selbst wenn ich wollte, ich bekomme keinen Freigang, noch nicht einmal, wenn bei dir die Wehen einsetzen würden. Die Transportmaschine hat nur Soldaten an Bord, die dringend Experten im OP brauchen.«

»Aber, aber«, stotterte sie.

»Until Friday. I love you. Have to go now!«, verabschiedete er sich noch und legte anschließend auf. Reas Herz pochte noch lauter. Auch wenn sie in diesem Moment nicht ahnen konnte, dass es die letzten Worte waren, die sie von ihrem geliebten Mike gehört hatte.

Juni 2019, Klein Hauen

Laurien und Sonja hatten über die nicht sehr ergiebigen Zeugenaussagen gesprochen. Ja, man hatte Knut und die Dame immer wieder gesehen. Und es sah nach einer harmonischen Beziehung aus, hatten die meisten bestätigt. Was die Erstellung eines Geo-Profils betraf, waren die beiden wirklich überall auf der Insel gewesen. Das Café Pudding war ihr zentraler Punkt geworden. Es sah so aus, als wären Rena und Knut einmal jeden Tag dort gewesen, mal zum Kaffee, mal auf ein Gläschen Wein oder zum Essen. Als Laurien das bestätigte, war Knut sich sehr sicher, im Pudding auch über sein Boot und den Geldbetrag geredet zu haben.

Abschließend fasste Faber mit Rike seine Erkenntnisse über Mathias von Wintershausen-Zollners Vita zusammen und sie spekulierten noch ein wenig. Der junge Baron und seine Mutter würden jetzt den Titel und auch das Vermögen der von

Wintershausen erben. Als der alte Baron, Wolfgang von Wintershausen, sich mit über siebzig noch einmal eine dreißig Jahre alte Frau nahm und auch ihr Baby adoptierte, hatte seine damals fünfunddreißigjährige Tochter Renata auf einem Ehevertrag bestanden. In dem war festgehalten, dass die junge Ehefrau den Titel der Baronin von Wintershausen auf Lebenszeit führen durfte. Im Fall des Todes ihres Ehemannes erhielt sie eine großzügige monatliche Apanage und ein Wohnrecht auf Lütetsburg.

Das Gleiche galt für ihren Sohn, dem auch ein monatlicher Unterhalt auf Lebzeiten zustand. Jedoch hatten sie kein Recht auf die Besitztümer der von Wintershausen, die gingen über auf Renata von Wintershausen. Nur sie allein würde bestimmen, an wen ihr Erbe ging. Falls sie also kein Testament erstellt hatte, würden die Baronin und ihr Sohn erbberechtigt sein. Ein starkes Motiv für einen Mord. Vor allem, wenn man auf großem Fuß lebte wie Mathias von Wintershausen-Zollner.

»Aber Schorlau sagte doch, dass die Baroness diesen Mathias enterben wollte, wenn er seine afroamerikanische Verlobte ehelichen würde. Das bedeutet doch, dass er ursprünglich erbberechtigt war«, merkte Laurien an.

»Gut, nehmen wir das einmal an. Vielleicht starb unser Opfer gerade deshalb. Bevor sie ihn mit einem Testament enterben konnte. Sie war auf Wangerooge und in der Zeit konnte sie ihren Anwalt nicht aufsuchen«, meinte Rike.

»Vielleicht war Mathias der mysteriöse Anrufer, der auch die Drohungen ausgesprochen hat, damit sie aus Emden flüchtete und nicht ihr Testament änderte«, steuerte Knut bei. Mittlerweile waren alle satt und pickten nur noch aus Lust an den Leckereien rum. Opa hatte sich eine Pfeife angesteckt und paffte in Gedanken versunken vor sich hin.

»Ich denke, Mathias Wintershausen-Zollner ist ein guter Kandidat, doch er war nicht persönlich auf Wangerooge, als Renata starb. Auch seine Verlobte nicht. Sonst hätte er nicht mit seinem Alibi angegeben. Wenn, dann hat er einen Komplizen!«, meinte Schorlau.

»Gut, lasst mich für heute mal zusammenfassen«, stoppte Faber die Diskussion.

»Moment!«, Laurien stand jetzt extra auf, um Stichpunkte und die nächsten Schritte aufzuschreiben.

»Was wissen wir von unserem Täter?«, fragte Faber, als KK Heiligenstadt bereit war. »Er oder sie ist clever, so wie man den Mord Knut in die Schuhe geschoben hat. Der Täter war auf jeden Fall auf Wangerooge, wahrscheinlich schon vom ersten Tag an, als auch Renata von Wintershausen dort ankam. Wahrscheinlich mit dem festen Vorsatz, sie zu töten. Dann lernt Renata Knut kennen und Knut wird zu einem Gelegenheitsopfer für unseren Täter. Das Spiel beginnt. Der Täter muss Knut und Renata unerkannt begegnet sein, was ausschließt, dass die Baroness ihren Mörder kannte. Dass er nahe an den beiden dran war, beweist uns, dass er über das Boot und den Geldbetrag Bescheid wusste. Außerdem muss der Täter ein Weinglas mit Knuts Fingerabdrücken aus einem Restaurant, vielleicht seinem Hotel oder einer Bar, gestohlen haben, nachdem Knut daraus getrunken hat. Auch wusste der Täter, wo Knut wohnt, sonst hätte er ihm nicht das Digitalis unterschieben können.«

»Es geht noch weiter. Der Täter muss sich verdammt gut mit Computern auskennen und auch irgendwie an Knuts Kontonummer gekommen sein«, steuerte Tamme bei. Er sah Knut plötzlich skeptisch an. »Du bist dir sicher, dass nicht doch deine Rena den Betrag überwiesen hat?«, fragte er vorsichtig.

»An meine Kontonummer zu kommen war keine Kunst, denn manchmal ließ ich mein Portemonnaie auf dem Zimmer, wenn ich am Strand spazieren ging. Der Kerl ist ja anscheinend in meinem Hotelzimmer ein und aus gegangen. Meine Bankkarte zu finden, war ein Leichtes«, meinte Knut. »Aber Rena hätte nie meine Bankkarte aus meiner Geldbörse genommen. Noch nicht einmal, um mich mit dem Geld zu überraschen. Dafür kannte ich sie zu gut. Sie war eine Dame!«

»Okay, wir haben also eine mögliche Erklärung, wie ein Fremder an die Nummer kam«, griff Faber den Faden wieder auf. »Und Tamme hat einen wichtigen Punkt genannt: Der Täter kennt sich mit Computern aus und hatte ebenso uneingeschränkten Zugriff auf Renata von Wintershausens Wohnung, um an ihr Handy und Tablet zu kommen.« Richard stand auf und tigerte jetzt im Wohnzimmer hin und her. »Also, Rike, du zeigst Knut morgen Fotos von der Verlobten des Neffen, von Mathias von Wintershausen und auch von der noch lebenden Baronin. Vielleicht hat er ja einen von denen auf Wangerooge gesehen.« Rike quittierte das zwar mit einem Nicken, hielt es jedoch nicht für effektiv. Wenn die sich da rumgetrieben hätten, wären sie Rena aufgefallen und die war die ganze Zeit mit Knut zusammen. »Was wissen wir über ein Motiv?«, fragte Richard und riss sie aus ihren Gedanken.

»Also wenn es nicht um das Erbe von Mathias von Wintershausen-Zollner geht, sollte es kein finanzielles Motiv sein«, beantwortete Sonja die Frage.

»Renata von Wintershausen war rassistisch, sie wollte keine Frau mit dunkler Haut in der Familie«, spekulierte Rike und Faber nickte. Er deutete Laurien an, das in der Spalte Motiv mit einzutragen. »Ob die Verlobte es der alten Frau übel genommen hat?«

»Vielleicht, oder die Baroness hat sich schon früher mit rassistischen Äußerungen Feinde gemacht«, reagierte Faber auf das Gesagte.

»Wenn die Baroness etwas gegen Schwarze gehabt hätte, warum hätte sie dann afroamerikanische Künstler unterstützen sollen? Sie war sogar letztes Jahr zu einer Ausstellung in New York, die sie für einen Fotografen namens Jim Dorsett finanzierte. Danach hat sie einen neuen Kunstbereich an der Harvard University eröffnet, der von den von Wintershausen unterstützt wird. Wir reden hier von vielen afroamerikanischen Studenten und auch Dorsett ist ein Afroamerikaner«, wusste Schorlau zu berichten. So etwas erfuhr man wohl nur, wenn man die Adelskolumnen in den Illustrierten las, doch keiner lachte mehr, denn Philipps Informationen waren sehr hilfreich.

»Was, wenn sie eigentlich kein Problem mit Afroamerikanern hatte, nur keine in ihrer Familie wollte?«, schlug Laurien vor.

»In dem Fall wäre sie keine Rassistin gewesen. Vielleicht ist in ihrem Leben mal etwas Schlimmes mit einem Afroamerikaner vorgefallen?«, warf Rike ein.

»Vielleicht liegt das Geheimnis ihrer Aversion gegen andere Rassen in der Familiengeschichte«, sagte Faber. »Schorlau, ich begleite dich morgen zur Baronin. Wenn Miedler das erfährt, kann ich mich damit rausreden, dass ich dich begleiten musste, weil du dir in den Kopf gesetzt hattest, mit der Dame zu sprechen. Da du aber nur ein Forensiker bist, sollte mindestens ein Kommissar dabei sein.«

»Ach, und dann krieg ich den Schwarzen Peter von Miedler oder wie? Nur Forensiker, pah!«

»So sieht es aus!«, meinte Faber sarkastisch und hob sein Glas.

April 1969, Hamburg, Mittwochmorgen

Vicki hatte eine verdammt schlechte Nacht hinter sich, hatte keinen Schlaf gefunden und war übermüdet. Es war kein Wunder, denn sie hatte eine Heidenangst. Ein Teil der Gruppe würde schon heute nach Bremerhaven fahren, sie selbst sollte im Hintergrund bleiben. Doris würde sich als Krankenschwester verkleiden, am Mittwoch bei Schichtwechsel den Schlüssel für den Personaleingang benutzen und den Sprengsatz platzieren. Doris sprach von ihnen allen am besten Amerikanisch. Wenn sie mal loslegte, hatte schon mancher GI gefragt, ob sie aus New Jersey käme.

Die Gruppe, die sich jetzt Kommando Christian Scholl nannte, hatte erfahren, dass am Donnerstag um acht Uhr in der Frühe wieder ein Verwundetentransport ankommen würde. Natürlich begleitet von Soldaten und Helfern. Dann würden sich eine halbe Stunde später etwa achtzig bis neunzig amerikanische Soldaten in der Lobby befinden, um auf Krankenzimmer oder direkt in die OPs aufgeteilt zu werden. Genau in dem Moment sollte die Bombe hochgehen.

Vicki hatte mit Christian an einem Bekennerschreiben gefeilt und damit ihre Solidarität für Andreas Baader und Gudrun Ensslin erklärt. Die beiden waren erst Anfang April zu drei Jahren Haft verurteilt worden. Es lief immer noch ein Revisionsverfahren, über das im November geurteilt werden sollte. Immerhin plante man, die beiden im Juni aus der Untersuchungshaft freizulassen. Christian war beeindruckt von dem ersten Anschlag der beiden, auch wenn es nur ein Kaufhausbrand gewesen war. Er glaubte, darin den Beginn einer Waffenrevolution zu sehen. Ihr eigenes zweiseitiges Bekennerschreiben war jedoch eine Menge Blabla in Vickis Augen, aber sie war auch irgendwie stolz, dass ihr Name, Victoria Klaasen, darunter stand.

Danach sollte es in den Untergrund gehen. Sie würden erst einmal nach Freiburg und von dort nach Frankreich reisen. Erstaunlicherweise hatte Christian Geld und Zugfahrkarten, dabei war gerade er immer knapp bei Kasse. Aber eigentlich sollte es sie nicht wundern, denn Christian fuhr regelmäßig nach Berlin und dort in den Ostteil. Vicki ging davon aus, dass das Kommando Christian Scholl von irgendeinem Geheimdienst der DDR unterstützt wurde.

Mit einem Teil des Geldes hatte Vicki bereits die Pässe für alle bei einem Fälscher auf dem Kiez anfertigen lassen.

Eigentlich war sie sich nicht sicher, worauf sie sich da eingelassen hatte. Doch es schmeckte nach Abenteuer, nach Fidel Castro und ›Hasta la victoria siempre‹ – immer bis zum Sieg. Im Grunde genommen war es eigentlich egal, ob sie von der DDR finanziert wurden, Hauptsache, sie konnten den Feind schwächen. Obwohl, wenn der Feind wie Mike war, fragte man sich, ob es nicht besser wäre, einem Politiker die Bomben unter den Hintern zu schieben anstatt verletzten Soldaten. Wenigstens hatte Vicki es geschafft, Rea einen Pass auf anderen Namen zu besorgen und vor allem sie zu warnen.

Vicki schlürfte an ihrem Kaffee, als es an der Tür klingelte. Sie sah auf die Uhr und runzelte die Stirn, es war gerade mal sieben Uhr dreißig. Eigentlich wussten alle, dass niemand in der WG vor zwölf ansprechbar war. Außer vielleicht der Postbote, dachte sie und schlenderte zur Tür. Als sie durch den Spion sah, bestätigte sich ihre Annahme. Es war ein Postbote mit der Uniform, die sich immer noch am Militär orientierte. Es ärgerte Vicki, dass man die Leute bei der Post nicht in andere Arbeitskleidung stecken konnte. Er wedelte vor dem Spion mit einem Einschreiben. Sie öffnete die Tür.

»Mann, müssen Sie so früh kommen?«, fragte sie gerade, als der Mann nach vorne hechtete und sie zu Boden riss. Ihre Kaffeetasse flog gegen die Wand und der Kaffee hinterließ ein surreales Spritzmuster an der Tapete. Sofort war eine Hand des Mannes auf ihrem Mund und seine andere riss ihren Arm schmerzhaft hinter den Rücken. Während sie dort unten lag, trampelten uniformierte Polizisten mit gezückten Waffen über sie hinweg und drangen in die Schlafzimmer ein. »Scheiße, scheiße, scheiße«, war alles, was sie denken konnte, und sie machte sich fast in die Hose. Der Kerl, der auf ihr hockte, drückte wie verrückt auf ihre Blase. Immer lauter wurde der Tumult und vor allem die Männer der Wohngemeinschaft versuchten sich zu wehren. Doch Vicki konnte hören, wie ihnen mit Gummiknüppeln der Garaus gemacht wurde.

Es dauerte nicht lange, und man riss sie nach oben und legte ihr Handschellen an. In dem Moment wurden auch die anderen der Kommune abgeführt. Christian hatte eine böse Kopfwunde, die heftig blutete, und wurde von zwei Uniformierten mehr geschleppt, als dass er lief. Einige von ihnen waren immer noch nackt, weil sie aus den Betten gezerrt worden waren. Die Polizisten schien es wenig zu interessieren. Auch Vicki wurde in ihrem Schlafshirt aus der Wohnung gezogen, als die Einsatzpolizei ankam und sich daran machte, die Räume zu durchsuchen.

***

Rea hatte gerade ihre letzten Klamotten in die Reisetasche gelegt, als es klingelte. Wie immer, wenn es unangekündigt bei ihr schellte, zuckte sie zusammen. Sehr leise ging sie zur Tür und blickte durch das kleine Guckloch, doch es war nur ihre Nachbarin. Frau Steller kam öfters einmal vorbei, um ihr ein Stück Kuchen zu bringen oder nach einer Tasse Zucker zu fragen. Ausgerechnet jetzt, dachte sie. Da sie Mike gestern Abend nicht mehr ans Telefon bekommen hatte, wollte sie sich jetzt in einen Zug setzen. Mit allen Mitteln würde sie ihn morgen von der Klinik fernhalten, selbst wenn sie ihm die Wahrheit sagen müsste.

»Hallo Frau Steller, was gibt es? Ich habe es ein bisschen eilig«, meinte sie beim Türöffnen. Erst da sah sie das ängstliche Gesicht ihrer Nachbarin und schon griff ein Uniformierter gewaltsam ihren Arm und wollte sie runter auf den Boden drücken. »Vorsicht, mein Bauch«, schrie sie. Aber der Kerl drückte sie dennoch nieder und sein Knie landete in ihrem Rücken, sodass es einen furchtbaren Druck auf das Baby gab. »Mein Baby«, wimmerte sie.

In dem Moment riss jemand den schweren Mann von ihr runter. »Pass doch auf, die ist hochschwanger!«, bemerkte der andere Polizist, der ihr jetzt hoch half. »Alles in Ordnung?«

Rea rieb sich über den Bauch, Tränen schossen in ihre Augen, trotzdem nickte sie.

»Wenn das mal keine Tarnung ist. Durchsuche die lieber. Sonst hat die darunter noch eine Pistole versteckt«, brummte der erste Typ.

»Sind Sie eigentlich verrückt geworden?«, entfuhr es Rea unter Tränen. »Was wollen Sie denn von mir?«

»Rea von Wintershausen?«, fragte der Nette der beiden, jedoch jetzt auch mit sehr ernster Miene. »Sind Sie das?«

»Ja, warum fragen Sie, und was soll dieser Überfall?«

»Ich verhafte Sie hiermit wegen Verschwörung gegen die Bundesrepublik Deutschland und Mitwisserschaft an einem geplanten Bombenattentat auf das Military Hospital in Bremerhaven!«

»Aber, aber«, stotterte Rea. Anscheinend war die Gruppe aufgeflogen. Es war anzunehmen, dass Vicki, Christian und die anderen auch bereits verhaftet waren. »Ich weiß nichts davon. Meine Güte, sehen Sie denn nicht, dass ich ein Kind erwarte? Ich lege keine Bomben!«

»Ach ja?«, höhnte jetzt wieder der Fiesling. »Und warum steht dann unter anderem Ihr Name unter einem Bekennerbrief des Kommandos Christian Scholl? Und warum wurde ein gefälschter Pass für Sie von diesen Leuten besorgt? Unschuldig klingt für mich anders.« Er drehte Rea um und griff wieder hart nach ihren Armen, um sie mit den Handschellen hinter ihrem Rücken zu befestigen.

»Wir werden jetzt Ihre Wohnung durchsuchen und Sie werden erst einmal dem Staatsanwalt vorgeführt!« Kaum hatte der nettere der beiden Beamten das gesagt, steckte er endlich wieder seine Waffe ins Holster. Drei weitere Polizisten drängten sich an ihr vorbei in die Wohnung.

»Ich will einen Anwalt«, sagte Rea kleinlaut. Dieser verdammte Scheißkerl Christian hatte doch wirklich ihren Namen unter das Bekennerschreiben gesetzt. Wahrscheinlich ein Racheakt von dem Mistkerl, weil sie ihn nie rangelassen hatte, dachte Rea. Und da sie wusste, dass sich die meisten der WG auch einen falschen Pass hatten machen lassen, mit dem sie nach dem Attentat fliehen wollten, war das wahrscheinlich das Leck. Dieser Dummkopf Scholl hatte einem Polizeispitzel den Auftrag für die Pässe gegeben.

Wenigstens ist Mike in Sicherheit, dachte sie, als man sie die Treppe herunterführte.

***

Der Baron war sofort nach Hamburg gefahren, als ihn sein Freund und alter Kamerad Gerd Schölling, der mittlerweile ein hohes Tier beim Bundesverfassungsschutz war, anrief. Man hatte doch wahrhaft Rea und auch Victoria Klaasen wegen Terrorverdacht verhaftet. Schölling hatte die beiden jungen Frauen sofort vom Rest dieser linken Kommandozelle getrennt und dafür gesorgt, dass ihre Namen erst einmal aus den Akten rausgehalten wurden.

Es war reiner Zufall, dass die schwarz-rote Koalition unter Kiesinger gerade jetzt die Anweisung gegeben hatte, die Strafsachen der APO und kriminelle studentische Aktionen dem Verfassungsschutz zu übergeben. So hatte Schölling noch vor dem Staatsanwalt Einsicht in die Akten und vor allem die Namen der Beschuldigten. Sofort, nachdem er am Nachmittag das Bekennerschreiben und auch die Protokolle der Verhaftung gesehen hatte, war er persönlich zur Niederlassung in Hamburg gefahren und hatte die beiden Frauen dort hinbringen lassen. Nachdem er sich davon überzeugt hatte, dass es sich wirklich um die Baroness und um Dr. Klaasens Tochter handelte, rief er seine beiden Freunde an. Er kannte die beiden Mädchen von etlichen Feiern auf Lütetsburg, hatte sie in den vielen Jahren von kleinen Kindern zu Jugendlichen heranwachsen sehen.

Victoria Klaasen traute er eine linke Verbindung zu. Sie war schon immer das aufmüpfigere, wildere Mädchen gewesen. Doch Rea von Wintershausen war immer höflich und sanft gewesen. Es erstaunte ihn sehr, dass ihr Name unter diesem Schreiben stand, welches er auch erst einmal offiziell konfisziert hatte.

Die größte Überraschung indes war, Rea in anderen Umständen vorzufinden. Aber wie es schien, nicht nur für ihn. Als er Wolfgang von Wintershausen endlich am Telefon hatte und von dem geplanten Bombenattentat sprach und Reas und Victorias Verwicklung, war dem Baron der ein oder andere Fluch entwichen. Aber als Schölling erwähnte, dass er gerade Rea nicht als Mitglied einer gewalttätigen studentischen Bewegung sehen könnte, vor allem wegen ihrer weit fortgeschrittenen Schwangerschaft, war es am anderen Ende der Leitung totenstill geworden. Der Baron sagte danach nur, er komme sofort, und bat seinen Freund, eine schützende Hand über die beiden Mädchen zu halten.

Der Baron stieg drei Stunden später in der Nähe des Kontorhausviertels am Johanniswall aus seiner Limousine. Sein Chauffeur würde dort auf ihn warten, wenn es sein musste, den ganzen Tag. Das Haus, das Herr von Wintershausen betrat, sah aus wie eines der vielen Kontorhäuser, die den Krieg überlebt hatten. Die wenigsten wussten, dass die erst Anfang des Jahres unter Hans Josef Horchem gegründete Landesorganisation überhaupt in diesem Haus untergekommen war. Man galt als Geheimnisträger, wenn man wusste, wo sich der Hamburger Verfassungsschutz befand. Der Baron hatte das Vertrauen vieler Hamburger Politiker und spielte mit seinen Kontakten zur Großindustrie auch bundesweit eine große Rolle. Er eilte hoch in das Büro, das ihm Schölling am Telefon genannt hatte, und fand dort seinen Kameraden Gerd, mit dem er die letzten Kriegstage gedient hatte. Aber auch Dr. Otto Klaasen war bereits eingetroffen und saß rauchend vor Gerds Schreibtisch.

»Wolfgang«, sagte Gerd, stand auf und begrüßte den Baron mit einem Schlag auf die Schulter. »Es tut mir leid, dass wir uns unter solchen Umständen wiedersehen. Bitte setze dich, kann ich dir Kaffee anbieten?«

»Nein«, erwiderte der Baron knapp und öffnete sein silbernes Zigarettenetui, um sich ebenfalls eine Zigarette anzustecken. »Bitte komm gleich zur Sache, ich möchte Rea so schnell wie möglich sehen.«

»Vielleicht möchtest du sie erst sehen, denn ich denke, in ihrem Zustand sollte sie nicht länger hier auf der Behörde rumsitzen«, erwiderte Schölling und stand wieder auf. Wolfgang von Wintershausen nickte. Daraufhin verließ der Leiter der Bundesabteilung Linksterrorismus das Büro. Es dauerte ein paar Minuten, in denen Wolfgang von Wintershausen und Otto Klaasen schweigend rauchten. Als sich die Tür wieder öffnete und Rea ihren dicken Babybauch hineinschob, verlor der Baron seine Contenance und sprang von seinem Stuhl auf. Er sah erst auf den Bauch seiner Tochter, dann angewidert in ihr Gesicht.

»Papa, lass mich alles erklären«, versuchte es Rea, doch sie hatte seinen Blick gesehen und wusste, dass er im Moment nichts hören wollte.

»Gerd, bitte lass Rea nach unten zur Limousine bringen. Mein Fahrer wird sie nach Lütetsburg bringen. Ich muss meine Frau anrufen, anschließend reden wir«, gab der Baron Anweisung. Sofort rief Schölling einen seiner Beamten, die er mitgebracht hatte, und der nahm Rea am Arm und führte sie weg. Von Wintershausen nahm den Hörer des Festnetztelefons auf Gerds Schreibtisch ab und traktierte die Wählscheibe mit der Nummer des Schlosses. Als sich jemand meldete, verlangte er nach seiner Frau und wurde durchgestellt. »Alexandra«, sagte er ernst. »Bitte höre mir gut zu und werde nicht hysterisch. Wir müssen jetzt einen klaren Kopf bewahren.« Dann erzählte er der Baronin von der Schwangerschaft ihrer Tochter und dem Verdacht, bei den linken Studenten an einem geplanten Attentat beteiligt zu sein. Als er auflegte, war seine Gesichtsfarbe noch fahler geworden. »Bitte, Gerd, führe aus, was du weißt«, wandte er sich an Schölling.

»Rea hat gar nichts gesagt und Victoria schreit die ganze Zeit nach einem Anwalt«, begann Gerd, wurde jedoch von Otto Klaasen unterbrochen.

»Der gebe ich Anwalt, eine Tracht Prügel kann sie bekommen«, ließ der Doktor seinem Unmut freien Lauf.

»Otto, bitte«, intervenierte der Baron. »Lass Gerd erst einmal ausführen, wie die Dinge stehen.«

»Es ist ziemlich klar, dass Victoria an der geplanten Sache beteiligt war. Sie lebte mit Scholl, dem Anführer dieses Bombenkommandos, in einer Kommune. Scholl ist uns schon länger als gewalttätiges Subjekt bekannt und hat auch Kontakte zu anderen Terroristen. Diejenigen, die wegen eines Kaufhausbrandes momentan in Haft sind. Es war auch Victoria, die bei einem Fälscher, der für uns als V-Mann arbeitet, die neuen Pässe für alle kaufte. Daher gehe ich stark davon aus, dass sie zum harten Kern gehört.«

Otto Klaasen stöhnte auf und zündete sich aufgeregt noch eine weitere Zigarette an. »Und Rea?«, fragte der Baron ruhig. Er war bekannt für sein kühles Auftreten und hatte seine Fassung wiedererlangt.

»Ihr Name steht zwar auch auf dem Bekennerschreiben und es wurde ein Pass für sie bestellt, doch sie wohnte nicht in der Kommune. Noch wissen wir nicht, wie tief Rea involviert ist.«

»Kann man beide Mädchen da raushalten?«, wollte der Baron wissen.

»Ja, das kann ich. Bei Victoria wird es etwas schwieriger, aber ich denke, wenn sie uns alles sagt, dann kann ihr Name völlig aus dieser Sache verschwinden. Bei Rea ist es einfacher.«

»Und das Bekennerschreiben?«, hakte von Wintershausen nach.

»Werden wir intern entsprechend ändern, das Original wird niemand zu Gesicht bekommen«, versprach Gerd Schölling.

»Gut, ich möchte dabei sein, wenn wir mit Vicki reden. Es geht nicht nur um den Bombenanschlag, es geht auch um das Kind. Ich will wissen, wer der Dreckskerl ist, der meiner Tochter das angetan hat, und ihn zur Rechenschaft ziehen. Sie ist noch nicht einmal volljährig«, sagte der Baron in einem Ton, der keinen Zweifel an seinen Absichten ließ.

»Wolfgang, deine Tochter wird nächstes Jahr volljährig, ich denke nicht, dass man den Vater rechtlich drankriegen kann. Ich weiß, es ist ein Gesetz in Vorbereitung, dass Unterhalt gezahlt werden muss.

Trotzdem denke ich, wir können ihn nicht zur Rechenschaft ziehen, wie du es dir vorstellst!«, warf Schölling ein.

»Wir werden eine Möglichkeit finden. Ich will, dass der Kerl dafür ins Gefängnis geht!«, beharrte der Baron und der Mann vom Verfassungsschutz verstand seinen ehemaligen Gefechtskameraden sofort. Er war ihm was schuldig, da Wolfgang für Gerd bei den Amerikanern gebürgt hatte und man ihn daraufhin als Nazi von der Leine ließ. Auch wenn sie damals einfach nur dumm und jung waren, so waren sie doch überzeugt gewesen. Ohne den Baron hätte Schölling nie ein Amt in der Regierung wahrnehmen können.

Er wusste genau, wie sie vorgehen mussten. Wenn man gegen den dummen Jungen, der die Baroness geschwängert hatte, nichts ausgraben konnte, würde man etwas kreieren müssen, bis der arme Kerl im Knast saß. Es war nicht das erste Mal, dass Schölling zu so etwas gezwungen wurde, und eigentlich machte es ihm nicht viel aus, solange die öffentliche Ordnung erhalten blieb.

Kapitel 7

Juni 2019, Schloss Lütetsburg

Nach einem kurzen Frühstück mit Rike fuhren Faber und Schorlau in getrennten Autos Richtung Norden, um dort ihr Glück auf Schloss Lütetsburg zu versuchen. Wenn man einen offiziellen Ermittlungsauftrag hatte, war alles viel einfacher. Man rief die Leute, mit denen man sprechen wollte, einfach an und machte einen Termin. Aber Faber und Schorlau fuhren aufs Geratewohl zum Schloss. Sie hatten keine Ahnung, ob die Baronin überhaupt im Haus war, und wenn, ob sie gestört werden durfte. Philipp hatte sich die Krankheitsgeschichte als Grund seines Besuchs zurechtgelegt und würde die Aktion bei den Mitarbeitern des KED Oldenburg als intuitiven Besuch verkaufen. Richard würde zwar seinen Ausweis zeigen, doch seinen Namen mehr nuscheln. Er hoffte, die Baronin würde nicht zu genau hinhören.

Sie hatten vereinbart, dass Schorlau später behaupten sollte, irgendeinen Streifenpolizisten mitgenommen zu haben. Immerhin war er der Chef der Kriminalpathologie und als Wissenschaftler könne er sich nun wirklich nicht jeden Namen merken. Ihre ganze Strategie war mehr als wackelig, dennoch hieß es in Knuts Fall: Ganz oder gar nicht.

Philipp fuhr mit seinem roten Sportwagen vor und legte einiges an Tempo hin, aber Richard ließ sich von ihm nicht provozieren. Sollte er ruhig fünf Minuten früher ankommen, dann müsste er halt warten, dachte Faber. Doch so weit kam es erst gar nicht, weil der Porsche bereits auf der Greetsieler Straße abbremsen musste. Es waren einfach zu viele Touristen unterwegs, die neben dem Störtebekerkanal entlangzuckelten und sich lieber vom Auto aus das Naturschutzgebiet Leyhörn ansahen. Sie fuhren auf dem Königsweg an Neuwesteel vorbei und bogen hinter dem Marschenhof auf die Landstraße 4 ein, die sie weiter hoch nach Norden führte. Nach ein paar Kilometern auf der L 72 fuhren sie rechts hinter dem Kolkhof ab.

Es dauerte keine zwei Minuten mehr, bis auf der rechten Seite das große Golfareal des Schlosses Lütetsburg auftauchte und gleich danach ein Teil des Schlossgartens mit dem kleinen Café. Genau gegenüber war der große Parkplatz und beide Autos hielten dort, um zu parken. Das Schloss selbst war erst einmal von der Landstraße nicht einzusehen, da es üppig mit Bäumen zugewachsen war. Faber und Schorlau überquerten die Landstraße, und als sie zur ersten Brücke des Wasserschlosses kamen, sahen sie die Vorburg. Der langgestreckte Vorbau aus rotem Backstein wurde in der Mitte durch einen Torturm mit rundbogiger Durchfahrt unterbrochen. Unterhalb des Glockenturms war eine große Uhr angebracht und darunter sah man das Wappen, das von zwei schwarzen Löwen gehalten wurde.

Trotz der frühen Morgenstunde waren bereits einige Urlauber vor Ort und blickten neugierig durch das Eisengitter, sodass sie sich den Innenhof ansehen konnten. Faber musste seinen Dienstausweis zücken, damit man sie beide einließ. Denn der Teil des Schlosses war für Touristen nicht zugänglich. Nur der Schlossgarten war für die Allgemeinheit offen. Das bewohnte Schloss mit dem Innenhof war ganz eindeutig als Privatgelände ausgezeichnet. Der Verwalter, der sie eingelassen hatte, ließ sich einen Namen geben und zückte sein Handy, um den Besuch im Haupthaus anzumelden. Philipp hatte darauf geachtet, nur seinen Namen zu nennen.

Faber sah sich um. Das Gelände war ziemlich imposant. Er hatte gestern noch im Internet gelesen, dass die ursprüngliche Vorburg aus den Zeiten des Häuptlingsgeschlechts der Manninga stammte, die auch in Pewsum eine Burg erbaut hatten. Jedoch war alles im Krieg ziemlich zerbombt worden und 1956 fiel das Hauptschloss einem unerklärlichen Großfeuer zum Opfer. So war nur die Vorburg mit dem barocken Torturm historisch erhalten geblieben. Im Innenhof der Vorburg befand sich eine rundliche Grasfläche, die mit rotem Granulat eingefasst war und auf die Brücke zum eigentlichen Schloss zeigte. Das Wasserschloss war nur durch die Brücke zu erreichen, da es von vier Seiten mit einem Burggraben umgeben war. Der zweistöckige Backsteinbau war 1956 recht modern wieder aufgebaut worden und bot daher eine bessere Lebensqualität.

An einer Ecke gab es einen runden Turm, jedoch ohne Spitze, und aus dem Innenhof des Wasserschlosses streckte sich ein Kirchturm, der wahrscheinlich zu einer Kapelle gehörte.

»Meine Herrn, die Baronin wird Sie jetzt empfangen, bitte folgen Sie mir«, sagte der Verwalter, nachdem er sein Gespräch beendet hatte, und ging zielstrebig auf die Brücke zum Haupthaus zu.

»Das ist richtig idyllisch hier«, murmelte Faber und sah sich die kleinen Wasservögel auf dem Schlossgraben an, die durch die grüne Entengrütze paddelten.

»Ja, dann müsstest du erst einmal den Schlossgarten sehen«, bestätigte Schorlau und versuchte mit den großen Schritten des Verwalters mitzuhalten.

»Du warst schon einmal hier?«, fragte Faber erstaunt.

»Ja, einmal zu einem Sommerfest. Damals war ich vielleicht acht, neun Jahre alt. Es war die Taufe von Mathias von Wintershausen-Zollner«, erwiderte Philipp zu Richards Erstaunen.

»Dann kennst du die ganze Mischpoke?«, hakte Faber leise nach.

»Mann, Richard, ich war neun. Meine Eltern wurden damals eingeladen. Mein Vater hatte sich einige Patente auf dem Pharmaziemarkt gesichert und seine erste Fabrik erbaut. Der Baron war einer der Investoren und daher verkehrten sie gesellschaftlich miteinander. Ich war noch ein kleiner Hosenpupser und froh, dass es dort ein paar gleichaltrige Kinder gab zum Spielen. Ich erinnere mich weder an die Baroness, die damals etwa fünfunddreißig gewesen sein muss, noch an den Baron oder die Baronin«, erklärte sein Freund und zuckte die Schultern.

Faber rollte die Augen. »Schorlau und der Hochadel, kein Wunder, dass du Gala liest«, murmelte er seinem Freund zu, sodass es der Verwalter nicht hören konnte. Sie waren jetzt vor dem verschlossenen Tor angekommen und warteten. Es dauerte einen Moment, bis eine jüngere Frau im schwarzen Kleid mit weißer Schürze öffnete.

»Bitte folgen Sie mir«, wandte sie sich an die beiden Besucher und nickte dem Verwalter zu, der sich umdrehte und wieder zurückging. Sie folgten der Bediensteten durch die verschiedenen Flügel, die alle durch einen Hauptgang zu erreichen waren, bis sie vor einem hohen Raum stoppten und die Dame in Schwarz die Tür öffnete. »Frau Baronin, Doktor Philipp Schorlau in Begleitung«, meinte sie in Ermanglung von Fabers Namen.

Die ältere Dame saß am Frühstückstisch und lächelte beiden zu. »Philipp Schorlau, der Sohn von Professor Walter Schorlau und seiner reizenden Gattin Maja. Ich glaube, Philipp, das letzte Mal, als wir uns sahen, warst du nicht älter als zehn Jahre. Die Zeit vergeht«, meinte sie. Faber musste zugeben, dass die Baronin für ihre fünfundfünfzig immer noch erstaunlich attraktiv war. Ihr blondes

Haar war hochgesteckt zu einer Frisur, wie er sie das letzte Mal in Hitchcocks Film *Marnie* bei Tippi Hedren gesehen hatte. Sie trug eine dunkelgraue Seidenbluse zu einem der Situation angepassten schwarzen Kostüm. »Bitte frühstücken Sie mit mir oder nehmen wenigstens einen Kaffee, ich bin auch gleich fertig.«

»Baronin von Wintershausen-Zollner«, ergriff Philipp das Wort und trat näher heran, um einen Handkuss anzudeuten. »Es ehrt mich, dass Sie sich meiner erinnern. Leider ist es dem sehr traurigen Umstand zu verdanken, dass ich heute mit dem Polizisten hierherkommen musste.«

»Oh, Sie arbeiten bei der Polizei?«, fragte sie erstaunt und bat die beiden, am Tisch Platz zu nehmen. »Maria, würden Sie den Herren bitte frischen Kaffee einschenken«, wandte sie sich dann an ihr Dienstmädchen.

»Ich bin Leiter des Kriminaltechnischen Instituts in Oldenburg. Baroness Renata von Wintershausen wurde nach ihrem Tod von mir untersucht. Es tut mir sehr leid für Ihren Verlust, Baronin.«

»Ach, Philipp, es ist zwar nett, in unseren Kreisen die Contenance zu wahren, dennoch bin ich kein Freund von Heucheleien. Renata und ich standen uns nie nahe. Sie mochte mich von Anfang an nicht. Wir versuchten eine gewisse Höflichkeit an den Tag zu legen, gingen uns aber sonst aus dem Weg«, nahm die Baronin kein Blatt vor den Mund. »Sie verübelte es mir, dass ich nach Wolfgangs Tod hier auf Lütetsburg blieb. Sie sah es als ihr Zuhause, war aber nicht bereit, mit mir und damals noch meinem Teenagersohn unter einem Dach zu wohnen.«

»Also bestand eine gewisse Feindschaft zwischen Ihnen«, mischte sich Faber ein.

Die Baronin lachte ein wenig. »Nicht genug, junger Mann, dass ich sie in der Nordsee ertränkt hätte. Wir hatten nicht viel miteinander zu tun, sahen uns nur wenige Male im Jahr. Weihnachten, Silvester und zu Geburtstagen. Sie lebte in ihrer Villa in Emden, ich hier. Sie ging sogar regelmäßig mit Mathias in die Oper oder auch mal auf einen Ball.«

»Bis Ihr Sohn seine Verlobte vorstellte«, bohrte Faber weiter nach.

»Verzeihen Sie«, mischte sich jetzt Philipp ein. »Ich dachte, Sie sind nur hier, um zu observieren«, wandte er sich scharf an Faber. Denn wenn sein Freund so penetrant weiter nachfragte, würde sein

Cover auffliegen. Erzürnte er die Baronin, könnte sie seinen Namen fordern, um sich zu beschweren. Genau das fehlte ihnen gerade noch.

Faber murmelte eine Entschuldigung und schwieg wieder.

»Aber im Ernst, liebe Baronin. Es muss für Sie schwer gewesen sein, dass die Baroness versuchte, sich zwischen das Glück Ihres Sohnes und seiner Verlobten zu stellen. Ihr Sohn meinte, es wären Vorurteile gewesen, dabei unterstützte sie doch afroamerikanische Künstler als Mäzenin«, formulierte es Schorlau wesentlich klüger.

Die Baronin schmunzelte und sah Faber an. »Sehen Sie, so geht man miteinander um, wenn man zur feinen Gesellschaft gehört«, bemerkte sie zu beider Erstaunen und Faber konnte sich ein Schmunzeln nicht verkneifen. Die Baronin gefiel ihm und schien sich einen Dreck um die sogenannte Etikette zu scheren. »Was Renata da abgezogen hat, war eine Sauerei. Ihr Hass auf schwarze Menschen war nicht zu ergründen. Zwar unterstützte sie Künstler, aber sie ließ diese Leute nie näher an sich rankommen, wenn sie Afroamerikaner oder besser gesagt einfach schwarz waren.«

»Wissen Sie warum?«, traute sich Faber nach der natürlichen Reaktion der Dame, doch wieder selbst zu fragen.

»Ehrlich gesagt, nein. Ich habe das schon viel früher mitbekommen und fragte meinen Mann, der damals noch lebte«, meinte sie und legte eine Hand an ihre Wange. »Auch er antwortete mir nur ausweichend. Er sagte, es wäre eine sehr traurige Geschichte, die ich nicht aufwühlen sollte. Es hatte wohl mit Renatas älterer Schwester zu tun. Sie hieß Rea und verstarb mit zwanzig, das war damals sehr tragisch und die erste Baronin kam damit überhaupt nicht klar. Sie nahm Schlafmittel und Alkohol zu sich, kurz nach dem Tod ihrer großen Tochter verschied auch sie. Leider kann ich Ihnen nicht viel mehr darüber sagen.«

»Das ist auch der Grund, warum wir hier sind«, ging Philipp auf das Gesagte ein. »Ich habe erfahren, dass Rea von Wintershausen damals mit zwanzig an einem Blutsturz mit anschließendem Herzversagen starb. Können Sie das bestätigen?«

»Nein«, meinte die Baronin sehr klar. »Das war 1969 und ich traf meinen späteren Mann erst 1990, über zwanzig Jahre später. Ich kenne das alles nur vom Hörensagen. Aber warum fragen Sie?«

»Nun, es ist mittlerweile klar, dass die Baroness durch eine Überdosis Digitalis, ein Herzmittel, starb. Wenn in der Familie ein erblicher Herzfehler existiert, dann könnte es ein Unfall sein und kein Mord, verstehen Sie, gnädige Frau?«, umschrieb es Schorlau nicht ganz wahrheitsgemäß, denn dass es ein Mord war, wussten sie bereits. Sonst wäre das Digitalis nie in Knuts Hotelzimmer gelandet.

»So, meinen Sie, Philipp. Aber ich kann Ihnen wirklich nicht helfen. Damals kannte ich die Familie noch nicht und über dieses Thema haben weder Wolfgang noch Renata geredet«, entschuldigte sie sich und tupfte ihren Mund mit der Serviette.

Faber und Philipp bedankten sich und schickten sich gerade an, den Frühstücksraum zu verlassen, als die Baronin aufstand und ihnen folgte. »Wissen Sie, wenn Sie die Information für so wichtig halten, dann sprechen Sie doch mal mit Renatas Kindermädchen. Sie war damals im Haus, als Rea verstarb, und ist immer noch bei sehr guter Gesundheit mit ihren siebzig Jahren.«

»Das ist eine hervorragende Idee, Baronin. Sie wissen nicht zufällig, wo wir die Dame finden?«, fragte Faber zuversichtlich.

»Natürlich, junger Mann. Unsere Jette hat nicht nur Renata großgezogen, sondern später auch meinen Mathias. Daher habe ich ihr das Schlosscafé übertragen. Sie ist eine begnadete Bäckerin und leitet das Café im Schlossgarten unter ihrem Namen. Sie heißt Henriette Fährenkämper. Ich denke, wenn jemand etwas über diese tragische Geschichte weiß, ist es Jette. Sie müssen wissen, Jette war ihr Leben lang auf Lütetsburg, da sie die Tochter des alten Verwalters war, der mit dem Baron aus Posen floh.« Die Baronin reichte beiden die Hand. »Wenn ich noch etwas für Sie tun kann, Philipp, oder für Sie, Herr Polizist ohne Namen, dann melden Sie sich«, meinte sie mit einer charmanten Ironie und lächelte wissend.

***

Das Schlossparkcafé lag einige Meter die Landstraße zurück Richtung Norden, sodass Faber und Schorlau zu Fuß gehen konnten. An der alten Backsteinmauer hatte man zum Garten hin eine Art Gewächshaus gebaut. Die Glasscheiben oben und an den Seiten waren mit Weinranken bewachsen. In dem verglasten Häuschen standen für die kälteren Jahreszeiten nett dekorierte weiße Tische und Stühle. Ganz vorne an der Theke konnte man sich verschiedene Kuchen und Torten aussuchen. Plötzlich klingelte Schorlaus Handy und er war erstaunt, Rikes Nummer zu sehen. Sie fragte ihn nach einem Schmuckstück der Baroness, und er versprach, in der

Asservatenkammer danach zu suchen. Faber sah ihn fragend an, doch er machte sich nicht die Mühe, ihm den Anruf weiter zu erklären.

Eine der Bedienungen war noch dabei, die Tische unter den grünen Sonnenschirmen einzudecken, da heute wieder herrliches Sommerwetter war und sie wohl viele Gäste erwarteten. Faber und Schorlau setzten sich an einen der Tische, die bereits fertig waren, und sofort kam die junge Dame mit der roten Schürze auf sie zu.

»Wir öffnen erst um elf Uhr«, sagte sie und sah auf die Uhr. »In einer Viertelstunde, aber wenn Sie es niemandem verraten, nehme ich Ihre Bestellung schon mal auf.« Mit einem Augenzwinkern legte sie ihnen zwei Karten hin.

»Bringen Sie mir ein leckeres Stück Torte, die Wahl überlasse ich Ihnen, und eine Tasse Cappuccino«, meinte Schorlau und flirtete so heftig mit der jungen Frau, dass sie lächeln musste.

»Für mich bitte nur ein Sprudelwasser«, orderte Faber und zückte seinen Dienstausweis. »Könnten Sie Frau Fährenkämper zu uns bitten? Wir müssten kurz mit Ihrer Chefin reden.«

»Oh«, reagierte sie. »Sie ist gerade in der Küche am Backen, doch ich hole sie. Es ist hoffentlich nichts passiert, Jette regt sich leider immer viel zu schnell auf. Oder ist es wegen des Todes der Baroness?«, fragte sie zwar, schien aber keine Antwort zu erwarten und verschwand in dem Glasanbau. Es dauerte nur ein paar Minuten, dann kam sie wieder in Begleitung einer recht großen, korpulenten Frau. Sie war mindestens einen Meter achtzig groß, was für eine Frau des Jahrgangs 1949 recht ungewöhnlich war. Ihr grauweißes Haar war penibel frisiert und fiel bis auf ihre Schultern. Eine große Brille saß auf ihrem runden, freundlichen Gesicht. Sie trug einen Rock mit einem Sommerpullover, darüber eine blaue Kittelschürze mit kleinen Röschen.

Faber stand auf, als die beiden Frauen ihnen die Getränke und für Schorlau den Kuchen hinstellten. Er streckte Henriette Fährenkämper die Hand hin und erklärte, dass sie wegen Renata von Wintershausen hier waren.

Jette nickte traurig und sagte: »Das arme Kind. Das hat sie nicht verdient.« Sie sprach von dem sechzigjährigen Opfer immer noch als Kind. Vielleicht behält man einen Menschen immer als Kind in Erinnerung, wenn man lange Jahre wie eine Mutter auf den Menschen aufgepasst hat, dachte Faber.

»Wir hoffen, Sie können uns ein paar Fragen beantworten. Sie waren die Kinderfrau von Renata von Wintershausen?«

»Ja, meine Kleine war zehn Jahre alt, als sie ihre Mutter verlor. Schon vorher habe ich auf sie aufgepasst, doch ab diesem Zeitpunkt wurde ich so etwas wie ein Mutterersatz für Renata«, sagte die Frau ruhig. Sie sprach keinerlei norddeutschen Dialekt und wählte ihre Worte sehr präzise.

»Wir haben gehört, dass sich die erste Baronin selbst tötete.«

»Leider ist das wahr. Die Baronin war schon immer eine sehr sensible Frau gewesen und verkraftete Schicksalsschläge nicht. Als ihre große Tochter Rea starb, konnte sie damit überhaupt nicht umgehen.«

»Sehen Sie, das ist der eigentliche Grund, warum wir Sie sprechen wollten. Rea war damals erst zwanzig Jahre alt und starb an einem Blutsturz mit Herzversagen«, kam Schorlau zum Thema. Er schien wirklich an der Geschichte interessiert, denn er hatte ganz unüblich seine Mohn-Rosinen-Torte noch nicht einmal angerührt. »Renata von Wintershausen starb an einer Überdosis Digitalis. Wir fragen uns, ob die Baroness auch ein Herzleiden hatte wie ihre Schwester oder ob sie suizidal veranlagt war wie ihre Mutter. Beides sind leider Krankheiten, die fast immer erblich sind!«

Das alte Kindermädchen schüttelte vehement den Kopf. »Weder noch. Renata war kerngesund und lebensfroh. Sie ließ sich nie unterkriegen, schon als Kind nicht«, erwiderte sie und richtete sich ihr Haar mit einer Hand. »Ich war bis vor zehn Jahren noch ihre Gesellschafterin und lebte mit ihr zusammen in ihrer Villa in Emden. Sie nahm keine Medikamente, noch nicht einmal Blutdruckmittel. Wenn sie an einer Überdosis starb, dann hat jemand nachgeholfen.«

»Sie sind sich da sehr sicher. Immerhin beging ihre Mutter Selbstmord!«, versuchte es Faber erneut.

»Die alte Baronin hatte auch jeden Grund dafür. Ihr erstes Kind, ihre geliebte Tochter, war tot. Hätte sie nicht die Schlaftabletten genommen, wäre sie an gebrochenem Herzen gestorben«, hielt Frau Fährenkämper dagegen.

»Ihre Tochter war erst zwanzig, als sie an Herzversagen starb. Ich nehme an, dass man Rea von Wintershausen auch immer für gesund hielt, und dann setzte das Herz plötzlich aus. So etwas kann in der Familie liegen«, beharrte Schorlau auf dem Punkt.

Jetzt sah Jette weg von den beiden. Ihr Gesichtsausdruck sprach Bände und Faber wusste, dass sie versuchte ein Geheimnis zu hüten. »Frau Fährenkämper, Sie wissen mehr. Was stimmte damals nicht mit Reas Tod? Bitte reden Sie. Wir müssen das wissen, sonst wird ein völlig unschuldiger und anständiger Mann wegen Mordes verurteilt. Wollen Sie das?«, machte er ihr Druck.

»Ich kann nicht. Ich habe es dem Baron und auch Renata versprochen, dass ich nie darüber reden werde.«

»Der Baron ist lange tot und jetzt auch die Baroness. Eigentlich war sie doch die Letzte der Linie von Wintershausen. Sie müssen den beiden jetzt nicht mehr treu verpflichtet sein. Bitte reden Sie, denn wir wollen den wahren Mörder der Baroness finden. Auch sie hätte gewollt, dass wir ihren Tod sühnen!« Faber sah die alte Frau eindringlich an. Sie nahm die Brille ab und wischte mit einem Stofftaschentuch aus der Tasche ihrer Kittelschürze über die Augen.

»Glauben Sie wirklich? Es fühlt sich wie Verrat an«, flüsterte sie und setzte die Brille wieder auf. Faber und Schorlau nickten nur und ließen ihr Zeit. »Rea war damals zwanzig, nach dem damaligen Gesetz noch nicht einmal volljährig. Etwa ein Jahr vorher war sie nach Hamburg zum Studieren gegangen. Ihre Mutter war mächtig stolz auf sie, aber als Rea eines Tages vom Chauffeur des Barons auf das Schloss zurückgebracht wurde, war sie hochschwanger. Ich war damals in etwa gleichalt mit Rea und wollte ihr helfen, denn die Situation war ein Skandal. Doch man ließ mich nicht zu ihr. Auch als das Baby geboren wurde, durfte ich weder sie noch das Kind sehen. Noch in derselben Nacht nahm der Arzt das Kind mit. Die Baronin sagte uns, das Baby wäre nicht lebensfähig gewesen, dabei hatte ich das Kind schreien hören, als der Doktor das Schloss verließ.«

»Wusste man, wer der Vater war?«, versuchte es Schorlau.

Jette schüttelte den Kopf. »Wenn, dann wurde es dem Personal nicht gesagt. Wir alle hatten das Kind gar nicht zu Gesicht bekommen. Ich nehme an, der Doktor nahm es mit und brachte es bei einer kinderlosen Familie unter, so wie das damals in solchen Kreisen gemacht wurde, um die Schande der von Wintershausen zu vermeiden.«

»Und Rea?«

»Ich vermute, ihre Mutter sagte ihr, dass die Kleine kurz nach der Geburt starb, denn wir hörten sie zwei Tage ununterbrochen weinen«, redete sie weiter und seufzte. »Das arme Kind kam nicht darüber hinweg. Darum bat ich die Baronin, wenigstens Renata zu Rea zu lassen. Die Kleine war erst zehn, doch die beiden Schwestern liebten sich abgöttisch und ich hoffte, Renata würde ihre große Schwester aufmuntern. Was ein Fehler war!«

»Wieso, was meinen Sie?«

»Ich brachte Renata zu Reas Schlafzimmer und schloss auf, entfernte mich und ließ Renata eintreten. So hatte es mir die Baronin befohlen, sie wollten wirklich, dass keiner vom Personal mit der großen Baroness sprach. Die Kleine ging hinein und ich wollte mich gerade entfernen, als ich Renatas Schrei hörte. Die Qual in ihrem Aufschrei ging einem durch Mark und Bein. Ich wollte zurückrennen, aber die Baronin war bereits dort. Sie schob Renata aus dem Zimmer und knallte die Tür zu. Ich wusste nicht, was passiert war. Es musste furchtbar gewesen sein, denn meine Kleine war völlig apathisch.« Mehr brachte die ältere Frau nicht hervor. Sie drückte wieder das Taschentuch in ihre Augen und schluchzte leise. Ihre Brille lag auf dem Tisch und war ganz beschlagen von der Feuchtigkeit ihrer Tränen.

»Denken Sie, die kleine Baroness hat ihre große Schwester tot aufgefunden?«

Jette putzte sich die Nase. »Das nahm ich an. Meine kleine Renata erwähnte diesen Vorfall nie wieder und es musste viel Zeit vergehen, bis das Kind wieder fröhlich wurde. Und die Baronin war nach Reas Tod nur noch ein Häufchen Elend. Vielleicht fühlte sie sich für den Tod ihrer Tochter verantwortlich, weil sie Rea angelogen hatte. Darüber kam sie nicht hinweg. Ich konnte mich damals auch nicht richtig um die Baronin kümmern, weil ich mit Renata alle Hände voll zu tun hatte. Sie war wie weggetreten.«

»Dann kann es also doch ein Herzversagen gewesen sein«, meinte Schorlau. Jetzt sind wir wieder am Anfang, dachte er gerade.

»Sie sind Mediziner?«, fragte Frau Fährenkämper aus dem Zusammenhang gerissen und Philipp nickte bestätigend. »Wenn jemand an einem Herzinfarkt stirbt, würde sie das so verunstalten, dass man die Tote nicht in einem offenen Sarg aufbahren würde?«

»Nein, selbst wenn dem Herzversagen ein Schlaganfall vorangegangen wäre, würden die Verkrampfungen der Gesichtszüge posthum erschlaffen. Warum fragen Sie?«, meinte Schorlau, sehr hellhörig geworden.

»Nun ja, niemand außer dem Doktor, dem Baron und der Baronin sah Rea, nachdem sie gestorben war. Das war eigenartig. Die Baronin wusch sie und kleidete sie alleine an, was mehr als ungewöhnlich war. Außerdem wurde bei Todesfällen im Hause von Wintershausen schon immer ein offener Sarg in die Kapelle gestellt, damit man sich von dem geliebten toten Menschen verabschieden konnte. Ich verstand nicht, warum Rea nie aufgebahrt wurde.«

Faber sah sie intensiv an und dachte: Da ist was dran. Doch er wechselte das Thema, weil er darüber lieber alleine mit Schorlau sprechen wollte. »Was machte der Baron nach dem Tod seiner Tochter?«

»Er verhielt sich, wie die meisten Männer das damals taten. Er verschwand, war kaum auf dem Schloss, nahm jede Gelegenheit wahr, auf die Jagd zu gehen und Einladungen seiner Freunde anzunehmen. Es war, als wollte er das alles ignorieren, und dabei übersah er, wie schlecht es seiner Frau ging«, berichtete sie jetzt weiter. »Als die Baronin sich dann kurz nach der Beerdigung das Leben nahm, wurde er wach. Danach war er nie wieder derselbe. Renata stand ihm seit diesem Unglücksjahr näher denn je und er bat mich, die mütterlichen Pflichten bei dem Kind zu übernehmen. Als sie erwachsen war, wurde ich ihre Gesellschafterin«, fuhr sie jetzt weiter fort. Sie hatte sich etwas beruhigt, auch wenn ihre Augen rot waren.

»Haben Sie später, als Renata eine Frau geworden war, noch einmal über die Sache gesprochen?«

»Ich habe es versucht. Aber Renata schüttelte immer nur den Kopf. Sie sagte: ›Jette, sei froh, dass du nicht die ganze Wahrheit kennst. Was meiner armen Rea passiert ist, brachte meine Schwester um‹«, zitierte die Frau die Baroness. »Leider kann ich Ihnen nicht mehr sagen!«

»Danke, Sie haben uns sehr geholfen. Sagen Sie, eine letzte Frage hätte ich noch«, meinte Faber und das alte Kindermädchen nickte etwas müde. »Lebt noch jemand, der damals vielleicht mehr mitbekommen haben könnte? Jemand, der Licht in die Geschichte bringen könnte?«

Frau Fährenkämper dachte einen Moment nach. »Wenn jemand etwas weiß, dann die beste Freundin von Rea, Vicki. Doch obwohl sie als Kind jahrelang in den Ferien auf dem Schloss war und ein Herz und eine Seele mit Rea, habe ich sie nach Reas Tod nie mehr gesehen. Auch Herrn und Frau Klaasen nicht, sie waren noch nicht einmal auf den Beerdigungen, obwohl sie die engsten Freunde der Baronin und des Barons waren. Vicki lebte damals in Hamburg mit Rea in einer Wohnung, als die Mädchen studierten.«

»Vicki Klaasen?«

»Victoria Klaasen. Ob sie noch lebt, kann ich Ihnen nicht sagen. Sie müsste dann auch schon siebzig sein. Sie war die Tochter von Doktor Otto Klaasen! Einem hohen Tier in der Containerschifffahrt.«

Erst als sich Frau Fährenkämper von ihnen verabschiedet hatte, konnte Schorlau endlich seine Mohntorte vertilgen und den mittlerweile lauwarmen Cappuccino trinken. »Sag mal, was haben wir jetzt eigentlich erfahren?«

Ohne darauf einzugehen, fragte Faber: »Wenn jemand keines gewaltsamen Todes und auch nicht an einem schlimmen Unfall stirbt, bei welcher Todesart würdest du den Leichnam nicht aufbahren?«

»Weil der Anblick zu schlimm ist?«, stellte Schorlau die Gegenfrage und Faber nickte. »Es gibt ein paar Arten von Gift, die fürchterliche Hautverfärbungen und Ausschläge nach sich ziehen. Doch jemand, der sich erhängt hat, sieht immer am schlimmsten aus.« Schorlau steckte sich eine Gabel von der saftigen Mohn-Rosinen-Torte in den Mund. Er schaltete erst, als Faber schwieg und in Gedanken versunken schien. »Moment«, nuschelte er mit vollem Mund, dann spülte er den Bissen mit Cappuccino nach. »Du denkst, man bahrte sie nicht auf und sorgte dafür, dass das Personal sie nicht zu sehen bekam, weil das Mädchen sich erhängt hat.«

»Genau das ging mir durch den Kopf. Und Renata von Wintershausen hat ihre Schwester im Alter von zarten zehn Jahren erhängt aufgefunden. Diese ganze Herzleiden-Sache war eine bittere Farce, um den Selbstmord der älteren Tochter zu verschweigen.«

»Und was denkst du, war der Grund für den Suizid?«

»Ihre Mutter sagte dem Mädchen, dass das Baby tot wäre. Vielleicht war aber auch etwas mit dem Vater des Kindes passiert. Vielleicht war er nicht standesgemäß und der Baron hat ihn mit Geld oder anderen Mitteln verschwinden lassen«, schlug Faber vor.

»Okay«, meinte Schorlau resolut und legte die Kuchengabel auf den leeren Teller. »Wir wissen jetzt, dass die Baroness kein familiäres Herzleiden hatte und sich die Schwester höchstwahrscheinlich umbrachte. Ihre Mutter war ebenfalls suizidal. Jetzt sag mal, wieso hast du dem Kindermädchen über die Familiengeschichte weiter solche Löcher in den Bauch gefragt?«, nuschelte er und man sah seine Zähne, die voller Mohnsamen waren.

»Nenn es Bauchgefühl. Ich denke, dass Renata von Wintershausens Tod etwas mit der alten Geschichte zu tun hat«, erwiderte Faber gedankenverloren und nippte an seinem Wasser.

»Herrje, jetzt kommt der mir auch noch mit Bauchgefühlen. Du bist eindeutig von zu vielen Frauen umgeben!«

Juni 2019, Klein Hauen

Rike und Knut hatten, gleich nachdem Faber mit Schorlau abgefahren war, den zuständigen Leiter des KED Oldenburg und auch EKHK Miedler über das Geld auf Knuts Konto informiert. Rike hoffte inständig, dass dies für ein paar Pluspunkte sorgen würde. Der Ermittlungsleiter im Fall Renata von Wintershausen hatte sich zwar bedankt, jedoch angedeutet, dass er am späten Nachmittag bei Knut auftauchen würde. Je nachdem, wie der Staatsanwalt die neuen Fakten sah, würde man Herrn Waatstedt möglicherweise in Untersuchungshaft nehmen müssen.

»Na, das haben wir ja erwartet«, meinte Knut nur abgeklärt. »Jetzt lass uns weiter durch deine Befragungen gehen und ich zeichne meine Antworten auf, damit wir fertig werden. Danach packen wir eine kleine Tasche für die U-Haft. Na los, mien Deern!«

Sie seufzte, stellte ihr Handy auf dem Tisch auf Aufnahme und schenkte Opa und sich selbst noch einen Tee aus der Kanne ein. »Du warst dir gestern ziemlich sicher, dass du Rena im Café Pudding von den neunundzwanzigtausend Euro erzählt hast. Opi, jetzt schließe mal die Augen«, sagte Rike und der alte Seebär folgte ihren Anweisungen. »Visualisiere bitte, wo ihr normalerweise gesessen habt. War es immer der gleiche Tisch?«

Sofort öffnete Opa die Augen. »Ja, es war fast immer der gleiche Tisch.«

»Augen zu und zulassen. Also, wenn euer Tisch frei war, dann war es immer der gleiche Tisch. Wo im Café Pudding war er? Und wie sah er aus?«

»Draußen auf der Terrasse. Wir saßen nur einmal drinnen, weil es kurz regnete an einem der Tage. Von unserem Tisch draußen konnte man den ganzen Strand überblicken, die Strandkörbe und die Badegäste. Das hat uns immer viel Spaß gemacht, weil Rena gerne Leute beobachtete«, meinte er und ließ die Augen geschlossen. »Es waren einfache Plastiktische und -stühle, doch mit hübschen rot-weiß geringelten Sonnenschirmen. Und da waren Glaswände, die die Meeresbrise abhielten. Auf dem Tisch hatten sie hübsche Teelichtgläser, um die Kerzen waren sie mit Sand, Muscheln und geschnitzten Seerobben befüllt.«

»Gut, Grootvader, jetzt denk mal nach, was du immer getrunken und gegessen hast.«

»Na, Kuchen und Eis ist ja nicht meins. Wenn Rena das aß, erlaubte ich mir einen Pharisäer. Wenn wir aber dort zu Abend aßen, dann nahm ich meist einen Salat und Matjes oder auch Muscheln. Rena blieb auch abends oft bei Süßem und bestellte einen Germknödel mit Mohn oder Pflaumen.«

»Und, schmeckte es gut?«, setzte Rike ihre kognitive Befragung fort. Das war nämlich der Trick, man schickte Zeugen zurück an den Schauplatz, indem man Dinge wie Geruch oder Geschmack mit in das Verhör einbaute.

»Sehr lecker!«

»Und die Bedienung, nett, höflich?«

»Na, ich fand schon. Meistens bediente uns so eine junge hübsche Deern, die hatte Haut wie Milchschokolade, aber schwarze glatte Haare, hochgesteckt. Eine echte Schönheit, fand ich.«

»Opa, bleib dabei, lass die Augen geschlossen. Erinnere dich«, bedrängte Rike ihn, weil sie glaubte, an etwas dran zu sein.

»Wir waren zum Abendessen dort und es war eine windstille laue Nacht, sodass wir wieder an unserem Stammplatz sitzen konnten. Ich bestellte für uns beide einen Riesling und fragte, was die nette Kellnerin als Abendessen empfehlen könne. Dabei flirtete ich vielleicht ein bisschen zu viel mit ihr. Sie meinte, heute hätte der Koch eine sehr gute Suppe aus Fischen gemacht und ich musste lachen, wie sie es ausdrückte. Daraufhin fragte ich, ob es eine Bouillabaisse wäre, und sie sah uns fragend an«, war Knut plötzlich ganz in seinem Element. »Sie sagte, es wäre eine Clam Chowder, was die amerikanische Bezeichnung für eine Fischsuppe ist. Ich bestellte mir eine und Rena schloss sich an.«

»Und dann, Opa?«, hakte Rike nach und stellte sicher, dass er immer noch die Augen geschlossen hatte.

»Als die Suppe serviert wurde, fragte ich, woher das Mädchen käme, und die Deern meinte, aus Boston«, kamen immer mehr Erinnerungen zum Vorschein. »Rena erwähnte, dass sie erst vor Kurzem in Harvard war, wegen der Eröffnung eines neuen Kunstbereichs der Universität. Da sagte das Mädchen, dass sie in Harvard groß geworden wäre, weil ihre Eltern an der Uni gearbeitet hätten. Und als ich fragte, woher sie solch ein gutes Deutsch spräche, meinte sie lächelnd, dass ihr Großvater es ihr beigebracht hätte.« Knut machte die Augen auf. »Und wie soll das helfen?«

»Bleib noch einen Moment bei mir. Klüsen dicht«, befahl sie ihm, wieder die Augen zu schließen. »Wie hat Rena reagiert?«

»Sie war nett zu der Bedienung. Daher war ich ja so erstaunt, als das Wort Rassismus in dem Zusammenhang fiel. Rena war nett zu dem Mädchen«, behauptete er steif und fest. Dann öffnete er doch wieder die Augen. »Deern, da ist nicht mehr!«

Rike seufzte, sie hatte gehofft, etwas mehr zu erfahren.

»Obwohl«, fing Knut plötzlich wieder an, »an dem Abend verlor Rena ihr Armband, merkte es aber erst am nächsten Morgen. Das war das zweite Mal, dass sie bei mir übernachtete. Sie meinte, dass die Kellnerin sie am Abend beim Gang zur Toilette angerempelt hätte. Irgendwie war sie davon überzeugt, dass das Mädchen aus Boston ihr das Armband gestohlen hätte. Sie reagierte wirklich etwas eigenartig, als sie diese nette Kellnerin verdächtigte.«

»Weiter«, drängte Rike.

»Na ja, an dem Morgen stritten wir uns ein bisschen. Sie bezeichnete mich als Trottel, der nicht wüsste, wozu solche Leute in der Lage wären. Doch nach einem kurzen Wortwechsel hatten wir uns schon wieder versöhnt. Rena entschuldigte sich für ihren Ausbruch«, erklärte Knut die ganze Sache ausführlich. »Sie meinte, es gäbe Dinge, die sie verfolgen und nie mehr loslassen werden. Daher bemühte sie sich schon ihr ganzes Leben, gerecht zu sein und Menschen nicht nach ihrem Äußeren zu beurteilen.«

»Opa, das ist gut, hat sie noch mehr gesagt?«

»Nun, ich nahm sie in den Arm und fragte natürlich, was sie beunruhigte. Da meinte sie: ›Mein lieber Knut, das werde ich dir bald erzählen, denn es wird Zeit, es überhaupt jemandem einmal zu erzählen.‹ Doch vorher hätte sie noch etwas zu erledigen. Ergo, ich weiß nicht, was es war. Sie kam nicht mehr dazu, es mir zu erzählen.«

Rike sah wieder, wie sich Knuts Augen voller Trauer verschleierten, und wechselte deshalb das Thema. »Opa, wie sah das Armband aus, war es wertvoll?«

»Na ja, vielleicht hatte es einen sehr hohen ideellen Wert für Rena. Es war nur ein Silberarmband, so ein Bettelarmband, an dem viele kleine Dinge und Erinnerungen waren.«

»Und fand sie es wieder?«

»Nicht, dass ich wüsste!«

Rike griff sofort zum Telefon und rief Schorlau an. Sie erwischte ihn, als er und Faber gerade vom Besuch der Baronin zum Schlosscafé liefen. »Philipp, hast du in der Wohnung ein Bettelarmband gefunden? Falls du es nicht mehr weißt, lass bitte die Asservatenbeutel checken. Ich glaube, das könnte wichtig sein.« Schorlau sagte ihr, dass er das sofort in die Wege leiten würde, und legte auf. Sie holte anschließend den Laptop und suchte im Internet nach einem Foto der Verlobten von Mathias von Wintershausen. »Ist das vielleicht die Bedienung, die du im Café Pudding gesehen hast?«

Knut sah sich das Foto an und schüttelte sofort den Kopf. »Nee, das is woll a fein Deern up de Foto, aver dat Wicht im Pudding west en Ogensteker!« Was bedeutete, dass die Bedienung eine echte Schönheit war.

»Kein Wunder, dass Rena etwas angefressen reagierte. Die hat wahrscheinlich gemerkt, dass du mit der Frau geflirtet hast.«

»Ich bün doch nich töffelig«, erwiderte er nur, dann machte Knut ein ernstes Gesicht. »Un nu?«, fragte er. »Wat doon wi nu?«

»Wi doon uns Best. För de Ogenblick blievt uns nix anners över, als dien Task zu packen!«, meinte Rike und schaltete die Aufnahme auf dem Handy ab.

Kapitel 8

April 1969, Hamburg

»Das kann ich nicht, Onkel Wolfgang. Du weißt nicht, was du von mir verlangst. Mike ist ein anständiger Mann, ein begnadeter Arzt und er liebt Rea mehr, als ich es sagen könnte«, versuchte es Vicki unter Tränen wieder.

»Nicht nur ist der Kerl achtundzwanzig und hat sich an meiner minderjährigen Tochter vergangen, er ist auch ein verfluchter Nigger!«, schrie der Baron sie an. Noch nie in ihrem ganzen Leben hatte sie Onkel Wolfgang so gesehen. Eigentlich war er derjenige, der immer die Ruhe bewahrte, wenn die beiden Mädchen mal was ausgefressen hatten. Ihr Vater war der Choleriker und schrie schneller, als man es verhindern konnte. Doch ihr Papa saß momentan völlig schweigsam in dem Büro und intervenierte auch nicht, als Onkel Wolfgang mit hochrotem Gesicht herumbrüllte. Vicki bekam langsam Angst, dass er sie auch schlagen würde, und fragte sich die ganze Zeit, wo zum Teufel Rea war.

»Bitte, Onkel Wolfgang, Rea liebt ihn!«, versuchte sie es erneut und in dem Moment knallte seine Handfläche wirklich hart auf ihre rechte Gesichtshälfte.

»Es reicht, Wolfgang, bitte beherrsche dich!«, griff ihr Vater jetzt ein und stellte sich neben Vicki.

»Otto, wenn ich Schölling sage, dass der Name deiner missratenen Tochter weiter unter dem Bekennerbrief bleibt, wird sie wegen versuchten Mordes und des Tatbestands des Terrorismus für lange Jahre ins Gefängnis gehen. Dort ist sie nicht die Tochter von Doktor Klaasen, dort wird sie im Frauenvollzug eine Nummer. Man wird sie sexuell missbrauchen, sie wird wahrscheinlich verprügelt und Bekanntschaft mit Drogen machen. Willst du das?«, fragte der Baron im scharfen Ton.

»Um Gottes willen, Wolfgang. Ich bitte dich, um unserer Freundschaft willen!«

»Deine Tochter hat mein Kind zu alldem verleitet. Freundschaft, die gibt es nicht mehr. Und wenn du deine Tochter retten willst, dann befiehlst du es ihr. Sie unterstützt mich bei der Anzeige und bezeugt offiziell, worüber wir geredet haben! Falls nicht, kommt sie aus der Untersuchungshaft gar nicht mehr raus, haben wir uns verstanden?«

Der Baron atmete noch einmal tief durch, wandte sich zur Tür und drehte ihm den Rücken zu. »Besser, du redest ihr gut zu! Ich bin im Büro nebenan mit Schölling. Wenn sie zur Vernunft gekommen ist, dann sag mir Bescheid.«

Otto Klaasen trat einen Schritt auf seine Tochter zu und hob mit seiner Hand ihr Kinn, damit sie ihn ansehen konnte. In dem Moment, als sich ihre Augen trafen, schmiss sie sich ihrem Papa in den Arm und fing fürchterlich an zu weinen. »Ach Vicki«, sagte Klaasen und auch seine Augen füllten sich mit Tränen. »Warum hast du nur solch einen Unsinn gemacht?«, fragte er betroffen, jedoch nicht wütend.

»Papa, es tut mir so leid. Diese Gruppe, Christian und die Meinhof von *konkret*, sie waren so überzeugend. Ich dachte wirklich, ich tue etwas Gutes für die Bürger in der BRD.«

»Ach, mein kleines dummes Schaf. Weißt du, damals, manche von der SA, die Sturmabteilung der Nazis, dachten das auch. Aber mit Gewalt unterdrückt man nur, das ist nie eine richtige Lösung für politische Missstände!«

»Aber, Papa, du warst ebenfalls bei dem Verein!«, bemerkte sie erstaunt und drückte sich ein wenig von ihm fort.

»Weil ich musste. Ich war klug und jung und man steckte mich in eine dieser Hitlerschulen, zusammen mit Jungs wie Wolfgang von Wintershausen. Was glaubst du denn, was ich dagegen machen konnte? Nein, Kind, Gewalt ist niemals eine Antwort auf politische Auseinandersetzungen. Ich weiß, es ist momentan modern, eine Linke zu sein, wenn man studiert. Bitte sieh die Realität, was passiert in der UdSSR oder in der neu gegründeten DDR? Meine Güte, einige der SED-Leute kenne ich noch als Nazis. Alle heulen immer nur mit den Wölfen, darum versuche nicht, eine Märtyrerin zu sein. Tu, was Wolfgang dir gesagt hat. Du kennst doch diesen Mike gar nicht, was schert er dich?«

»Aber, aber, Papa …«, versuchte es Vicki.

»Nein, kein Aber! Vicki, wenn du nicht machst, was er verlangt, dann ist dein Leben, deine Zukunft vorüber. Du wirst nicht studieren, dich nicht in den richtigen Mann verlieben und keine Kinder haben. Du wirst zu einer Ausgestoßenen, die nach zehn, zwanzig Jahren Knast keinen Fuß mehr in einen normalen Alltag bekommt. Ob wir dir zur Seite stehen können, weiß ich nicht. Denn wenn das erst einmal bekannt wird, bin ich nicht mehr Dr. Klaasen, der Visionär, der die HÜVAG gerade zu einer der weltweit erfolgreichsten

Containerschiff-Reedereien macht. Dann bin ich nur noch der Vater einer linken Terroristin.«

Vicki rieb sich die Nase an ihren Hemdsärmeln trocken. »Muss ich Mike wirklich denunzieren? Er ist so lieb und vor allem ein Genie als Mediziner.«

»Lieber ein Genie über die Klinge springen lassen als uns, die Familie Klaasen!«

***

Als die Limousine endlich auf Schloss Lütetsburg ankam, war Rea völlig durcheinander. Ihr Vater hatte kein weiteres Wort an sie gerichtet und wahrscheinlich Mutter bereits angerufen. Sie würde der Schlag treffen, wenn sie Rea in ihrem Zustand sah. Es war Jette, die sie am Tor empfing und ihr die Tür der Limousine öffnete.

»Oh meine Güte, Baroness«, entfuhr es Jette, die im gleichen Alter war wie Rea.

»Henriette, jetzt hör schon auf, mich Baroness zu nennen. Wie lange sind wir Freundinnen?«, fragte sie. Rea wusste, dass Jette mittlerweile das Kindermädchen von Renata war. Sie und Jette waren 1949 mit nur zwei Tagen Abstand geboren worden, hier auf Lütetsburg. Nur, dass Jettes Vater der Verwalter war und Rea die Baroness. Dennoch war Jettes und Reas Kindheit nie von Standesdünkeln verfolgt gewesen. Das Kind des Verwalters spielte mit der Baroness im Schloss genauso, wie Rea in den Stallungen zusammen mit Jette dem Verwalter half, die Pferde zu füttern.

Erst als sie älter wurden und das vornehme Mädchen Victoria Klaasen zu Reas bester Freundin wurde, änderte sich Henriettes Leben. Aus dem freien Kind des Verwalters wurde plötzlich ein sechzehnjähriges Kindermädchen, welches nach Reas sechsjähriger Schwester Renata zu sehen hatte.

»Rea, was ist passiert?«, fragte Jette und zog die Hochschwangere aus dem Auto.

»Liebe«, erwiderte Rea. »Ich habe einen guten Mann getroffen und ich liebe ihn, Jette. Du musst mir helfen!«

»Gott bewahre, jetzt komm erst mal, die Baronin wartet mit verheulten Augen auf dich im Kaffeezimmer«, informierte das Kindermädchen sie besorgt.

»Oh, mein lieber Schatz«, begrüßte sie ihre Mutter, immer noch mit feuchten Augen. »Gerade hat dein Vater angerufen. Vicki hat erzählt, was passiert ist. Wie furchtbar, dieses verdammte Hamburg. Warum hast du dich mir nicht anvertraut?«, redete ihre Mutter ohne Punkt und Komma auf sie ein. »Es tut mir wahnsinnig leid, warum hast du dich nicht an uns gewandt?«

»Womit denn, Mama?«, fragte Rea erstaunt, weil sie nicht verstand, was hier vorging.

»Pst, sei ganz still. Ich bringe dich jetzt ins Bett und dann kommt Doktor Leibowitz. Wir müssen doch sicher sein, dass dieser Kerl dich nicht auch noch mit Krankheiten angesteckt hat!«, sagte die Baronin und zog ihre Tochter hinter sich her.

»Um Gottes willen, wovon redest du, Mama?«

»Kind, Männer, die so etwas machen, sind nicht nur brutal und gewalttätig, sie sind sehr oft auch krank. Sexuelle Krankheiten, verstehst du?«

»Mama!«, meinte sie empört, von den Worten abgestoßen. Dachte ihre Mutter, dass sie vergewaltigt wurde? Eigentlich wollte sie ihr gleich von Mike erzählen, aber so aufgeregt, wie ihre Mutter war, blieb sie erst einmal still.

»Jetzt bist du bei mir und in Sicherheit! Hier wird dir niemand mehr Gewalt antun«, erwiderte die Baronin und schloss ihre hochschwangere Tochter liebevoll in die Arme. Rea schluckte. Was hatte Papa ihr nur erzählt?, fragte sie sich resigniert.

Juni 2019, Emden

»Faber, wenn du auf dem Holzweg bist mit deiner Theorie, verschwenden wir nur Zeit«, redete Tamme ihm gut zu. »POK Kalsche hat heute Morgen angerufen. Sie meinte, der KED Oldenburg listet die Beweise gegen Knut auf. Für die ist er der Hauptverdächtige. Sie weiß davon, dass Knut den Geldeingang auf seinem Konto zwar gemeldet hat, doch der zuständige Ermittler sieht darin einen Versuch, die Schuld von sich zu weisen. Sie haben mit allen Geschäftsinhabern gesprochen, die Baroness hat eine Menge Geld für Knut ausgegeben. Zusätzlich zu der Überweisung hat sie ihm sehr teure Kleidung gekauft. Dagegen ist sein Seepferdchen für neunhundert Euro eine Kleinigkeit.«

Seit Faber aus Lütetsburg zurück war, redete Tamme auf ihn ein. Faber hatte das Team unterrichtet und auch über seine Vermutung informiert. Er wollte weiter in der Familiengeschichte der Baroness graben, während Tamme und auch seine beiden weiblichen Kommissare eher skeptisch waren. Dennoch hatte er Tamme daran gesetzt, diese Vicki Klaasen zu finden, wenn sie noch lebte.

Seine Kommissarinnen nahmen sich die Tonaufnahmen von Rikes und Knuts Gesprächen vor, die Rike vorbeigebracht hatte, bevor sie Opa in die JVA begleitete, da man ihn nun in U-Haft genommen hatte. Faber saß hinter seinem Laptop und recherchierte online, was es über Renata von Wintershausen im Netz zu erfahren gab. Das war eine ganze Menge, denn die Frau war wirklich eine ernste Förderin der modernen Kunst. Gerade hatte er sich die Zeitungsartikel des Boston Globe vom letzten Jahr herausgesucht, als sein Telefon klingelte.

»Moin Faber«, meinte der Staatsanwalt, mit dem Faber immer zusammenarbeitete. »Wir kennen uns so lange, dass man selbst mich von dem Fall abgezogen hat. Der zuständige Staatsanwalt in Oldenburg wird den Fall übernehmen.«

»Verstehe«, erwiderte Faber, während er innerlich fluchte. Es war ein Pluspunkt gewesen, dass der Staatsanwalt ihn und Rike kannte und wusste, dass sie anständige Menschen waren. Doch einem unbekannten Ankläger wäre das völlig egal.

»Ich hoffe, Sie haben einen wirklich guten Verteidiger beauftragt, denn die Sache wird immer schwieriger für Herrn Waatstedt«, deutete der Mann an, mit dem Faber fast alle seiner Fälle abgewickelt hatte.

»Herr Doktor Dembeck«, fing Faber an. »Immerhin haben wir noch weitere Verdächtige, den Neffen und seine Verlobte. Die Baroness wollte sie enterben!«

»Jetzt lassen Sie mal den Doktor weg«, meinte der Staatsanwalt. »Faber, das dürfte ich Ihnen gar nicht sagen, aber der Stiefbruder und die Verlobte sind raus aus dem Spiel. Die Baroness hat kurz vor ihrem Ableben ihren Anwalt kontaktiert. Der Ermittler war heute bei dem Mann in Emden. Die Baroness gab dem Anwalt den Auftrag, die Verlobte von Mathias von Wintershausen anzurufen und sich in ihrem Namen zu entschuldigen. Der Anwalt teilte der Verlobten mit, dass sie einverstanden wäre mit der Hochzeit und sich für ihre Worte entschuldigen wolle. Natürlich sollte der Baron weiterhin ihr Erbe bleiben!«

»Das wurde vom Anwalt der Baroness bestätigt?«, musste Faber sich vergewissern, denn das waren wirklich schlechte Neuigkeiten.

»Ja, er hat nach dem Gespräch mit der Baroness sogar einen Aktenvermerk darüber angefertigt. Das war an ihrem Todestag. Damit, Faber, bleibt in dem Fall nur eine einzige Person im Fokus der Ermittler, der Großvater von Frau Waatstedt. Die Ermittler werden ihn jetzt in die Mangel nehmen, und ehrlich gesagt denke ich, die Beweise reichen sogar für einen Indizienprozess.« Faber bedankte sich, und nachdem Doktor Dembeck ihm den Namen des in Oldenburg zuständigen Staatsanwalts gegeben hatte, legte er auf.

»Gotts verdori!«, fluchte Faber laut, doch er konnte sich nicht weiter aufregen, denn sein Telefon klingelte erneut.

»KHK Faber«, hörte er POK Kalsches Stimme. »Hören Sie, die Ermittler sind gerade mit den letzten Zeugen fertig geworden. Wir haben eine Besprechung abgehalten und alle sind unterwegs mit der nächsten Fähre. Es sieht nicht gut aus, denn anscheinend hat die Baroness ihren Neffen nicht enterbt«, erzählte ihm die Polizistin ihre Neuigkeit, die Faber bereits bekannt war.

»Ich weiß«, meinte er niedergeschlagen und seufzte.

»Aber woher?«, fragte die Frau erstaunt.

»Egal. Haben Sie sonst noch was Neues?«

»Ja. In der Nacht, bevor unser Opfer starb, übernachtete sie bei Herrn Waatstedt. Eine Bedienung, die ein paar Tage auf Urlaub war, erinnerte sich, dass Frau von Wintershausen und Herr Waatstedt sich heftig beim Frühstück gestritten haben.«

»Auch das noch!«, war alles, was Faber antworten konnte.

»Man wird jetzt Anklage erheben und Ihr Großvater wird einem heftigen Verhör unterzogen werden. Haben Sie einen guten Anwalt?«

»Ja, den besten aus Hamburg. Er ist bereits vor Ort, denn man hat Knut gerade in U-Haft gebracht.« Er überlegte, dann fragte er sie: »Vielleicht noch irgendwelche guten Nachrichten?«

»Nein, leider nicht. Doch ich höre mich bei den Leutchen hier weiter um. Die Inselbewohner sind nicht dumm. Wenn ihnen etwas aufgefallen ist, dann kommen die irgendwann zu mir«, versuchte die Polizeioberkommissarin ihn ein wenig aufzumuntern. »Faber, gau un good is nich alltied binanner.«

»Was?«, fragte Faber, weil er mal wieder kein Wort verstanden hatte.

»Gut Ding will Weile haben«, übersetzte sie für ihn. »Nur nicht aufgeben, ich suche hier weiter.« Richard bedankte sich herzlich bei ihr und beendete das Gespräch.

In dem Moment steckte Rike ihren Kopf in sein Büro. »Hey, ich dachte, ich schaue mal vorbei. Der Anwalt ist gerade bei Opa, und mir ist hundeelend!« Sofort stand Faber auf, ging zu ihr und zog sie in seine Arme.

»Es tut mir so leid, Liebes«, sagte er leise und hielt ihr Gesicht mit beiden Händen. Er gab ihr einen zärtlichen Kuss. »Leider habe ich noch mehr schlechte Nachrichten. Lass uns ins Großraumbüro gehen und mit allen zusammen darüber sprechen. Wir müssen eine Entscheidung treffen, denn die Zeit tickt jetzt!«

***

Faber hatte für das Team zusammengefasst, was Doktor Dembeck ihm erzählt hatte, und auch die Nachricht von POK Kalsche weitergegeben. Daraufhin hatte Rike ihnen von ihrem und Opas Gespräch heute Morgen erzählt und ihnen diese Aufnahme vorgespielt. Sie wussten jetzt alle, warum es zu dem Streit zwischen Rena und Knut gekommen war. Ob Opas Aussage jedoch auch für die Leute des KED Oldenburg plausibel sein würde, war erst einmal dahingestellt.

»Ich rufe jetzt Schorlau an, er hatte mir versprochen, nach diesem Bettelarmband zu suchen«, meinte Rike. Sie stellte auf Lautsprecher, sodass ihn alle hören konnten.

»Mensch, Rike, mach nicht solchen Druck. Ich musste erst einmal in Oldenburg ankommen und mich dann durch die Asservatenkammer suchen. Ist ja alles erst geliefert worden«, merkte er etwas verstimmt an. »Also, ich habe dieses Ding gefunden. Das Bettelarmband lag auf ihrem Nachttisch.«

»Vielleicht hat sie es gar nicht verloren, nur vergessen, es an dem Abend anzuziehen«, schlug Laurien Heiligenstadt vor.

»Ich glaube, dieses Armband ist ihr sehr wichtig gewesen«, sagte Rike. »Schorlau, ist an dem Ding was Besonderes?«

Schorlau brummte und man hörte, wie eine Plastiktüte raschelte. »Das Ding ist auf jeden Fall alt, doch diese Bettelarmbänder gab es ja schon in den Fünfzigern«, steuerte er mal wieder sein Wissen bei.

»Die haben die Amis in Deutschland eingeführt, dort nennt man sie Charms.« Er schwieg einen Moment und meinte: »Da ist ein Herz dran, ein Schiff, ein Leuchtturm, ein R wie Renata und sogar das Wappen der von Wintershausen. Das muss wohl eine Sonderanfertigung gewesen sein. Außerdem ist da noch ein kleiner Engel und ein Krönchen, wie bezaubernd!«, konnte sich Schorlau einen gewissen Sarkasmus nicht verkneifen, weil er momentan nicht verstand, was er dort überhaupt tat.

»Sonst nichts?«, fragte Rike enttäuscht.

»Nein, das war es. Aber es kann noch ein weiterer Anhänger dran gewesen sein. Hier ist eine offene Öse, da hing bestimmt mal was dran!«

»Also stritten sich Knut und die Baroness darüber, weil sie glaubte, dass die afroamerikanische Bedienung es ihr gestohlen hatte. Dabei lag es auf ihrem Nachttisch«, fasste Tamme zusammen. »Das zeigt erstens nur, dass diese Dame wirklich etwas rassistisch veranlagt war, und dadurch, dass ihr Armband in der Wohnung gefunden wurde, wird man Knut den Grund des Streits nicht abnehmen. Wenn ich der Ermittler in dem Fall wäre, würde ich unterstellen, dass Renata von Wintershausen an dem Morgen das Geld von Knut zurückverlangte und deshalb am Abend sterben musste«, haute der Kommissar die brutale Schlussfolgerung raus.

»Aber sie haben an dem Nachmittag doch noch im Seedorf sehr harmonisch Wein getrunken«, warf Sonja Withuus ein.

»Klar, man wird annehmen, dass Knut sich dort mit ihr darauf geeinigt hat, ihr das Geld zurückzugeben, es aber nicht vorhatte und sie deshalb am Abend in der Wohnung besuchte, sie mit dem Digitalis vergiftete und dann spät in der Nacht raus ins Meer brachte«, fasste Faber zusammen.

»Und gemäß den Aufnahmen, die wir uns von Knut angehört haben, ist er leider an dem Abend des Mordes noch einmal spazieren gegangen. Eine Angestellte sah, wie er gegen sieben das Hotel verließ, doch niemand war an der Rezeption, als er zurückkam. Er hat kein Alibi dafür, dass er um acht zurückkam. Zwar wurde bestätigt, dass die Rezeptionistin für zehn Minuten zu einem Gast aufs Zimmer ging, genau um acht Uhr, um ihm eine Flasche Wein hochzubringen, bloß hilft das Knut nicht. Kein Mensch sah, wie er zurückkam.«

»Der neue Staatsanwalt wird das behaupten, was der Chef gerade ausgeführt hat. Knut wartete, bis es mitten in der Nacht war, und brachte sie raus zum Meer. Dann watete er selbst mit der Leiche tief hinein und ließ sie beim höchsten Wasserstand treiben. Als sich das Wasser anschließend zurückzog, trieb die Leiche erst einmal weiter raus aufs Meer und konnte erst am Samstagmorgen an den Strand geschwemmt werden«, führte Tamme Fabers Ausführungen weiter.

»Leute, suchen wir hier Argumente für die Anklage oder was?«, fuhr Rike dazwischen.

»Rike«, sagte KK Heiligenstadt. »Wenn wir die Argumente der Anklage kennen und die Denkweise, dann wissen wir besser, wo wir sie aushebeln müssen, um das Gegenteil beweisen zu können.«

Rike quittierte das nur mit einem Stöhnen. »Wir sollten erst einmal eine Entscheidung treffen. Da die Staatsanwaltschaft bald das Verfahren gegen Knut eröffnen wird, fehlt uns die Zeit, in alle möglichen Richtungen zu spekulieren. Wir müssen uns auf eine Richtung festlegen!«, warf Richard ein. »Ich bin immer noch der Meinung, dass die ganze Angelegenheit mit Renata von Wintershausens Vergangenheit zu tun hat. Daher schlage ich vor, wir konzentrieren all unsere Energie darauf!«

»Ich widerspreche dir. Sieh mal, nach dem Streit mit Knut sagte Rena doch, sie würde ihm alles erzählen, müsste aber erst noch etwas erledigen«, meinte jetzt KK Withuus.

»Na ja, ich ging davon aus, dass Knut sie überzeugte, dass ihr latenter Rassismus nicht gut wäre. Darum rief sie nach dem Frühstück ihren Anwalt an und machte ein Friedensangebot an ihren Neffen«, erläuterte Tamme seinen Gedankengang. »Für mich war es genau das, was sie erledigen wollte, und es passt zum zeitlichen Ablauf!«

»Okay, aber vielleicht ging sie auch ins Café Pudding und entschuldigte sich bei der Bedienung. Diese Möglichkeit sollten wir nicht außer Acht lassen und mit der Frau sprechen.«

»Faber, Sonja hat recht. Außerdem wissen wir immer noch nicht, wer ihr die Drohungen geschickt hat und um was es darin ging«, warf Rike ein.

»In dem Fall arbeiten wir in zwei Gruppen«, kam es von Rikes Handy. Schorlau war immer noch am Telefon. »Faber und Tamme graben in der Vergangenheit der Baroness. KK Heiligenstadt und ich leiten die aktuellen Ermittlungen. Ich und POK Kalsche bleiben mit einem Ohr am KED Oldenburg und Laurien schickt Sonja, Torben und Friedhelm los.«

»Ich könnte ja meine liebe Frau einpacken und ein paar Tage Urlaub auf Wangerooge machen«, meinte Friedhelm. »Das fällt dann nicht auf, wenn ich mich nach der Bedienung erkundige und das mit dem Weinglas kläre.«

»Okay, geh Koffer packen, Friedhelm, und informiere Torben über deine Funde«, meinte Laurien schon ganz in ihrer Rolle. »Torben, es tut mir leid, wir brauchen jemanden, der den KED Emden offiziell vertritt und hier den Notdienst macht. Es soll ja keiner erfahren, was wir nebenbei tun.«

»Und Sie, Laurien?«, fragte Faber.

»Ich tue das, was ich am besten kann. Ich sehe mir die ganze Sache von der juristischen Seite an. Vielleicht kann man dem Anwalt, der Knut vertritt, irgendwann einen guten Tipp geben«, sagte sie und Faber nickte sofort.

»Moment und ich?«, fragte Rike entrüstet.

»Du bist für Opa da und hältst mit Torben die Stellung«, befahl Faber. »Rike, das ist keine Bitte«, ermahnte er sie, als er ihre Reaktion sah. »Du bist unsere Zentrale. Wir geben dir alle Infos, und du sorgst dafür, dass wir alle immer auf dem Laufenden sind. Doch selbst kannst du wegen Befangenheit nicht dabei sein. Wenn Miedler dich nur in der Nähe der Ermittlungen riecht, dann werden du und ich kurzfristig nach Bayern beordert. Nur damit wir hier weg sind. Versteh das bitte!«

Mai 1969, Schloss Lütetsburg

»Vater, du hältst mich hier wie eine Gefangene. Ich darf das Zimmer nur für einen Spaziergang im Garten verlassen und die Einzige, die mich dabei begleitet, ist Mutter. Ich möchte meine Schwester sehen. Renata weiß doch sicher, dass ich hier bin«, versuchte es Rea zum tausendsten Male.

»Du wirst sie nicht sehen, sie ist zehn Jahre alt. Was glaubst du denn, denkt sie, wenn sie dich so sieht? Dass du eine Schlampe bist?«, fragte der Baron und höhnte weiter: »Oh, stimmt, das bist du ja auch!«

»Es reicht«, unterbrach sie ihn mit Tränen in den Augen. »Ich verlange jetzt von dir, dass du Mike Hogan, Doktor Mike Hogan, im Military Hospital in Bremerhaven anrufst und ihn bittest, hierherzukommen. Er soll mich abholen. Vater, er ist der Mann, den ich liebe, es ist sein Kind. Ich werde ihn heiraten und mit ihm nach Amerika gehen!«

»Ich weiß, das hast du in den letzten vier Wochen deiner Mutter immer und immer wieder gesagt. Es ist dafür jetzt zu spät. Schlag dir das aus dem Kopf, du wirst diesen Affen aus dem Dschungel nicht heiraten. Schlimm genug, dass du seinen Bastard in deinem Bauch hast«, sagte er bitter und sah sie mit einem Hass in den Augen an, der Rea ein Frösteln über die Haut schickte.

»Was meinst du damit, wenn du sagst: Dafür ist es jetzt zu spät?«, fragte sie eingeschüchtert und spürte das Ziehen in ihrem Unterleib. Eigentlich durfte sie sich nicht aufregen, aber sie tat es jeden Tag, wenn sie ihre Mutter oder diesen Unmenschen ihr gegenüber beschwor.

»Der Kerl hat bekommen, was er verdient hat. Vergiss ihn!«

In dem Moment wurde es nass zwischen ihren Schenkeln. Erst dachte Rea, sie hätte sich unkontrolliert eingenässt, doch der Schwall, der gerade auf den Boden traf, war etwas anderes. Die Fruchtblase war geplatzt und sie krümmte sich unter den ersten Wehen. Ihr Vater bedachte sie mit einem letzten angeekelten Blick, dann verließ er das Zimmer und schloss hinter sich ab. Er ging runter in den Salon zu seiner Frau, die bedenklich still und nachdenklich wirkte, seit Rea wieder da war.

»Alexandra, du solltest zu deiner Tochter gehen. Ich denke, es geht los. Der Chauffeur wird Doktor Leibowitz aus Wilhelmshaven holen. Nach der Geburt erfolgt alles, wie wir es besprochen haben«, wies er sie hart an. »Du solltest jetzt zu ihr gehen, aber ich will kein Personal in dem Zimmer, hast du mich verstanden?«

»Wolfgang, lieber Wolfgang, ich kenne dich kaum wieder«, flehte die Baronin ihn an. Sie war aufgestanden und zu ihm gegangen. Ihre Hände legte sie auf seine Brust. »Es ist doch unser Mädchen, deine kleine Rea. Das Baby ist unser Enkelkind, reicht es denn nicht, was du mit diesem Mann getan hast? Du hast schon dafür gesorgt, dass er nie vergessen wird, was er Rea angetan hat. Bitte vergib unserem Kind und vor allem dem Baby. Es ist eine unschuldige kleine Seele, ohne Sünde.«

Der Baron sah sie nur verbittert an, dann nahm er ihre Hände und zog sie von seiner Brust. »Ein unschuldiges Kind? Rea hat das Bastardkind eines Niggers in sich ausgetragen. Eine Perversion der Natur! Was glaubst du denn, was in ein paar Stunden zwischen ihren Schenkeln rausrutschen wird?«, schrie er sie jetzt an. »Ein kleines blondes Kerlchen mit blauen Augen? Bist du denn von allen guten Geistern verlassen? Es wird schwarz sein, mit krausem Haar, einer breiten Nase und geistig unterentwickelt, wie es alle Schwarzen sind!«

»Wolfgang, versündige dich nicht an dem Kind.«

»Nein, ich versuche nur, eine Sünde wiedergutzumachen. Versündigt hat sich deine Tochter. Trotzdem bist an alldem nur du schuld. Du wolltest, dass Rea in Hamburg studiert, anstatt einen Mann des Hochadels zu heiraten. Du hast von neuen Zeiten geredet, in denen junge Frauen selbstständig Berufe ausüben. Doch deine Tochter hat mit einem Nigger rumgehurt, schlimmer als jede Hafennutte. Das Bastardkind verschwindet, wie wir es besprochen haben.«

Die Baronin musste sich beide Hände aufs Gesicht legen, damit sie die glühenden Augen ihres Mannes nicht mehr sah. Er wirkte, als wäre er verrückt geworden, und sie schluchzte laut auf, als ihr die Tränen kamen. Ihr Blick verschwamm, als die Feuchtigkeit ihre Augen füllte. Innerlich wusste Alexandra von Wintershausen, dass sie das Schlimmste verhindern musste. Darum rannte sie aus dem Zimmer, aber bevor sie zu Rea ging, verschwand sie in ihrem Boudoir, um Doktor Leibowitz anzurufen.

Obwohl das Fruchtwasser gegen ein Uhr mittags abgegangen war, lag die junge Frau unter schrecklichen Schmerzen mehr als zwölf Stunden in den Wehen, bis endlich der Geburtsvorgang einsetzte. Die Baronin war die ganze Zeit bei ihrer Tochter und der Doktor kam alle Stunde, um die Fortschritte zu begutachten. Er wartete die meiste Zeit in der Bibliothek. Gleich als Doktor Leibowitz angekommen war, hatte der Baron ihn auf ein Wort gebeten und daran erinnert, was sie vereinbart hatten.

Von Anfang an war dem Arzt nicht ganz wohl dabei gewesen, doch er stand in der Schuld des Barons. Er war als Jugendlicher in den Tross der von Wintershausen aufgenommen worden und unter ihrem Schutz von Posen nach Lütetsburg geflohen. Dort hatte er erst einmal Essen und Unterkunft erhalten, obwohl er nur der Nachzögling eines alten Pächters der von Wintershausen war. Die Eltern des Jungen waren nach den harten Kriegsjahren gesundheitlich zu angeschlagen, um sich auf die Flucht vor den Russen zu begeben. Sie hatten die alte Baronin angefleht, ihren Sohn mitzunehmen.

Als der junge Baron aus Kriegsgefangenschaft heimkehrte und Karl Leibowitz kennenlernte, war er überrascht von dem Verstand des Jugendlichen. Die von Wintershausen übernahmen eine Patenschaft für Karl, und nach dem Abitur schickte man ihn nach Freiburg, um dort Medizin zu studieren. Nach seiner Approbation kehrte er in den Norden zurück und eröffnete, wieder mit der finanziellen Hilfe des Barons, eine Praxis in Wilhelmshaven. Auch wurde er der Leibarzt der von Wintershausen und hatte vor zehn Jahren die Geburt der kleinen Rena medizinisch betreut.

Was der Baron jetzt von ihm verlangte, ging gegen alles, was er sich selbst im Leben geschworen hatte. Daher war er froh, als die Baronin ihn angerufen und in den letzten Stunden leise mit ihm über alles gesprochen hatte. Er fand es zwar furchtbar, seinen Herrn zu hintergehen, doch er hatte die Baronin auf seiner Seite. Er musste es nur so einfädeln, dass der Baron es nie erfahren würde.

»Doktor, die Baronin schickt mich. Sie sollen jetzt kommen, es wäre so weit«, meinte Jette, die junge Kinderfrau von Renata. Er trank seinen Schluck Kaffee aus, legte die Zeitung zur Seite und ging wieder hoch zu Reas Zimmer. Er klopfte und die Baronin öffnete, um ihn hereinzulassen und sofort die Tür wieder von innen zu verschließen.

»Der Muttermund ist jetzt völlig geöffnet«, sagte Alexandra von Wintershausen. Sie hatte ein schwarzes, schlichtes Kleid angelegt und trug darüber eine blütenweiße Schürze. »Ich habe noch einmal heißes Wasser holen lassen und frische Leinentücher.«

»Dann wasche ich mich jetzt«, erwiderte der Doktor und zog sein Jackett aus.

»Moment, bevor Sie das machen«, hielt ihn die Baronin auf und sprach einfach weiter, obwohl Rea gerade wieder laut aufschrie, »nehmen Sie das«, flüsterte sie und hielt ihm einen kleinen Samtbeutel hin. »Das sind Brillantohrringe, ein Armband und zwei Ringe. Die besitzen einen Wert von etwa dreißigtausend D-Mark. Es dürfte reichen für das Baby!«

Der Arzt schüttelte den Kopf. »Gnädige Frau, das wäre zu gefährlich. Wenn Ihr Mann die Schmuckstücke irgendwann vermisst, wird er es rausfinden. Das verzeiht er weder mir noch Ihnen. Nur mich würde er vernichten!« Der junge Arzt sah sie an und tätschelte ihre Hand, die sie flehentlich auf seinen Arm gelegt hatte. »Aber machen Sie sich keine Sorgen. Ich bin nicht unvermögend, man verdient gut als Arzt mit eigener Praxis. Auch nachdem ich dem Baron das monatliche Darlehen zurückgezahlt habe, bleibt eine hübsche Summe übrig. Ich verspreche Ihnen, ich werde das Finanzielle regeln.«

»Sie sind ein guter Mensch, Karl!«, war alles, was die Baronin sagte, und sie steckte den Schmuckbeutel in die Tasche ihres Kleides. Als ihre Tochter wieder laut aufschrie und nach Leibeskräften presste, ging sie sofort an ihre Seite, griff ihre Hand und ermutigte sie.

Es dauerte noch einmal eine halbe Stunde, bis ein quicklebendiges kleines Mädchen laut seine ersten Lungenzüge tat. Die Baronin badete das kleine Wesen und sofort hörte es auf zu schreien und sah seine Großmutter mit riesigen, glänzenden, braunen Augen an. Die Haut ihrer Enkelin war keineswegs schwarz, sie hatte die Farbe von hellem Milchkaffee, und die winzigen schwarzen Haarbüschel standen in alle Richtungen von ihrem Kopf. Die Baronin konnte sich gar nicht sattsehen an dem wunderschönen Kind. Sie wickelte es in eine Decke und küsste sein Stupsnäschen.

»Mama, bitte, ich möchte mein Kind. Was ist es denn?«, fragte Rea völlig erschöpft. Sie war kurz eingeschlafen, doch jetzt fragte sie entschlossen nach ihrem Kind.

»Es ist ein Mädchen, ein so hübsches kleines Mädchen«, erwiderte die Baronin und wollte schon auf ihre Tochter zugehen, als sich der Arzt in den Weg stellte und fast unmerklich den Kopf schüttelte.

»Frau Baronin, etwas stimmt nicht mit dem Kind. Geben Sie es mir, ich muss sie untersuchen. Bitte in einem anderen Zimmer«, sagte er und ließ seine Stimme dringlich wirken. Sofort legte Alexandra von Wintershausen ihm ihre Enkelin in den Arm. Mit dem Kind und einer Tasche in der anderen Hand verließ er das Zimmer.

»Mama, was ist denn? Was ist mit meinem Kind?«, rief Rea jetzt in Panik. »Ich will mein Kind!«, schrie sie. »Wo ist mein Kind?«, jammerte sie so herzzerreißend, als wüsste sie intuitiv, dass sie ihr kleines Mädchen nie mehr zu Gesicht bekommen würde.

Die Baronin versuchte Rea zu beruhigen. »Bitte, mein Liebling, der Arzt untersucht sie nur. Es ist gut, dass er hier ist und helfen kann«, wiederholte sie immer wieder die Worte unter Tränen wie ein Mantra. Doch Rea ließ sich nicht beruhigen, sie schrie für Stunden nach ihrem Kind, bis sie vor lauter Erschöpfung nicht mehr konnte und in einen tiefen Schlaf fiel.

Kapitel 9

Juni 2019, Forst Lütetsburg, etwa fünf Kilometer vom Schloss entfernt

Sie stand hinter dem Baum, der ihr den besten Blick auf den Waldweg gewährte, ohne dass man sie selbst sehen konnte. Zweimal die Woche kam die Baronin bei ihrem Ausritt hier vorbei, sie suchte die Einsamkeit und bei all ihren Observationen der letzten Monate hatte sie sonst niemanden gesehen. »Routine ist der Tod auf Raten«, murmelte sie. Denn egal was sie selbst tat, es war nie Routine, sie gab sich keiner Schwäche hin. Das hatte ihr schon mehrere Male das Leben bei Einsätzen in Krisengebieten gerettet.

Plötzlich wurde der Gesang der Vögel leiser, und wenn sie die Augen schloss, konnte sie das Aufschlagen der Hufe beim Trab hören. Dieser alte Trottel auf Wangerooge war eine Gabe Gottes gewesen. Durch ihn hatte sie für die Polizei falsche Fährten legen können und konnte unbehelligt ihre Aufgabe weiterführen. Die Polizei konzentrierte sich so sehr auf den neuen Freund der Baroness, dass sie selbst nie ins Visier der Ermittler gekommen war. Sie war unsichtbar wie der kurze morgendliche Nebel hier an der Küste, der innerhalb von Sekunden einfach verschwand.

Sie löste die Sicherung der Pistole. Zwar wusste sie von mehreren Versuchen, dass niemand hier den Schuss hören würde, dennoch hatte die Aktion zwei Unbekannte, die einen Erfolg verhindern konnten. Erstens: Wie schreckhaft war das Pferd? Zweitens: War die Baronin eine so gute Reiterin, dass sie sich auf dem aufbäumenden, durchgehenden Schimmel halten konnte?

Als sie die ältere Frau auf einem viel größeren schwarzen Hengst sah, musste sie lächeln. Das Tier tänzelte jetzt schon nervös im Trab und Baronin von Wintershausen hatte Schwierigkeiten, den Hengst in den Galopp zu bekommen. »Na, dann helfe ich mal besser nach«, murmelte sie in ihrem Versteck und eine Sekunde später hallte ein ohrenbetäubender Knall durch den Wald, sodass die Vögel aus den Bäumen stoben und hoch in den blauen Himmel flogen. Eine der Unbekannten erwies sich als kritisch, denn die Frau auf dem Pferd hielt sich verdammt gut. Aber es war nicht ihr ruhiger Schimmel, sie saß auf einem anderen Pferd, das durch den Schuss so verschreckt war, dass es sich vorne aufbäumte wie ein junger Rehbock. Kaum waren die vorderen Hufe wieder auf dem Boden, schlug es mit den Hinterläufen aus, und das war der Moment, in dem es die Baronin vollends aus dem Sattel hob.

Sie flog kopfüber nach vorne auf den Waldweg und blieb regungslos liegen, als der Hengst spürte, dass keiner mehr seine Zügel hielt. Sofort galoppierte er mit erhobenem Schweif den Waldweg weiter, dabei ließ er ein triumphierendes Gewieher hören. Sie wartete noch einen Moment und hoffte, die Baronin hatte sich nicht sofort das Genick gebrochen. Plötzlich richtete die Frau ihren Oberkörper schwerfällig auf und griff sich mit schmerzverzogenem Gesicht an ihr Bein. Als sie sah, dass die Baronin in ihrer Jacke etwas suchte, rannte sie auf die verunglückte Frau zu. Natürlich hätte sie die Baronin auch erschießen können, gut genug war sie mit der Waffe, doch das wollte sie nicht. Sie wollte Symbole bei den von Wintershausen hinterlassen.

»Um Himmels willen!«, schrie sie, um die Aufmerksamkeit der Baronin zu bekommen. »Welcher Idiot schießt denn hier um diese Uhrzeit herum? Mein Gott, ich habe alles gesehen«, sagte sie schnell und dann kniete sie schon neben der Baronin.

»Ich verstehe das auch nicht«, meinte diese, »in unserem Forst darf nicht gejagt werden!«

Sie sah sich das verdrehte Bein der Baronin an und sagte: »Das ist gebrochen, ich rufe eine Ambulanz. Aber trinken Sie erst einmal was, es muss ein ganz schöner Schock gewesen sein«, beruhigte sie die Baronin und öffnete bereits die Thermosflasche. »Es ist kalter Tee, schmeckt ein bisschen bitter, doch wirkt Wunder als Erfrischung.«

Die Baronin zog sich die Handschuhe von den Fingern. Etwas zu trinken konnte sie jetzt gut gebrauchen, denn ihr Mund war staubtrocken. Daher nahm sie einen richtig großen Schluck und ließ die kalte Flüssigkeit großzügig in ihren Rachen laufen. Sie bekam einen regelrechten Hustenanfall, denn das Zeug war bitter wie der Tod. Sie wollte der Touristin, die anscheinend hier zum Wandern war, die Flasche wieder reichen, doch die schüttelte den Kopf.

»Weitertrinken. Wir brauchen noch ein bisschen!«

»Entschuldigung? Nein, das ist so entsetzlich bitter, dass ich mich sonst erbreche«, gab Frau von Wintershausen zu bedenken. In dem Moment blickte sie in den Lauf einer Waffe. »Was wollen Sie?«, krächzte sie voller Angst.

»Dass Sie trinken, mehr nicht! Außerdem wird Ihnen nicht übel werden. Ich habe dem Tee ein magenfreundliches Beruhigungsmittel zugefügt. Daher werden Sie auch keine Magenschmerzen bekommen«, sagte die schöne dunkelhäutige Frau mit einer Ruhe, als spräche sie über das Wetter. »Wenn Sie nicht trinken, dann schieße ich erst in Ihren rechten Knöchel, danach in den linken. Danach sind die Knie dran. Besser Sie tun, was ich sage. Es wird halb so schlimm, glauben Sie mir!«

Die Baronin griff mit zitternden Händen wieder nach der Thermosflasche und führte sie zu ihrem Mund. Dreimal konnte sie schlucken, bevor sie wieder einen Hustenanfall und Brechreiz bekam. »Warum tun Sie das?«, fragte sie ängstlich. »Was ist das für Zeug, das Sie mir einflößen?«

»Fragen, Fragen, Fragen«, erwiderte die Frau. Obwohl sie Afroamerikanerin war, hörte man keinerlei Akzent, ihr Deutsch war lupenrein. »Wissen Sie, die Fragen hatte Rea auch, doch es half nichts, auch sie trank weiter!«

»Rea?«, fragte die Baronin erschrocken. »Aber, aber die ist …«, weiter kam sie nicht, weil die Frau einen Schuss abfeuerte. Die Kugel schlug so nah neben ihrem Knöchel ein, dass Steinsplitter ihre Haut streiften und sie anfing zu bluten.

»Die Nächste trifft. Erst alles austrinken, dann können wir uns unterhalten, wenn Sie das noch schaffen, Frau von Wintershausen«, kam es zynisch von der schwarzen Schönheit.

Sie drückte der Baronin wieder die Flasche an den Mund und die schluckte jetzt bis auf den letzten Tropfen die Flüssigkeit. Sie atmete erst einmal tief durch, um die aufsteigende Übelkeit abzuwehren. Langsam verschwand der bittere Geschmack und eine gewisse Taubheit, wie von frischen Schlehen, machte sich in ihrem Gaumen breit. Auch fühlte sie eine leichte Benommenheit. »Rea ist tot«, versuchte sie zu sagen, doch es hörte sich an, als ob sie betrunken wäre.

»Ich weiß. Wie tragisch. Sie ertrank in der Nordsee, oder nicht?«, erwiderte die Frau voller Sarkasmus. In dem Moment sah die Baronin, dass alles in ihrer Umgebung einen grünlichen Stich hatte. Ihr Herz fing wild an zu schlagen und automatisch legte sie eine Hand auf die Brust.

»Nein«, röchelte sie im Todeskampf. Sie konnte die Tränen gar nicht kontrollieren, die ihr plötzlich über das Gesicht liefen. »Rea starb vor fünfzig Jahren!« Nur war ihr letzter Satz kaum noch zu verstehen und kleine Speichelbläschen bildeten sich bei jeder Silbe zwischen ihren Lippen.

»Was hast du gesagt?«, fragte ihre Mörderin zynisch, denn es war ihr herzlich egal. Doch die Baronin war nicht mehr in der Lage zu antworten. Die Herzrhythmusstörungen hatten sich zu einem Infarkt ausgeweitet und der Körper konnte kein Blut mehr in ihr Gehirn pumpen, da der Herzmuskel nicht mehr arbeitete. »Ja, ja, ich weiß, meine Liebe, die gute Rea starb vor ein paar Tagen. Leider an der gleichen Ursache wie du!«

Sie sammelte die Kugel vom Waldweg, schnappte sich die Thermoskanne und legte alles samt der Pistole in ihren Rucksack. Dann wischte sie mit einem Tuch über den Mund der Toten, die mittlerweile aschfahl war. Wie hässlich der Tod ist, dachte sie. Genau so hatte auch Rea ausgesehen. Sie war nur froh, dass sie diese alte Frau nicht auch umziehen und bis zum Meer schleppen musste. Die Baronin konnte einfach liegen bleiben wie ein Stück Müll.

In dem Moment hörte sie ein Geräusch und erschrak. Doch es war nur der schwarze Hengst, der unsicher auf sie zukam. Sie griff mit ihren behandschuhten Händen nach den Zügeln und strich ihm zärtlich über die Nüstern. Sie führte das Pferd ein Stück zurück in Richtung des Wegs, von dem die Baronin gekommen war, und gab ihm einen harten Schlag auf den Hintern. Sofort stob das Pferd los, und dieses Mal war sie sich sicher, es würde den Weg zu den Schlossstallungen finden.

Mit einem letzten Blick auf die Leiche der Baronin drehte sie sich um. Sie ging gemächlich zur westlichen Seite des Forstes, wo ihr Motorrad stand. Dabei fing sie leise an zu singen:

Vier kleine Negerlein,
Die fuhr'n zum Wangerooger Kai,
Das eine traf die Nordsee hart,
Da waren's nur noch drei.

Drei kleine Negerlein,
Die ritten froh herbei,
Das eine fiel jedoch vom Pferd,
Da gab es nur noch zwei.

***

Friedhelms Frau Mia war völlig überrumpelt und als Nächstes Feuer und Flamme. Sie packte in Windeseile ein paar Sachen zusammen und rief die erwachsenen Kinder an, damit sie wussten, was los war. Anschließend saß sie neben ihrem Mann im Auto auf dem Weg nach Harlesiel. Für die paar Tage sollten sie das Haus nutzen, das Schorlau für die Woche angemietet und bereits bezahlt hatte. Tamme hatte Friedhelm gesagt, dass es ein Luxustraum wäre und er und seine Frau sich ruhig an der Minibar gütlich tun durften. Schorlau bekommt die Rechnung, hatte Tamme gedacht, aber nicht ausgesprochen. Mia wusste, dass ihr Mann auf Wangerooge etwas zu erledigen hatte und arbeiten musste. Nach mehr als dreißig Ehejahren mit einem Polizisten wusste sie sich jedoch sehr gut alleine zu beschäftigen.

Faber hatte POK Kalsche angerufen und Friedhelm angekündigt. Die Polizistin hatte sich sogar die Mühe gemacht, die beiden am Bahnhof abzuholen und zu dem Ferienhaus an der Promenade zu bringen. »Also, es geht um die Bedienung im Café Pudding, die Afroamerikanerin«, fing Friedhelm an und die Polizeioberkommissarin runzelte die Stirn.

»Die kenne ich gar nicht. Na, vielleicht hat die neue Managerin von Thron, dem Besitzer des Puddings, sie als Saisonhilfe eingestellt. Sie nehmen in der Stoßzeit gerne Aushilfen«, erklärte POK Kalsche.

»Frau Kalsche, warum gehen Sie nicht mit mir und meiner Frau heute Abend zum Essen ins Pudding? Ich glaube, mit Ihnen an meiner Seite wird das alles sehr viel einfacher«, schlug der Polizeimeister vor.

»Gerne, doch erstens nennen Sie mich Ankia und zweitens sind Fabers Leute auf meiner Insel meine Gäste«, sagte sie vehement. Dann lehnte sie sich vor und flüsterte: »Die Polizistin, der Postbote und auch die Sprechstundenhilfen des Doktors bekommen in allen gastronomischen Betrieben einen ordentlichen Rabatt.«

»Der Doktor nicht?«, fragte Friedhelm erstaunt.

»Dat Schlitzohr verdient genug, viele der Gäste sind Privatversicherte, und der hat sich gerade erst ein neues Boot gekauft. Wäre ja noch schöner, wenn er einen Nachlass bekommt!«

Da Ankia für die drei reserviert hatte, saßen sie eine Stunde später an dem warmen Abend draußen am besten Tisch. Es war der vor der schützenden Glaswand mit Blick auf den Strand. Friedhelm wusste, es war Knuts Tisch, an dem er mit der Baroness immer gesessen hatte. »Warum heißt das Café eigentlich Pudding?«, fragte Mia Steiner. »Wegen der Torten?«

Ankia lachte auf. »Nein. Kennen Sie den Ausdruck um den Pudding gehen? Das sagt man vor allem in Bremen. Hier an der Stelle ist eine Düne, und wenn man abends noch einmal auf einen Verdauungsspaziergang wollte, hieß es um den Pudding gehen, damit war die Düne gemeint. So blieb das hängen und der Besitzer nannte es schon 1949 Café Pudding. Damals wurde der alte Kriegsbunker auf der Puddingdüne umgebaut und man pachtete das erste Eiscafé. Danach gab es viele Umbauten, und soviel ich weiß, steht das Buffet immer noch auf dem alten Bunker des Zweiten Weltkriegs.«

»Hunnert! Wie interessant«, meinte Mia beeindruckt von den Kenntnissen und blätterte hungrig in ihrer Karte. Nachdem sie bestellt hatten, warteten sie auf die Getränke. Doch bisher hatten sie keine Bedienung mit dunklerer Hautfarbe gesehen.

»Trine«, wandte sich die Polizistin an das Mädchen, das ihnen ihr Jever brachte. »Sag mal, hat hier nicht ein anderes Mädchen gearbeitet? Vielleicht eine Amerikanerin?«

»Die war da, Frau Kalsche. Eileen hieß die«, antwortete die junge Kellnerin und stellte jedem ein frisch gezapftes Bier hin. »Hat für die Saison angeheuert und in Herrn Throns Ferienwohnung gelebt. Sie wissen doch, die vom Festland teilen sich zu zweit eine seiner kleinen Ferienwohnungen. Die ist ganz plötzlich abgereist. Irgendwas mit der Familie, sagte sie. Hat sich auszahlen lassen, aber Frau Maarberg ist ziemlich sauer, weil wir jetzt eine Kraft weniger haben. Dann muss meine Mutter halt wieder ran«, plapperte das einheimische Mädchen. »Wäre nicht das erste Mal. Die ist zwar schon fünfundsechzig, war jedoch schon als junges Mädchen Bedienung im Pudding und kennt sich immer noch gut aus! Inselvolk ist eh besser als Bedienung.«

»Du, wenn Frau Maarberg nachher Zeit hat, schick sie uns doch mal raus. Ich muss sie als Polizistin etwas fragen!«

»Bestimmt wegen der toten Frau. Ich hab meiner Mutter schon gesagt, dass es eigenartig ist. Die Eileen ist ja an dem Morgen nach dem Mord mit der ersten Fähre weggefahren. Finden Sie nicht auch, dass das seltsam ist?«, flüsterte die Bedienung leise.

»Sie haben zu viele Krimis gesehen, junge Frau«, griff Friedhelm ein, denn das Letzte, was er jetzt gebrauchen konnte, waren üble

Gerüchte, die ihm dazwischenfunkten. »Das sind nur Routinefragen, sonst nichts. Apropos, sehen Sie mal, ist das ein Weinglas, wie sie hier im Café Pudding verwendet werden?«, schickte Friedhelm hinterher und reichte ihr das Foto der Spurensicherung.

»Das sieht genauso aus. Wenn das ein Riegelberger-Glas ist, dann bestimmt. Die sind etwas teurer als die Weingläser, die man in der normalen Gastronomie benutzt. Der Chef meinte, das Café Pudding ist kein normales Restaurant, deshalb darf es schon etwas Besseres sein«, erwiderte das Mädchen. »Dabei kriegt der bei Riegelberger nur Prozente, deshalb!«, lästerte sie leise.

»Das hört sich ja an, als ob das Pudding das einzige Lokal hier ist, das solche Gläser hat.«

»Daarup kannst en laten«, entwich es dem Mädchen. Sie wurde rot und entschuldigte sich. Wesentlich gesitteter meinte sie: »Ohne den Rabatt sind die zu teuer für ein Lokal, wir sind die Einzigen auf Wangerooge mit solchen Gläsern. Ich sag Frau Maarberg Bescheid. Wenn Sie mit dem Essen fertig sind, hat sie bestimmt auch Zeit.« Sie zuckte kokett mit den Schultern, zwinkerte ihnen zu und stolzierte ab.

***

Am späten Morgen war Faber gemeinsam mit Tamme unterwegs nach Norden. Tamme hatte gestern am späten Abend endlich Vicki Klaasen gefunden. Es handelte sich um Victoria Schranzen, geborene Klaasen. Leider war die Dame mit ihren siebzig Jahren immer noch ein Jetsetter und flog regelmäßig zwischen Tokio, Sydney und Hamburg hin und her. Zusätzlich hatte die Witwe eines Konsuls außer Wohnsitzen in den besagten Ländern auch noch eine Villa in Norden.

Tamme hatte mit gesundem Menschenverstand gehandelt und es erst in Norden versucht. Als die alte Dame gegen fast halb elf am Abend wirklich unter der Nummer an den Apparat gegangen war, hatte der Wikinger sich für die späte Störung erst einmal entschuldigt.

»Junger Mann, vor zwei Uhr gehe ich nie ins Bett, denn ich brauch ein paar Stunden, um genug Alkohol intus zu bekommen. Eine Lady fängt erst an zu trinken, wenn die Säufersonne untergegangen ist.« Dies war der genaue Wortlaut, den die ehemalige Frau Konsul ihm entgegengebracht hatte, und so waren sie für elf Uhr am nächsten Morgen angekündigt.

»Was du von dieser Vicki erzählst, hört sich unorthodox an. Die klingt ein bisschen wie die Baronin gestern, die nahm auch kein Blatt vor den Mund«, bemerkte Faber, als sie auf Norden zusteuerten.

»Mal was anderes, wart ihr gestern noch bei Knut? Wie geht es ihm?«, fragte der Wikinger, anstatt das Gesagte zu kommentieren.

»Wir konnten ihn nicht sprechen. Als wir während der Sprechzeit kamen, war sein Anwalt noch da, danach ließ man uns nicht mehr zu ihm vor. Rike versucht es heute Morgen noch einmal«, erläuterte Faber die Situation gerade, als sein Handy klingelte. »Hallo Philipp, so früh, hast du was Neues?«

»Habe ich, es ist etwas Schlechtes, für Knut jedoch vielleicht etwas Gutes! Aber nur, wenn er gestern keinen Schritt aus der U-Haft gemacht hat«, sagte Schorlau kryptisch wie immer.

»Wat?«, grollte Tamme dazwischen. »Rede Tacheles, du Prüüß!«

»Hey, keen Grund, mi anzumiegen!«, kam sofort die Retourkutsche.

Faber scherte sich einen Dreck darum, was die beiden jetzt schon wieder auf Platt auszufechten hatten, und meinte: »Schorlau, was ist los?«

»Ich bin gerade im Schloss Lütetsburg gelandet. Heute Morgen etwa gegen neun Uhr wurde die Baronin gefunden. Ein Reitunfall, hieß es, aber die Sanitäter informierten sofort die Polizei und die mich. Und weil die Baronin die Baronin ist, landete sie nicht in einer Kühlkammer eines Leichenbestatters, sondern hier im Schloss. Faber, die Frau wurde mit Sud aus rotem Fingerhut vergiftet. Jemand hat ihr das Zeug irgendwann zwischen halb acht und kurz vor neun eingetrichtert, nachdem sie vom Pferd gefallen ist und sich ein Bein brach!«

»Verdori«, entwich es Faber, der den Tod der patenten Dame bedauerte. »Aber wie soll das Knut helfen?«

»Roter Fingerhut! Mensch, du Knalltüte, das ist Digitalis! Aus der Pflanze wird das Medikament erzeugt, das für den Tod von Renata von Wintershausen verantwortlich war. Jetzt ist die Baronin auf die gleiche Weise gestorben. Die Wirkung einer Überdosis des Medikaments und eines Suds von den Blättern ist genau die gleiche! Vielleicht ist der Sud ein bisschen ekeliger zu schlucken, da er entsetzlich bitter sein soll.«

Endlich verstand Faber, warum Philipp so aufgeregt war. »Das ist gut! Entschuldige, ich meine, es ist schrecklich, dass die Baronin tot ist, doch Knut hat für ihren Tod ein Alibi.«

»Wiederhole das ja nicht bei irgendwem, du bist ja völlig durch den Wind. Ich muss jetzt. Wir sehen uns die Stelle an, wo man die Baronin fand, nachdem ihr Pferd unbefraut wieder im Stall ankam«, sagte er völlig neutral, da er im Arbeitsmodus war und sich keine Gefühle erlaubte.

»Manchmal hat der gute Philipp sie nicht alle, aber irgendwie muss man ihn lieb haben«, konnte Tamme sich nicht verkneifen und zuckte mit den Schultern. Faber wählte sofort Rikes Nummer.

»Schatz, das sind fantastische Nachrichten. Danke, ich muss das gleich Opa sagen!«, überschlugen sich Rikes Worte, nachdem er ihr den Sachverhalt erklärt hatte. Auch Rike, die sonst sehr mitfühlend war, dachte jetzt nur an ihren Großvater. »Ich liebe dich«, schickte sie noch hinterher und legte auf.

»Wenigstens etwas«, murmelte Faber erleichtert.

»Was meinst du, dass deine Kleene dich liebt oder dass Opa entlastet wird?«, stichelte der Wikinger. Faber holte aus und klatschte dem großen Mann seine Hand auf den Bauch. Doch dabei tat er sich mehr weh, als dass dieses kleine Manöver Tamme irgendwie beeindruckt hätte.

Anders als Faber erwartet hatte, war Victoria Schanzer, geborene Klaasen, ein ganz anderer Typ als die Baronin von Wintershausen. Tamme hatte vorab herausgefunden, dass die Dame bereits siebzig Jahre alt war. Trotz ihres Alters war sie immer noch am Reisen, wie zu den Zeiten, als ihr Mann, der Konsul, überall auf der Welt unterwegs war. Faber und der Wikinger hatten daher mit einer alten, aber noch sehr agilen Frau gerechnet. Der Anblick der Dame, die ihnen die Tür der modernen Villa persönlich öffnete, verschlug ihnen die Sprache.

Der erste Gedankc, den Faber hatte, war: Joan Crawford. Und zwar die ältere Crawford. Die Figur filigran, trotzdem irgendwie sportlich. Das gefärbte blonde Haar war zusammen mit einem Haarteil zu einem kleinen Kunstwerk hochgesteckt worden. Die Falten im Gesicht ließen ihr Alter jedoch erkennen, auch wenn die Augenbrauen genauso stark geschminkt waren wie bei der Schauspielerin. Dennoch hatte sie ein ansprechendes Gesicht unter all dem Rouge und dem leuchtend roten Lippenstift.

»Ah, die Herren von der Polizei«, flötete sie und ihr Etuikleid raschelte, als sie die Kommissare hereinbat. »Erstaunlich, was für attraktive Männer heutzutage bei den Ordnungshütern sind«, flirtete sie unverhohlen. Richard konnte sich vorstellen, dass die Dame noch vor zwanzig Jahren einer dieser Vamps gewesen war, denen selbst jüngere Männer schwer widerstehen konnten.

Sie bat die beiden, ihr zu folgen. Beim Vorangehen wackelte ihr Fahrgestell gefährlich, sodass Tamme Faber ansah und etwas verwirrt die Augenbrauen hochzog. Richard schmunzelte nur, er genoss ihre Show irgendwie. Seine Menschenerfahrung sagte: Das macht sie uns alles nur vor! Hinter der Fassade steckt ein anderer Mensch.

»Nehmen Sie Platz. Ich mache mir jetzt einen kleinen Aperitif. Möchten Sie auch einen Martini?«, fragte sie und ging zu dem Servierwagen aus den fünfziger Jahren, der mit Kristallkaraffen, Flaschen und einem altmodischen Eisbehälter beladen war. So modern die Villa mit ihren Solarpaneelen auf dem Dach und dem japanischen Ziergarten von außen auch war, im Haus lief man direkt in die Kulisse des Musicals Sunset Boulevard. Plüsch, roter Samt und viele Lampen mit Troddeln bestimmten das Wohnzimmer. An den Wänden eine Mischung aus asiatischer Kunst und Hollywood-Kitsch.

»Nein danke, wir sind im Dienst«, beantwortete Faber ihre Frage, als sie sich bereits mit ihrem Getränk, in dem eine grüne Olive schwamm, zu ihnen setzte.

»So, da haben Sie mich böses Kind wieder einmal beim zu schnellen Fahren erwischt«, plauderte sie drauflos und nippte an ihrem Martini. »Das passiert mir immer bei den Stippvisiten in Deutschland.«

»Gnädige Frau«, sagte Tamme charmant und traf bei ihr den richtigen Nerv. »Wir sind eigentlich hier, um uns mit Ihnen über Rea von Wintershausen zu unterhalten.« Sofort sahen die beiden Kommissare, wie ihr Lächeln mitten im Gesicht gefror.

»Oh Gott, eines Tages musste das ja passieren. Aber ich sage Ihnen gleich, mein Anwalt hat bestätigt, es ist verjährt. Außerdem war ich jung und dumm. Glauben Sie mir, ich habe mein ganzes Leben darunter gelitten«, schoss ein Stakkato der Verteidigungen aus ihrem Mund. Sie knallte ihren Drink hart auf den Glastisch, dass Faber schon dachte, der dünne Stil würde brechen. »Bitte gehen Sie jetzt!«, befahl sie. Und alles, was vorher an ihr amüsant und flitternd herübergekommen war, wich einem Befehlston, der eine schmerzhafte Tonlage für jedes Ohr hatte.

»Frau Schanzer, bitte, wir sind nicht hier, um Ihnen etwas anzuhaben oder Vorwürfe zu machen. Wir brauchen nur Informationen. Sehen Sie«, versuchte es jetzt Faber, »Renata von Wintershausen wurde vor ein paar Tagen mit Digitalistabletten vergiftet, sie war die kleine Schwester von Rea. Heute Morgen starb die zweite Baronin von Wintershausen, ebenfalls an Digitalis. Jemand lauerte ihr beim Ausritt auf.«

»Oh Gott, Renata und Amelia sind tot. Das wusste ich nicht. Ich bin erst vorgestern aus Australien zurückgekommen. Es muss für Mathias ganz schrecklich sein«, murmelte sie geschockt. »Aber wieso?«

»Dann hatten Sie zu den von Wintershausen noch Kontakt?«

»Nein, nicht wirklich, doch ich habe sie aus der Ferne immer beobachtet«, sprach sie plötzlich mit der Stimme einer ganz normalen älteren Dame. Auch ihr geschminktes Gesicht wirkte plötzlich nicht mehr so grotesk, eher traurig und bedrückt. »Und Sie kommen wirklich nicht wegen des Bekennerschreibens von damals?«

»Nein, ich weiß noch nicht einmal, wovon Sie reden«, gab Faber zu.

Sie nickte und nahm wieder einen großen Schluck aus ihrem Glas. »Vielleicht wird es endlich Zeit, das alles zu erzählen. Eigentlich warte ich schon mein Leben lang darauf, dass jemand wie Sie kommt und fragt. Was wollen Sie also wissen?«, gab sie letztendlich auf. Selbst ihrer Haltung sah man an, dass sie jeglichen inneren Widerstand aufgegeben hatte.

»Die Baroness wurde vor ihrem Tod bedroht und hatte Angst. Anfänglich glaubten wir, dass ihr Neffe oder besser gesagt Stiefbruder damit zu tun hat, weil sie seine Heirat mit einer Afroamerikanerin verhindern wollte. Es wirkte sehr rassistisch auf uns. Doch weil sie eine große Kunstmäzenin war und auch dunkelhäutige Schützlinge unterstützte, recherchierten wir in der Geschichte ihrer Familie. Wissen Sie, warum Renata von Wintershausen etwas gegen Afroamerikaner in ihrer Familie hatte?«

Victoria Schanzer schluckte sichtlich. »Vielleicht«, meinte sie erst nur und vermied sofort den Augenkontakt mit den Polizisten.

»Wir suchten in der Familiengeschichte der Baroness nach Anhaltspunkten«, machte Faber unbeirrt weiter. »Das Einzige, was wir herausfanden, war äußerst eigenartig. Renata von Wintershausen hatte eine größere Schwester, die nach ihrem Tod anscheinend zur Persona non grata gestempelt wurde. Sucht man nicht explizit nach ihr, ist es, als hätte sie nie existiert. Dabei haben wir erfahren, dass Sie Reas beste Freundin waren und damals in Hamburg gemeinsam mit ihr studierten.«

Jetzt sah Vicki auf und nickte. »Ja, das war ich«, meinte sie leise.

»Auf dem Totenschein von Rea stand Blutsturz mit Herzversagen. Die damalige Kinderfrau von Renata, Henriette Fährenkämper, mutmaßte aber etwas ganz anderes. Sie deutete an, dass sich Rea vielleicht selbst tötete, weil man ihr das Kind wegnahm.« Als Richard sah, wie erste Tränen über das Gesicht der alten Frau liefen und dunkle Schlieren des Eyeliners hinter sich herzogen, stand er auf und setzte sich neben die Frau auf die Couch. Er reichte ihr ein Taschentuch. »Bitte reden Sie mit uns. Ist es möglich, dass jemand die von Wintershausen so sehr hasst, dass er sie töten möchte? Vielleicht ist Mathias von Wintershausen auch in Gefahr. Helfen Sie uns«, flehte er sie an und dann griff Victoria plötzlich seine Hand und hielt sich regelrecht daran fest.

»Es ist alles meine Schuld. Vielleicht sogar, dass Renata und Amelia jetzt auch tot sind. Doch ganz bestimmt, dass sich Rea das Leben nahm und auch ihre Mutter Alexandra. Dabei hätte es den alten Baron erwischen sollen, den Schweinehund Wolfgang von Wintershausen«, begann sie und trank ihr Glas leer. Sie hielt es Faber hin. »Bitte machen Sie mir noch einen Drink, aber jetzt brauche ich einen Wodka auf Eis und davon viel«, schniefte sie. »Um die Geschichte zu erzählen, brauche ich etwas Stärkeres!«

Faber stand sofort auf und klaubte mit der Zange drei glitschige Eiswürfel aus dem Kühler in ein hohes Glas, das er dann mit Absolut Wodka auffüllte. Den Wodka fand er in dem Flaschen-Wirrwarr auf dem Servierwagen. Er reichte ihr das Glas und sie nahm einen verdammt großen Zug, bevor sie absetzte. Sie holte aus und begann ihre Geschichte an dem Tag, an dem Rea Mike Hogan in dem Club in Hamburg kennenlernte. Schnell erfuhren die Polizisten von der Schwangerschaft und von Christian Scholls Erpressung, wie Rea ihren Liebsten Mike über das Krankenhaus aushorchen musste und den Nachschlüssel besorgte.

»Sie kannten Ulrike Meinhof?«, musste sich Tamme einfach einmischen. »War denn das Kommando Christian Scholl ein Teil der Rote Armee Fraktion?«

Vicki schüttelte den Kopf und nahm noch einen Schluck. »Nein, die Ulli war damals noch Journalistin bei *konkret*, sie war verheiratet und hatte zwei Kinder. Sie sympathisierte mit der radikalen linken Studentenbewegung und natürlich der APO«, erwiderte sie, und als Tamme die Stirn runzelte, meinte sie: »APO, die Außerparlamentarische Opposition. Zu der Zeit, 1969, saßen Baader und Ensslin noch im Knast für die Kaufhausbrände. Erst nachdem man sie freiließ und sie türmten, wurde die RAF gegründet, doch das war 1970. Und erst als man Baader bei einer Verkehrskontrolle wieder festsetzte, half Ulrike bei seiner Flucht und ging dann selbst in den Untergrund.«

»Sie wurden also damals 1969 bei dem Versuch erwischt, ein amerikanisches Militärkrankenhaus in Bremerhaven zu sprengen?«, kam Faber aufs Thema zurück.

»Gott sei Dank einen Tag, bevor die Sprengladung hochgehen sollte. Man verhaftete mich und alle in der Kommune. Aber auch Rea, denn dieser Arsch Christian wollte sich an ihr rächen.«

»Wieso?«

»Er war scharf auf Rea, aber sie ließ ihn nicht ran. Die liebte nur ihren Mike. Einen afroamerikanischen Arzt bei der US-Army. Mike war so etwas wie ein Genie, wenn es um Medizin ging. Aus dem wäre einmal ein zweiter Christiaan Barnard geworden, nur ist die ganze Geschichte nicht verlaufen, wie sie es sollte«, berichtete sie gequält.

»Das Kind, das Rea von Wintershausen erwartete, war von einem Afroamerikaner?«, fragte selbst Faber erstaunt. »Wie nahm denn der Baron das auf?«

»Das alte Nazischwein, na wie wohl? Reas Vater hatte überall seine alten Kumpel, mit denen er als Letzter 1945 an der Front kämpfte. Einer davon saß damals in hoher Stellung beim neu gegründeten Bundesverfassungsschutz. Sein Name war Gerd Schölling«, holte sie wütend aus und schwenkte ihr Glas dabei so heftig, dass die Eiswürfel klirrten. »Der miese Hund hat Rea und mich sofort aus der U-Haft geholt und den Baron und auch meinen Vater benachrichtigt. Mein Papa war leider auch ein Freund und Studienkollege. Blut und

Ehre, Studentenvereinigung Marburg, beide mit Schmiss im Gesicht, verstehen Sie?«

Faber nickte nur und konnte es sich vorstellen. Er wusste, besonders die schlagenden Verbindungen waren sich treu ergeben.

»Als der Baron sah, dass Rea hochschwanger war, da hätten Sie mal sein Gesicht sehen sollen. Doch als man mich zwang, alles zu erzählen, und ich gestand, dass der Vater, Mike Hogan, ein schwarzer Amerikaner war, da flippte der Herr von und zu völlig aus. Nicht nur hatte seine Tochter mit dem Feind fraternisiert, sie hatte sich sexuell mit einem Untermenschen vereint und dabei ein Kind gezeugt. Viel schlimmer ging es für den alten Nazi nicht!«

Vicki stand auf und füllte ihr Glas noch einmal. »Meinen Sie nicht, dass es jetzt genug ist? Sie sollten nicht so viel Alkohol trinken«, riet ihr Tamme sanft davon ab.

»Seit fünfzig Jahren lebe ich mit der Schuld und all dem, was damals passiert ist. In den schlimmsten Jahren war es nur der Alkohol, der mir half. Mein Ehemann war auch gut für mich, er ließ mich vergessen. Seit seinem Tod ist es wieder schlimmer geworden«, meinte sie und kam mit dem gefüllten Glas zurück. »Sie wollen die ganze Geschichte hören, oder? Tja, die kann ich leider im nüchternen Zustand nicht erzählen.«

Mai 1969, Carl-Schurz-Kaserne

Da Mike Hogan ein Mitglied der amerikanischen Streitkräfte war, wurde er nicht von der deutschen Polizei verhaftet. Zwei Männer der Military Police kamen nach den anstrengenden vier Tagen im OP einfach in das Hospital und nahmen ihn mit. Er war krank vor Sorge um Rea, da er es die letzten drei Tage immer wieder bei ihr versucht hatte. Doch niemand ging ans Telefon. So hatte er es auf dem Apparat von Vickis WG versucht, aber dort war das Telefon abgestellt. Als ihm sein Vorgesetzter am Morgen sagte, dass er heute Abend endlich in seine wohlverdiente dreitägige Freischicht gehen könne, war er heilfroh. Doch gerade, als er mit einer kleinen Reisetasche die Klinik verlassen wollte, kam die MP.

Wie es üblich war, sagten diese Männer erst einmal nichts. Man brachte ihn hinter die Grenze des Stadtteils Speckenbüttel, in die Carl-Schurz-Kaserne, die von den Deutschen *Klein Amerika* genannt wurde. Davor waren die Einrichtungen der Besatzungsmacht auf die ganze Stadt Bremerhaven verteilt gewesen. Als Reaktion auf die immer stärker werdenden weltweiten Proteste gegen den Vietnamkrieg bündelten die Amerikaner ab 1969 sämtliche US-Einrichtungen zentral an einem Ort.

Man brachte Mike Hogan sofort zu einem Offizier, der als Ankläger für die US-Army arbeitete. Der verlas für ihn die Anschuldigung, die von einem gewissen Baron von Wintershausen im Namen seiner Tochter gemacht wurde. Die Anschuldigung lautete auf mehrfache brutale Vergewaltigung von Rea von Wintershausen. Man riet Mike, erst einmal keine Stellung dazu zu nehmen und mit einem Anwalt, der ihm zur Seite gestellt wurde, zu sprechen. Mike Hogan war geschockt, machte sich aber trotzdem keine Sorgen, denn seine Rea würde nie gegen ihn aussagen. Während Mike zwar nicht in ein Gefängnis gesteckt wurde, das Geländer der US-Base jedoch nicht verlassen durfte, versuchte sein junger Anwalt an die Baroness heranzukommen. Als er damit kläglich scheiterte, nannte Mike eine weitere Zeugin: Victoria Klaasen aus Hamburg.

Vicki war fahrig, als ihr Vater sie zur Base fuhr. Die Verhandlung gegen Mike Hogan war anberaumt worden. Ein Vergehen wie dieses wurde bei der Besatzungsmacht an einem Prozesstag verhandelt und es war auch nicht das erste Mal, dass es zu solch einer Anschuldigung gegen einen amerikanischen Soldaten gekommen war. Die bisherigen Verfahren dieser Art waren immer sehr glimpflich für die GIs abgelaufen, da die meisten der Mädchen auch keinen besonders guten Ruf hatten. Jedoch gab es vor dem Militärgericht noch nie den Fall, dass das Opfer eine Adelige war. Und trotz der sogenannten Freiheit und Gleichheit im großen Amerika war eine Baroness etwas Besonderes. Vor allem, wenn sie einen Schwarzen der Vergewaltigung bezichtigte.

So standen für Mike die Sterne von Anfang an ungünstig. Zumal der Richter Lee Hackman ein weißer Republikaner war, der mit den Apartheidsaufständen in seiner Heimat Atlanta so seine Schwierigkeiten hatte. Auch hatte der Ankläger, ein junger Harvard-Abgänger, mit Verärgerung festgestellt, dass sich immer mehr Afroamerikaner plötzlich auf seiner Alma Mater tummelten.

Eigentlich waren Mike und sein Verteidiger guten Mutes. Man hatte ihnen mitgeteilt, dass Rea von Wintershausen wegen ihres labilen Gesundheitszustandes nicht aussagen könne. Aber Mike hatte gebeten, die Zeugin Victoria Klaasen für die Verteidigung aufrufen zu lassen. Als Vicki dann als erste Zeugin der Anklage vor den Richter trat, verstand Mike die Welt nicht mehr. Aus Unverständnis wurde schnell Entsetzen, als er hörte, was die junge Frau dem Richter und dem Ankläger erklärte. In dem Moment schrie Mike sie an, bezeichnete sie als Lügnerin. Als der Richter ihn mehrfach verwarnte, endlich zu schweigen, konnte er nur noch schluchzen.

Juni 2019, Norden

Die beiden Polizisten starrten Victoria Schanzer erschüttert an. »Aber was haben Sie ausgesagt?«, brach Faber endlich das Schweigen.

Die Schuld, die auf Vickis Gesicht zu lesen war, lastete über dem Raum und schien die Luft mit etwas Schwerem zu schwängern. »Ich sagte das aus, was mir der Baron befohlen hatte zu sagen. Ich sagte, dass Mike Hogan Rea vergewaltigt hat, an dem Abend im August, als sie sich kennenlernten. Dabei machte ich meine Sache gut und überzeugend. Ich beschrieb, wie Rea darunter litt und wegen ihrer Scham nie zur Polizei ging. Als sie merkte, dass sie schwanger war, konnte sie sich selbst ihren Eltern nicht mehr anvertrauen.«

»Warum haben Sie das getan, Frau Schanzer?«

»Weil der Baron mir zwei Möglichkeiten eröffnete. Entweder ich log bei meiner Aussage und stellte Mike als Verbrecher hin oder ich selbst würde für viele Jahre ins Gefängnis müssen. Mein Name stand unter dem Bekennerschreiben, man hatte Sprengstoff in unserer Kommune gefunden. Ich wäre für den versuchten Mord an vielen Menschen eingefahren, und das, bis ich zu alt gewesen wäre, ein neues Leben anzufangen.«

»Er hat also Sie und Rea von den Attentatsvorwürfen befreit und diesen Mike Hogan dafür wegen Vergewaltigung anklagen lassen!«, fasste Tamme empört zusammen und schüttelte den Kopf. »Dieser Baron muss von seinem Rassismus völlig verblendet gewesen sein.«

»Oh ja, das war er, er log sie alle an. Er behauptete sogar, dass das Baby seiner Tochter nicht lange lebensfähig war und verstarb. Aber er tat noch Schlimmeres. Als ich das hörte, begriff ich erst, wie schlecht dieser Mann war und wie sehr er Mike schaden wollte.«

»Sie sagen, er log alle an. War denn das Kind damals wirklich am Leben?«

»Ja, Doktor Leibowitz hatte dem Baron versprochen, es verschwinden zu lassen, auf gut Deutsch: das Baby zu töten. Doch der Doktor war ein anständiger Mann, er brachte das Baby bei einer Bauernfamilie im Alten Land unter«, meinte sie und seufzte. »Das erfuhr meine Mutter von der Baronin, bevor sie sich das Leben nahm. So gab man mir die Möglichkeit, noch etwas gut zu machen.«

»Bleiben wir noch einen Moment bei der Verhandlung. Wurde an dem Tag ein Urteil über Hogan gefällt?«

Victoria nickte traurig und trank ihr Glas leer. »Er wurde unehrenhaft aus der Army entlassen, was für ihn vielleicht noch zu verkraften gewesen wäre. Nur sorgte der Richter dafür, dass ihm zusätzlich seine Approbation entzogen wurde«, erklärte sie die grausame Wahrheit. »Ich habe ihn noch vor Augen, wie alles in seinem Leben plötzlich zerbrach. Er glaubte wirklich, Rea hätte ihn unter dem Druck ihres Vaters verraten. Er glaubte, sein Kind wäre tot, und dann durfte er nicht mehr als Arzt arbeiten. Das war für ihn zu viel. Der junge, talentierte Mediziner verließ den Gerichtssaal als gebrochener Mann.«

»Wissen Sie, was aus ihm geworden ist?«, fragte Faber nach, bevor sie sich, schon ziemlich vom Alkohol umnebelt, ganz in sich zurückzog.

Mit glasigen Augen blickte sie wieder auf. »In der gleichen Nacht schlug man ihn fast tot. Ich denke, es war das Werk des Barons. Seine angeheuerten Schergen hatten Mike für tot geglaubt auf der Straße zurückgelassen. Es war ein Zufall, dass ein kleiner Junge von einem Toilettenfenster alles mit angesehen hatte. Nur so rettete man sein Leben. Hätte man ihn nur eine Stunde später gefunden, wäre es zu spät gewesen.«

»Woher wissen Sie das alles?«, hakte Faber nach.

»Weil ich auch ihn im Auge behielt, genau wie die Familie von Wintershausen. Die eine Familie, die mich gezwungen hatte, all das zu tun, und auch mich damit zerstörte. Und die Familie, der ich das alles angetan hatte und sie damit zerstörte«, erwiderte Vicki müde. Ihre Augen waren glasig und fielen immer wieder zu.

»Frau Schanzer, wollen Sie sich etwas ausruhen? Dann kommen wir in zwei Stunden noch einmal wieder«, schlug Faber vor und schickte hinterher: »Bitte legen Sie sich etwas hin und vor allem trinken Sie keinen Alkohol mehr!«

Dankbar nickte die alte Frau und drückte kurz Fabers Hand, als er aufstand. Sie legte sich sofort auf die Couch. Bereits als die Kommissare das Wohnzimmer verließen, waren Victorias leise, röchelnde Atemzüge zu hören, weil sie eingeschlafen war.

***

»Rike, finde alles heraus über einen Mike Hogan, ehemaliger Doktor beim amerikanischen Militär in Bremerhaven. Es muss einen Prozess gegeben haben gegen ihn und er wurde unehrenhaft entlassen«, erklärte ihr Faber, als sie im Auto saßen. »Finde raus, was mit ihm passiert ist, ob er noch lebt und wo. Wir brauchen eine Vita von 1969 bis heute. KK Heiligenstadt kann dir dabei helfen. Ihr müsst einfach zusehen, wie ihr da ohne offizielle Handhabe weiterkommt. Vielleicht gibt es alte Archive, die man einsehen kann, ohne richterliche Verfügung. Lasst euch was einfallen!«, sagte Richard per Freisprechanlage ihres Audi.

»Alles klar. Du, der Verteidiger ist auch der Meinung, dass der Mord an der Baronin Opa entlastet. Er glaubt, wer immer es war, hat es auf die Familie von Wintershausen abgesehen.«

»Na, hoffentlich schickt der KED Oldenburg jemanden zu Mathias von Wintershausen, er könnte auch in Gefahr sein«, warf Tamme ein und lenkte den Wagen aus der Ausfahrt.

»Weißt du was, ich bitte Laurien, den Chef des KED anzurufen, falls das noch nicht passiert ist«, reagierte Rike auf seine Bedenken.

Nachdem sie aufgelegt hatten, lotste Faber Tamme nach Norddeich zum Hafen. Am Fähranleger stand ein Schnellimbiss, das *Piratennest.* Dort gab es nicht nur Bratwurst, Pommes und Backfisch im Angebot. Sie hatten hier den besten Krabbensalat der ganzen Küste. Rike hatte Faber den Laden am Anfang ihrer Zusammenarbeit gezeigt. Dort angekommen, setzten sie sich raus an die massiven Holztische, an denen breite Bänke standen. Heute Vormittag war der Himmel zwar etwas grau und größtenteils bewölkt, doch der Wind hatte sich gelegt, was selten genug am Wasser passierte. Tamme holte für beide Krabbensalat und Pommes mit Mayo, während Faber zwei Humpen Kaffee besorgte.

»Das alte Mädchen schluckt ja nicht schlecht«, murmelte der Wikinger und dachte an Frau Schanzer, als er mit dem Essen anfing.

»Allen Grund hat sie ja. In was sie und ihre Freundin Rea da reingeraten sind, ist wirklich scheußlich. Wenn der Baron seiner kleineren Tochter nie die Wahrheit gesagt hat, verstehe ich, warum sie gewisse Aversionen gegen Afroamerikaner hatte«, überlegte Faber laut. Dabei steckte er sich von den dicken Pommes mit Mayo immer mal wieder eine in den Mund.

»Das macht Sinn, wenn Renata von Wintershausen überzeugt war, dass ihre geliebte Schwester vergewaltigt wurde und sich, wie wir vermuten, deshalb das Leben nahm. So etwas geht nicht spurlos an einem Kind vorbei. Wie alt war sie damals?«, fragte Tamme und beantwortete die Frage gleich darauf: »Zehn, oder?«

Faber nickte. »Nehmen wir also an, es geht bei den Morden um diese ganze schreckliche alte Geschichte. Wer hätte Interesse, die von Wintershausen auszulöschen, und warum jetzt nach fünfzig Jahren?«

»Jeder aus Mike Hogans Verwandtschaft hätte tausend Gründe. Warum gerade jetzt ist mir auch nicht klar«, meinte Richard und strich mit seiner letzten Pommes die Krabbensauce aus dem leeren Schälchen. »Vielleicht ist etwas passiert, das den alten Hass geschürt und jemanden auf den Plan gerufen hat, um endlich Rache zu nehmen.«

Tamme sah auf die Uhr und meinte: »Unsere Schnapsdrossel hat jetzt eineinhalb Stunden geschlafen, lass uns zurückfahren. Ich will den Rest der Geschichte hören!«

Eine halbe Stunde später fuhren sie in Bargebur im östlichen Teil von Norden auf den Alten Postweg. Als sie zweihundert Meter weiter dann in den Poggenpoller einbogen, kam ihnen ein Motorrad entgegen. Da der Fahrer langsam und umsichtig unterwegs war, fiel den beiden Polizisten das Fahrzeug erst gar nicht auf. Wäre Rike hier gewesen, hätte sie dic Maschine sofort entdeckt. Sie liebte Rennmaschinen, besonders ihre Ducati, und übersah andere Zweiräder nie.

Gleich bei der ersten Einfahrt im Poggenpoller parkten sie wieder vor der Stadtvilla. Faber klingelte erst und klopfte nach einer Weile sogar an die massive Haustür, doch nichts rührte sich. »Schläft immer noch ihren Rausch aus«, meinte Tamme und öffnete einfach das mannshohe Gartenholztor. Es war wie der Garten im japanischen

Stil aus Bambusstäben gebaut, mit einem Pagodenbogen. »Vielleicht hat unser Mädchen die Terrassentür auf, dann wecken wir sie!«

Tatsächlich war die Terrassentür nicht verschlossen. Der Kies des Steingartens knirschte unter ihren Füßen, als sie eintraten. »Frau Schanzer, nicht erschrecken, wir sind wieder da. Aufstehen!«, versuchte es Faber.

»Ich mach mal einen Kaffee in der Küche«, sagte Tamme und ging aus dem Wohnzimmer. Faber nickte und ging zur Couch. Er schüttelte ganz leicht die Schulter der alten Frau und wunderte sich, wie ihr Körper hin und her schaukelte. Intuitiv legte er zwei Finger an ihren Hals und suchte einen Puls, doch er konnte nichts finden. Da er aber noch Körperwärme spürte, drehte er sie sofort auf den Rücken und begann mit einer Herzmassage. Dabei rief er nach Tamme, der bereits mit einer Espressotasse ins Wohnzimmer kam.

Ohne dass Faber noch irgendetwas sagen musste, rief der Wikinger bereits die Ambulanz. Zwar machte Faber mit der Wiederbelebung weiter und Tamme löste ihn ab, aber Richard ahnte schon, dass sie zu spät gekommen waren. Als zehn Minuten später die Ambulanz von der Ubbo-Emmius-Klinik im Poggenpoller ankam, hatten selbst die beiden Polizisten es aufgegeben. Viktoria Schanzer war tot. Gestorben in den zwei Stunden, in denen die Kommissare sie kurz allein gelassen hatten.

»Faber, sieh dir das mal an«, forderte Tamme ihn auf, als der Notarzt die Tote untersuchte. Der Wikinger stand an dem Servierwagen mit den alkoholischen Getränken. Neben dem Glas mit dem Wodkarest lag ein leerer Medikamentenblister. Sofort zog sich Tamme die Latexhandschuhe über und sah sich das Medikament an. »Das sind doch die gleichen Pillen, die wir in Knuts Hotelzimmer gefunden haben. Digitalis!«

»Verdammt, wir hätten sie nicht alleine lassen sollen. Ich hätte nicht geglaubt, dass sie auch in Gefahr sein könnte«, murmelte Faber.

»Und vor allem hätten wir nicht gehen sollen, bis sie uns alles erzählt hat«, steuerte Tamme bei. Man sah seinem Gesicht an, dass es ihm leidtat um das alte Mädchen.

Richard griff nach seinem Handy und wenige Sekunden später sprach er mit seinem Polizeimeister. »Torben, hören Sie zu«, meinte er. »Sie müssen einen Doktor Karl Leibowitz finden, der einmal eine Praxis in Wilhelmshaven hatte. Vielleicht lebt er noch. Wenn Sie ihn finden, fahren Sie hin und sprechen mit dem Mann. Er muss uns alles erzählen, was mit Rea von Wintershausens Kind vor fünfzig Jahren passiert ist.« Torben hatte dem Chef, ohne lange nachzufragen, bestätigt, dass er sich sofort darum kümmern würde. Erst danach nahm Faber Kontakt mit dem KED Norden auf und meldete den Mord. Anschließend beorderte er Schorlau und das Team her, die, keine fünf Kilometer entfernt, immer noch auf Schloss Lütetsburg waren.

Die Motorradfahrerin hatte die Heerstraße schon lange verlassen und war bereits auf der Landstraße, die sie am Schloss vorbeiführen würde. Ihr Ziel war Dornum, da sie sich dort in einer kleinen Pension eingemietet hatte, um auf das letzte Negerlein zu warten. Während sie gerade an dem Parkplatz von Lütetsburg, auf dem immer noch zwei Streifenwagen standen, vorbeifuhr, fing sie an zu singen:

Vier kleine Negerlein,
Die fuhr'n zum Wangerooger Kai,
Das eine traf die Nordsee hart,
Da waren's nur noch drei.

Drei kleine Negerlein,
Die ritten froh herbei,
Das eine fiel jedoch vom Pferd,
Da gab es nur noch zwei.

Zwei kleine Negerlein,
Die tranken zu viel des Weins,
Das eine hat sich totgesoffen,
Da gab es nur noch eins.

Kapitel 10

Als Tamme und Faber wieder im Präsidium in Emden angekommen waren, wartete dort bereits der Ermittler des KED Oldenburg, Horst Trabert, auf die beiden. Der Kriminalhauptkommissar war allein gekommen, ohne sein Team, um Faber in die Mangel zu nehmen. Faber erinnerte sich gut an den Mann, der ihm bereits begegnet war, als man Richard in Oldenburg als Miedlers potenziellen Nachfolger vorgestellt hatte. Faber hatte die Antipathie des Mannes sofort mitbekommen. Denn der hagere ältere Kollege mit der ungesunden Gesichtsfarbe war als zweiter Kandidat für den Posten im Gespräch gewesen.

Bei der ganzen Hektik mit Opa hatte Faber keinen Gedanken daran verschwendet, wer der zuständige Ermittler vom KED Oldenburg überhaupt war. Nicht gut, dachte er nur, als er Trabert sah. Angriff ist die beste Verteidigung, sagte er sich selbst und schüttelte Trabert erst einmal bewusst jovial die Hand.

KHK Trabert hingegen war stinksauer. Er hatte von Rike bereits erfahren, dass Faber und Tamme bei einem Mordopfer in Norden gewesen waren. Und vor allem, dass die Tote mit der Familie von Wintershausen zu tun hatte. Rike hielt es für das Beste, das nicht zu leugnen, er würde es von den Kollegen in Norden ohnehin erfahren.

»So, wie es aussieht, haben Sie sich ganz eklatant über die Anweisungen von EKHK Miedler und die Dienstvorschriften hinweggesetzt«, richtete Trabert im Großraumbüro seine Worte in einem Ton an Faber, als wäre er selbst Richards Chef. »Frau Waatstedt, wir reden hier von Ihrem Großvater, der unter Mordverdacht steht«, fing die Litanei an, dabei drehte er sich zu Rikes Schreibtisch. »Ein direkter Verwandter Ihrer Verlobten, Faber«, betonte er und sah Richard wieder an. »Sie beide durften dem Fall keinen Millimeter zu nahe kommen. Auch Ihr Team nicht, weil jeder hier, verdammt noch mal, voreingenommen ist«, erhob er jetzt die Stimme. Seine Augen wurden schmal, und dass er die Situation genoss, war nicht zu übersehen.

»Moment«, setzte Faber an, doch entschloss sich dann, ihn ausreden zu lassen. Er wusste, solch Kerle mussten sich erst einmal beruhigen, bevor sie wieder aufnahmefähig waren. Er nickte Trabert zu, damit er weitersprach.

»Und Sie, Hauptkommissar Faber, scheren sich keinen Deut darum! Man hat mich informiert, dass Sie außerdem vor dem Tod der Baronin im Schloss waren, zusammen mit dem Chef der Pathologie, Doktor Schorlau«, fuhr er wutschnaubend fort. »Kaum sind Sie da verschwunden, ist die Baronin tot. Dann der Mord in Norden heute Morgen. Der KED Norden rief mich an, als man das Digitalis fand. Herr Kollege, dieses Mal sind Sie entscheidend zu weit gegangen. Ich werde das jetzt melden!«

»Es ist meine Schuld«, intervenierte Rike. »Doch wir hatten recht. Bitte hören Sie sich an, was wir herausgefunden haben. Wir glauben, dass Mathias von Wintershausen auch in Lebensgefahr schwebt und geschützt werden muss. Sie sollten sofort jemanden zum Schutz an seine Seite schicken!«

Faber sah Trabert ins Gesicht, der eine gewisse Selbstzufriedenheit nicht überspielen konnte. Richard hätte das normalerweise sofort kommentiert, doch er saß in der Zwickmühle. Würde der Mann seinem Team glauben, konnte Trabert auch bei seinem Chef ein gutes Wort einlegen. Denn mit einem hatte der Mann recht: Sowohl Miedler als auch der Polizeipräsident würden toben, wenn sie wüssten, dass Richard im Fall Waatstedt weiter am Ball geblieben war. Daher schluckte Faber seinen Zorn hinunter und meinte: »Hören Sie sich unsere Geschichte an, dann können Sie immer noch tun, was Sie für richtig halten.«

»Also gut, verklickern Sie mir mal, was Sie alles rausgefunden haben«, sagte der Kollege, denn er musste das Gesicht vor den restlichen Kollegen des KED Emden wahren. Er setzte sich, ohne Faber aus den Augen zu lassen. Nicht nur der Ausdruck auf Traberts Gesicht sprach Bände, selbst seine Aura verbreitete die Missachtung, die er Richard Faber entgegenbrachte. Daher übernahmen Tamme und Rike den größten Teil der Informationen und es dauerte eine ganze Weile, bis sie alles zusammengefasst hatten.

»Eine alte Familienfehde?«, fragte Trabert skeptisch. »Die auch noch fünfzig Jahre her ist, und Knut Waatstedt soll nur ein Bauernopfer in einem Schachspiel sein? Warum, um Gottes willen, sollte ausgerechnet jetzt jemand diesen Mike Hogan rächen?«

»Wegen eines unglaublichen Zufalls«, mischte sich Laurien Heiligenstadt selbstbewusst ein. »KHK Trabert, Kommissarin Withuus und ich haben uns um den Hintergrund von Mike Hogan gekümmert. Sie müssen wissen, Mikes Eltern waren Professoren in

Harvard. Dort studierte er auch Medizin und ging dann zum Militär, um als Facharzt ausgebildet zu werden.«

»Und was hat das mit den Mordfällen zu tun?«, warf Trabert ungeduldig ein. Er schien nicht unbedingt gewillt, auch nur einen Deut an ihre Theorie zu glauben.

»Darauf möchte ich jetzt kommen«, ließ sich KK Heiligenstadt nicht aus dem Konzept bringen. »Nachdem Mike Hogan fast zu Tode kam in Bremerhaven, lag er lange im Krankenhaus. Ein Jahr konnte er nicht zurück in die USA. Daher kamen seine Eltern nach Deutschland und halfen ihm so gut mit der Rehabilitation, wie es ging. Sie müssen wissen, die drei Matrosen, nach denen damals gefahndet wurde, konnte niemand finden. Möglicherweise sind sie in derselben Nacht noch mit einem Schiff ausgelaufen. Mike jedenfalls musste seine motorischen Fähigkeiten von Grund auf neu erlernen. Sprache, lesen, schreiben, und er blieb zeit seines Lebens an den Rollstuhl gefesselt.«

»Sehr tragisch für den jungen Mann, na und?«, murmelte Trabert etwas zynisch und Rike legte vorsorglich ihre Hand auf Fabers Arm, der bei dem Kommentar merklich mit dem Mundwinkel gezuckt hatte. Er hasste Menschen, die zu keiner Empathie fähig waren.

»Seine Eltern verbrachten achtzehn Monate in Bremerhaven, weil das Militär-Hospital die besten Reha-Einrichtungen hatte. Als Mike Hogan das passierte, war er immer noch Mitglied der US-Army, da die unehrenhafte Entlassung noch nicht unterzeichnet war. Deshalb übernahm die Army die Kosten. Außerdem war er mehrfach in Vietnam ausgezeichnet worden, sodass seine Vorgesetzten das Urteil von diesem Richter Hackman anzweifelten. Es waren die Sechziger, und man trickste und half ihm«, fuhr Sonja Withuus fort. »Erst nach der Zeit reisten seine Eltern mit dem behinderten Mike und seinem Baby zurück in die USA.« Sie sah Trabert ernst an. »Wir denken, das Kind war die Tochter von Rea von Wintershausen. Doch wir wissen nicht, wie Mikes Eltern das Kind finden konnten.«

»So etwas Absurdes habe ich noch nie gehört«, war alles, was der KED-Leiter aus Oldenburg sagte.

»Vielleicht kann ich Licht in die Angelegenheit bringen«, meinte Torben, der bereits vor zehn Minuten wieder ins Großraumbüro zurückgekommen war und still am Türrahmen gewartet hatte. »Ich habe, genau wie Sie gesagt haben, Doktor Leibowitz aufgesucht, Chef«, wandte er sich an Faber. »Dem alten Herrn geht es sehr gut, er lebt mittlerweile in Aurich, da sein Sohn dort eine Arztpraxis hat. Obwohl er seine eigene in Wilhelmshaven vor Jahren aufgab, unterstützt er seinen Sohn immer noch in der Praxis und macht die Hausbesuche. Das erwähne ich nur, um klarzustellen, dass der alte Mann noch ziemlich klar und frisch im Kopf ist«, beschrieb Torben es in seiner typischen Art und Faber unterdrückte ein Schmunzeln.

»Als er erfuhr, dass Victoria Schanzen, geborene Klaasen, ermordet wurde, da redete er ganz schnell. Es stimmt, was Frau Schanzen sagte, der Doktor brachte das neugeborene Mädchen zu einer sehr toleranten Familie ins Alte Land, unweit von Hamburg. Die hatten bereits zwei dunkelhäutige Besatzungskinder bei sich aufgenommen, weil ihre amerikanischen Soldatenväter nichts von ihnen wissen wollten. Die deutschen Mütter waren zu jung und zu verzweifelt für ihre Kinder. So kam auch das Kind der Baroness, die kleine Jasmin, zu ihnen. Der Arzt selbst bestand darauf, das kleine Mädchen Jasmin zu nennen, weil wohl die Mutter, Rea, sie so nennen wollte«, feuerte Torben die Fakten wie ein Maschinengewehr.

»Nach etwa einem Jahr meldete sich dann Viktoria Klaasen bei Doktor Leibowitz. Sie kannte den Namen des Hausarztes der von Wintershausen. Sie erzählte ihm, dass der Vater von Jasmin lebt und was ihm alles passiert war. Auch, dass seine Eltern in Bremerhaven seien. Sie wollte ihnen die Chance geben, ihr Enkelkind zu sehen und mitzunehmen, um einen Teil der Ungerechtigkeit wiedergutzumachen«, hatte Torben das Wort wieder aufgenommen. »Er ließ sich sofort darauf ein und gab die Adresse der Bauern im Alten Land weiter«, sagte er und verschnaufte für einen Moment.

»Das meinte Victoria Schanzer damit, als sie sagte: So gab er mir die Möglichkeit, doch noch etwas gutzumachen«, nutzte Tamme die kurze Pause und Faber nickte. Das war ihre Wiedergutmachung, dachte auch er. Sie gab Mike sein Kind und den Großeltern ihr Enkelkind.

»Faber, Sie machen sich lächerlich mit solch einem Märchen«, kommentierte Trabert das Gesagte. Er war bereits wieder aufgestanden, unwillig, auch nur einem weiteren Wort zu folgen.

»Jetzt hören Sie wenigstens bis zum Ende zu«, raunzte ihn Faber an. »Dafür können Sie sich noch die Zeit nehmen. Wenn Sie Knut Waatstedt dennoch für schuldig halten und mich unbedingt aus dem Polizeidienst raushaben wollen, reicht das in fünf Minuten immer noch!«

Trotzig sah Trabert ihn an, doch wieder lagen die Augen des ganzen Teams auf ihm, darum musste er klein beigeben. Genervt setzte er sich wieder, dabei erkannte Faber bereits, dass der Ermittler seine Entscheidung getroffen hatte. Er wahrte nur den Schein. »Okay, reden Sie weiter. Und im Übrigen, Sie haben recht. Ich denke immer noch, dass Knut Waatstedt Renata von Wintershausen getötet hat. Und ich werde das auch beweisen. Alle Indizien deuten darauf hin. Und was Sie angeht, haben Sie sich Ihr eigenes Grab selbst geschaufelt. Falls es wegen Ihnen bei dem Fall zu Verfahrensfehlern kommt, dann sind Sie wirklich raus. Wäre ja nicht das erste Mal, dass wir die Eskapaden des Leiters vom KED Emden kennenlernen. Dass ein Mann wie Sie EKHK Miedler ersetzen sollte, war von Anfang an eine Farce!«

Ah, daher weht der Wind, dachte Faber in dem Moment. Jetzt hatte Trabert Richards Befürchtungen bestätigt und Faber hielt das, was sie hier gerade machten, für vertane Zeit. Dennoch brannte er darauf, den Rest der Geschichte zu hören, weil er ihn selbst noch nicht kannte.

»Wo war ich, ach ja. Doktor Leibowitz erzählte, dass Victoria einen Mittelsmann einschaltete, damit sie und auch der Doktor gar nicht erst die Aufmerksamkeit der Hogans bekamen. Die junge Frau Klaasen kannte einen anderen amerikanischen Offizier aus Hamburg, der nichts mit Mike zu tun hatte, und bat ihn jetzt um Hilfe. Der kontaktierte Mikes Eltern und fuhr mit ihnen zu den Bauern ins Alte Land. Die waren bereits von Doktor Leibowitz informiert worden. Auch wenn ihnen der Abschied von Jasmin schwerfallen würde, so sahen sie doch ein, dass ein richtiger Vater und die Aussicht, in den USA zu leben, für das Kind besser wären.« Torben holte tief Luft, weil er ununterbrochen gesprochen hatte, und kam endlich zum Ende: »Die Hogans sahen das Baby und waren sich beide sofort sicher, die Tochter ihres eigenen Sohnes im Arm zu halten. Sie nahmen die Kleine mit. Wie sie es mit den Papieren drehten, das kann keiner mehr nachvollziehen.«

»Das erklärt aber nicht, warum man Mike Hogan gerade jetzt rächen will!«, beharrte KHK Trabert. Sein Tonfall gab Hoffnung, dass er vielleicht jetzt bei der Geschichte ins Grübeln gekommen war.

»Doch, es gibt eine Erklärung«, meinte Kommissarin Heiligenstadt sehr sachlich. »Denn ich konnte mit dem Assistenten der Uni

Hamburg reden. Der junge Mann hat die Baroness Renata von Wintershausen in den letzten Jahren auf ihren Reisen zu Künstlern und Universitäten begleitet, nachdem Frau Föhrenkämper zu alt wurde.«

September 2018, University Harvard

Wie immer, wenn es eine feierliche Einweihung an der Eliteuniversität gab, wurde das im großen Stil veranstaltet. Mike fuhr in seinem elektrischen Rollstuhl noch einmal durch die Festhalle, in der die Dame von der Hamburger Universität sprechen würde. Seit er vor achtundvierzig Jahren hierher zurückgekommen war, hatte Harvard ihn gut behandelt. Durch den ehrenhaften Ruf seiner Eltern hatte man ihn anfangs als eine Art Berater auf der Krankenstation eingestellt. Natürlich profitierte die Uni davon, auch ohne Approbation war er ein ausgezeichneter Arzt. Seine Diagnosen bei den Studenten stimmten stets mit dem überein, was die Ärzte später feststellten, und er war immer schnell zur Stelle.

Doch da er nach dem Tod seiner Eltern für sich und seine einzige Tochter mehr Geld brauchte, verdingte er sich zusätzlich noch als Hilfe beim Hausmeister. Er mähte die riesigen Rasenflächen auf dem kleinen Traktor, was er mit seiner Teillähmung bewerkstelligen konnte. Mittlerweile konnte er den Rollstuhl zeitweise verlassen und mit Krücken einiges im Haus erledigen. Anderseits hatte die lange Zeit des völligen Gelähmtseins die Beinmuskulatur unwiederbringlich geschwächt.

Das Rückenmark war nie beschädigt worden. Die Gehirnverletzungen, die die brutalen Tritte der Stiefel bei ihm hinterlassen hatten, waren Ursache für all sein körperliches Leiden. Erstaunlicherweise hatte sein hoher Intellekt nie gelitten.

Er rollte jetzt durch den Festsaal und sah sich die Reihen von Stühlen an, die Wappen an den Wänden und die Blumengestecke. Er scheuchte die beiden Stipendiaten, die ihm immer mal wieder zur Hand gehen mussten, und sorgte dafür, dass die Stuhlreihen wirklich in Reih und Glied standen. Jetzt war er ein alter Mann und seine schlimmen Jahre endlich vorüber.

Er hatte sich damals schneller als gedacht mit seinem neuen Leben abgefunden, was nur darauf zurückzuführen war, dass er seine

Tochter bei sich hatte. Jasmin war sein Augenstern, sein Lebenswille. Als Baby hatte seine Mutter sie versorgt, aber schon bald war er selbst in der Lage gewesen, sich um das Kleinkind zu kümmern. Mike überschüttete seine Tochter mit all der Liebe, die er aufbringen konnte. Er brachte ihr sogar Deutsch bei und erzählte ihr von der bösartigen Mutter, die sie einfach an fremde Menschen weggegeben hatte. Nachdem Jasmin zum Teenager herangewachsen war, kannte sie die ganze Geschichte und man sprach nur mit Verachtung von der Baroness von Wintershausen.

Je älter Jasmin wurde, umso mehr schleifte sich die Bitterkeit von seinem Leben ab. Seine Tochter lernte als Krankenschwester den Militärpiloten Marten Seips kennen und lieben. In dem Moment war Mikes Glück vollkommen. Denn seine Tochter war glücklich und die beiden wollten bald heiraten. Marten war ein anständiger weißer Junge, der seine Jasmin verehrte, aber sie verlobten sich erst einmal heimlich. Offizier Seips kam aus dem Süden, aus einer traditionellen Familie aus Louisiana. Es würde für ihn nicht einfach, seinen Eltern eine farbige Schwiegertochter vorzustellen. Doch auch Mike hatte Marten kennen und lieben gelernt und wusste, dass er seine Jasmin auf Händen tragen würde, egal was die Eltern davon hielten. Beide hatten bereits Flugtickets, um Weihnachten 1989 nach Baton Rouge zu fliegen, damit Jasmin ihre Schwiegereltern kennenlernen konnte.

Niemand konnte ahnen, dass der Kampfjetpilot Marten Seips plötzlich am zwanzigsten Dezember zur US-Invasion in Panama eingezogen wurde. Der Invasion, die die größte Luftlandeoperation der USA seit dem Zweiten Weltkrieg war. Dass Marten einer der wenigen US-Soldaten war, die gleich an diesem ersten Tag der nur zwei Wochen dauernden Invasion fielen, erfuhr Jasmin nur, weil am vierundzwanzigsten Dezember ein Pilotenkamerad sie und Mike in Harvard besuchte. Er hatte von Martens Liebe zu Jasmin gewusst und musste ihr die furchtbare Nachricht überbringen.

Martens Eltern wussten zu dem Zeitpunkt nicht von Jasmins Existenz. Es war das traurigste Weihnachten, das Mike seit 1969 je gefeiert hatte. Nicht nur war Jasmin untröstlich über den Verlust ihres Geliebten, sie war auch schwanger und hatte es ihrem Verlobten nicht mehr sagen können. Im August 1990 kam Daphne Hogan zur Welt und sollte die Familie ihres Vaters nie kennenlernen. Denn Jasmin hatte nur einmal versucht, mit einem Brief Kontakt aufzunehmen, und hatte ein Bild von Baby Daphne beigelegt. Sie bekam ein Schreiben eines Anwalts zurück, das mit gerichtlichen Maßnahmen drohte, falls sie jemals wieder die Familie Seips belästigen sollte.

Da Jasmin mit dem Baby wegen des ständig wechselnden Schichtdienstes nicht mehr im Boston Military Hospital arbeiten konnte, nahm sie einen Job an der Universität an. Sie lebten zu dritt in dem kleinen Häuschen, das der Dekan Mike überlassen hatte. Um das Baby kümmerten sich tagsüber Mikes Eltern, die mittlerweile pensioniert, aber immer noch rüstig, unweit des Campus lebten.

Wieder einmal hatte das Schicksal bei den Hogans zugeschlagen und Mike verkraftete die Schmähung gegen seine schöne Tochter kaum. Er wurde zu einem engagierten Gegner der Apartheid und kultivierte seinen Hass auf die reichen weißen Menschen. Auch Jasmin hatte sich nie davon erholt, dass Martens Eltern ihr Enkelkind noch nicht einmal sehen wollten. Obwohl es das Einzige war, das ihr Sohn hinterlassen hatte.

Mike war in diesen Jahren wütend, und er entwickelte sich zu einem Fanatiker, als Jasmin plötzlich krank wurde. Sie bekam einen seltenen Blutkrebs, der sie innerhalb von drei Jahren dahinraffte. Daphne war erst fünf Jahre alt und verstand das alles nicht. Vielleicht hätte man Jasmin mit einer teuren Behandlung helfen können, aber Mike hatte weder die Mittel noch die Krankenversicherung dafür. Als verheiratete Mrs. Seips hätte Jasmin die Unterstützung der Militärärzte bekommen. Mike unternahm einen letzten verzweifelten Versuch, das Ehepaar Seips um Hilfe zu bitten, doch die Androhung einer Klage war alles, was er erreichte.

Zeit verging, Mike lebte für Daphne weiter. Aus ihm war ein alter Mann geworden und seine geliebte Tochter war jetzt auch schon dreiundzwanzig Jahre begraben. Daphne hingegen war eine erwachsene Frau geworden. Er war besonders stolz auf sie, denn sie schlug nach ihm, hatte es mit ihrem Intellekt nach Harvard geschafft. Mit Stipendium war sie stolz durch die Vordertür der Universität gekommen und hatte es allen gezeigt. Sie war hochbegabt und studierte bereits Medizin, als andere Teenager noch ihr Abitur machten. Danach ging auch sie zum Militär, um genau wie damals Mike ihren Facharzt zu machen. Daphne wurde eine genauso gute Ärztin, wie Mike es gewesen war. Sie hatte sich mit achtundzwanzig Jahren bereits ihre Sporen bei der Ebola-Epidemie in Liberia,

Westafrika, verdient, war danach in den Krisengebieten im Nahen Osten und Syrien tätig gewesen.

»Sean, dahinten, das Gesteck, das steht nicht mittig«, rief Mike einem der Studenten zu und der junge Afroamerikaner lief sofort los, um es zu richten.

»Ohne Lineal wird er damit noch eine Weile zu tun haben, Grandpa!«, hörte Mike plötzlich hinter sich, gefolgt von einem glockenhellen Gelächter.

»Daphne, mein Kind. Was machst du hier?«, fragte er, während er den Rolli wendete, und breitete die Arme aus. Sie lächelte ihn an, umarmte ihren geliebten Opa und küsste seine stoppeligen Wangen. Er betrachtete seine hübsche Enkelin stolz, erst dann fiel ihm auf, dass sie in Zivil war. »Keine Uniform?«

»Das war klar, dass dir das zuerst auffällt. Ich bin hier auf einem Zwischenstopp nach Langley für ein Vorstellungsgespräch. Ich hoffe, es ist jetzt vorbei mit den Uniformen«, meinte sie und zwinkerte verschwörerisch.

Mike stöhnte übertrieben auf. »Nein, bitte nicht bei der CIA«, murmelte er ihr leise zu. Doch sie machte eine Bewegung der Hand, die aussah, als würde sie ihren Mund mit einem Reißverschluss versiegeln. »Kriege ich einen Kaffee oder musst du hier noch Staub wischen?« Laut lachend rollte er voran, um sie zum Häuschen zu begleiten.

Daphne hatte sich nach einem frühen Abendessen mit ihrem Grandpa noch mit einigen alten Kommilitonen verabredet, die sich in Boston sesshaft gemacht hatten. Mike rollte rüber in den Festsaal, er fühlte sich wohler, wenn er dabei war, falls mal ein Mikro ausfallen sollte. Leise blieb er neben der letzten Stuhlreihe stehen. Die Dame, die heute als Ehrengast eingeladen war, hatte einen neuen Flügel im Kunstbereich gesponsert, den die Professoren und der Dekan am Nachmittag mit ihr besichtigt hatten. Jetzt stand die ältere Dame auf dem Podium und hatte gerade erst mit der Rede angefangen. Leider hatte er ihre Vorstellung verpasst. Zu gerne hätte er ihren Namen mitbekommen, denn irgendwie erinnerten ihn die eleganten Bewegungen der Frau an jemanden.

Die sanfte Stimme mit dem ausländischen Akzent kam Mike ebenfalls bekannt vor, doch die Frau war zu weit weg, als dass er sie genauer hätte sehen können. So lauschte er ihren Worten und stellte fest, dass sie sehr angenehm war. Als zum Schluss der Applaus erklang, lachte die Frau ins Mikrofon und in dem Moment überkam Mike eine Schockstarre und kalter Schweiß sammelte sich auf seiner Stirn.

Er wurde um fünfzig Jahre zurückkatapultiert, in die kleine Wohnung nach Hamburg-Altona. Er fühlte regelrecht, wie er wieder dieses wunderschöne Wesen küsste, nachdem sie sich geliebt hatten. Als er ihr sagte, wie sehr er sie liebte, da erklang dieses Lachen. Unverwechselbar, dem Gesang kleiner Glöckchen gleich. Nur Rea hatte er jemals so lachen hören, bis zu dem Moment, als Daphne geboren wurde. Sie hatte dieses Lachen von ihrer Großmutter geerbt.

Er schüttelte sich, um sich wieder bewegen zu können, und rollte langsam bis zur ersten Reihe. Der Dekan war ans Podium getreten und sagte: »Ladies and Gentlemen, thank you to Baroness von Wintershausen!«

Die Studenten waren aufgesprungen und gaben der großzügigen Spenderin Standing Ovations. Nur Mike verschluckte sich fast an dem Namen. Es war wie ein körperlicher Schmerz, sie wieder vor sich zu sehen. Der Dekan und ein junger Mann, den Mike nicht kannte, führten sie die Treppe auf seiner Seite herab, sodass sie an Mike vorbeilaufen würde.

Er konnte nicht anders und griff hart nach ihrem Arm, als sie neben ihm war. Sie blickte ihn überrascht an und sah in sein Gesicht. Mike erkannte sofort diese Augen, doch sie zeigte keinerlei Erkennen oder kaschierte es geschickt. Indes brach sich Mikes ganzer Hass den Weg aus seinem Herzen. Er fühlte wieder den Schmerz, als man ihn fast totschlug, das Gefühl der Amputation, als man ihm die Approbation entzog. Vor allem aber den letzten Blick seiner sterbenden Tochter. Hier stand nun die Frau, die für all das verantwortlich war, und lächelte ihm schamlos ins Gesicht.

»Du verdammtes Miststück, wie kannst du es wagen, hier aufzukreuzen?«, raunte er ihr auf Deutsch zu, sodass sie und auch ihr junger Begleiter ihn entsetzt ansahen. Sie versuchte ihn abzuschütteln und dabei klimperte das Bettelarmband. Mikes Augen fixierten das Schmuckstück und dann sah er den kleinen Anhänger, der immer noch daran befestigt war. Der Äskulapstab, den er ihr selbst damals geschenkt hatte. Es war in der Zeit, als sie gerade mit Jasmin schwanger geworden war.

»Lass mich los, du elender Neger«, zischte sie ihn ängstlich an, sodass ihr deutscher Begleiter sie entsetzt ansah und dann mit kräftigen Fingern ihr Handgelenk befreite.

Dekan Kharunu sah zu Mike und der Baroness, verstand die Situation aber nicht und wurde auch gleich wieder von Studenten abgelenkt. Der Assistent schob die Baroness von Wintershausen weg von dem Mann im Rollstuhl. Der junge Mann war nur froh, dass keiner ihre heftige Beschimpfung gehört beziehungsweise verstanden hatte.

»Rea«, rief Mike wütend ihrem Rücken hinterher und in dem Moment sah sie über ihre Schulter. Eine Frage lag in ihren Augen, als sie das letzte Mal auf den behinderten Mann blickte, doch die Menschen schoben sie bereits aus dem Festsaal. Das Taxi zum Logan International Airport wartete bereits ungeduldig auf die beiden Besucher. Man brachte die Baroness und ihren Begleiter zur Nachtmaschine der British Airways, mit der sie nach London Heathrow flogen, um von dort weiter nach Hamburg zu reisen. Der Fahrer musste Gas geben, um noch rechtzeitig zum Abflug anzukommen.

Später in der Nacht fragte der Universitätsassistent die Baroness im Flugzeug noch einmal nach dem Vorfall. »Ach, ich denke, das war nichts. Vielleicht hat er mich verwechselt«, grübelte sie, aber meinte dann: »Ich hätte mich nicht so gehen lassen und den Mann beschimpfen sollen. Aber er machte mir Angst«, erklärte sie ihren Ausbruch. »Eigenartig ist nur, dass ich mal eine Schwester mit dem Namen Rea hatte, und er nannte den Namen. Und das Schmuckstück hier gehörte Rea. Mein Vater gab es mir, als sie starb, und seitdem trage ich es immer«, überlegte sie laut und zeigte ihm das Bettelarmband.

Juni 2019, Kommissariat Emden

»Der junge Assistent, der Frau von Wintershausen immer auf ihre Reisen begleitete, erzählte mir von dem Vorfall. Ich sprach anschließend mit dem Dekan der Universität Harvard. Er bestätigte mir, dass es Mike Hogan war, der die Baroness angesprochen hatte. Er wusste nicht, worum es ging, da Mike Deutsch gesprochen hatte.« Laurien wollte noch etwas sagen, doch Rike unterbrach sie.

»Dann hielt Mike Renata für Rea. Er wusste somit nicht, dass Rea damals gestorben war. Und dass man sie genauso hintergangen hatte wie ihn«, schlussfolgerte Rike. »Und ursprünglich gehörte das Bettelarmband Rea, das Armband, das Renata im Café Pudding angeblich verloren hatte«, konnte sie sich nicht bremsen. »Die Bedienung, diese Eileen, hat ihr das Armband wahrscheinlich wirklich gestohlen und es benutzt, um am Tage ihres Todes Zutritt zu ihrer Wohnung zu erhalten. Sie musste doch nur mit dem Armband an der Tür stehen und sagen: Ich glaube, das haben Sie verloren. Dann hätte Rena sie eingelassen«, überschlugen sich Rikes Worte. »So wäre es ein Leichtes gewesen, sie mit dem Digitalis zu ermorden!«

»Ja, und wir wissen, dass das Weinglas mit Knuts Fingerabdrücken definitiv aus dem Café Pudding ist. Diese Eileen hatte jede Möglichkeit, es mitzunehmen. Außerdem ist sie einen Tag, bevor man die Tote fand, von der Insel verschwunden.«

»Wovon reden Sie? Welche Eileen, welches Armband und was soll das mit dem Glas? Sie meinen doch das Glas, das in der Wohnung des Opfers gefunden wurde, oder?«, fragte Trabert, der mittlerweile ein wenig überfordert wirkte von der Geschichte.

»Wenn Ihre Ermittler ordentlich recherchiert hätten, verständen Sie es«, rutschte es Faber raus und Trabert wollte schon reagieren, als Laurien Heiligenstadt wieder ihre Stimme erhob.

»Bevor Sie sich jetzt einem unnützen Wortgefecht hingeben, und damit meine ich Sie beide, sollten Sie noch eine letzte Sache erfahren«, sagte sie streng und tadelte mit ihrem Blick besonders Faber. »Was ich noch von dem Dekan erfuhr, war, dass Mikes Enkelin Daphne an dem Abend bei ihm war. Sie bestätigte ihm, dass Mike später am Abend sehr aufgewühlt war. Durch die damaligen Verletzungen war sein Herz in Mitleidenschaft gezogen. Die Aufregung war wohl zu viel für ihn. Er bekam in der Nacht einen Herzanfall und verstarb.«

»Es ist wahrscheinlich, dass Mike Hogan in dieser Nacht seiner Enkelin erzählt hat, was passiert ist. Und als er starb, zog Daphne als Racheengel los, um sich die Familie von Wintershausen und Vicki vorzunehmen. Und damit war die Bedienung im Pudding, diese Eileen, also Daphne, Mike Hogans Enkelin«, fasste Faber die Erkenntnisse zusammen.

»Laurien«, wandte sich Rike an die Kommissarin. »Was wissen wir von dieser Daphne?«

»Der Dekan konnte mir einiges sagen, da sie in Harvard studierte. Ein Wunderkind, hochintelligent, promovierte als Ärztin und ging dann zum Militär. Er meinte, sie hatte einige Auslandseinsätze hinter sich und wurde ausgezeichnet«, erklärte sie. Die Kommissarin war den Dingen auf den Grund gegangen. »Leider konnte ich bei der US-Army ja nicht offiziell nachfragen. Doch der Dekan in Harvard wusste ebenfalls, dass Daphne in 2018 die Army verlassen hatte. Sie deutete ihm an, von einer anderen US-Behörde ein Angebot bekommen zu haben. Aber sie war wohl sehr geheimnisvoll, worum es sich handelte.«

»Das werden wir auch nicht rausbekommen, wenn sie bei der CIA, der NSA oder dem FBI angefangen hat«, murmelte Tamme und kräuselte seine Stirn.

»Jetzt reicht es aber«, mischte sich Trabert wieder ein. »Das ist doch die reinste Räuberpistole. Das meiste können Sie gar nicht beweisen. Sie behaupten zwar, dass die Baronin und auch diese Frau Schanzer Ihnen, Faber, das alles erzählt hat, da die Zeugen aber tot sind, können die es nicht vor Gericht wiederholen. Und Sie sind als Zeuge befangen, wegen Ihres familiären Status, und hätten mit den Personen gar nicht erst reden dürfen!«

»Na, ich war auch dabei«, warf Tamme ein. »Und der Chef der Pathologie genauso!«

»Außerdem hat PM Steiner angerufen, das Glas mit Knuts Abdrücken stammte aus dem Café Pudding und dort bediente sie eine Afroamerikanerin. Wir müssen nur ein Foto von dieser Daphne mailen und dann kann das Personal sie bestimmt identifizieren«, fügte Sonja Withuus noch an.

»Ach, und wahrscheinlich soll Knut Waatstedt sie auch noch identifizieren. Klar«, höhnte Trabert. »Machen wir doch den Bock zum Gärtner! Sie, KK Hehler, sind als Mitglied des KED Emden befangen, und dass Schorlau der beste Freund von Faber ist, das weiß ja die ganze Kriminalforensik«, ging er jetzt auf Tammes Kommentar ein. »Tut mir leid. Mit dieser Story überzeugen Sie mich nicht. Ich fahre jetzt zurück nach Oldenburg und spreche mit EKHK Miedler über die Sache. »Wer weiß, wie weit Sie gehen, um diesen Knut Waatstedt rauszuhauen. Immerhin waren Sie es, Faber, der als einer der Letzten die Baronin und auch Frau Schanzer gesehen haben. Sie hatten alle Informationen über die Todesart und den Modus Operandi. Da könnte ein Staatsanwalt ganz andere Schlussfolgerungen ziehen. Legen Sie sich lieber mal ein Alibi zurecht, denn das werden meine Leute prüfen«, sagte Trabert ernsthaft.

Faber und dem Rest seines Teams standen plötzlich die Münder vor Erstaunen auf. Rike hatte sofort reagiert und mit beiden Händen Fabers Arm gegriffen, denn der wollte bereits einen Schritt auf Trabert zumachen. Und das bestimmt nicht, um ihm die Hand zu schütteln.

»Aber was ist denn jetzt mit dem Personenschutz für Mathias von Wintershausen?«, war Sonja die Einzige, die überhaupt noch etwas rausbringen konnte.

»Was soll damit sein? Nichts, da er meiner Meinung nach nicht in Gefahr ist!« Der Kriminalhauptkommissar erhob sich.

»Verschwinden Sie hier ganz schnell, sonst knall ich Ihnen eine!«, sagte Faber plötzlich sehr leise und artikuliert. Trabert zuckte höhnisch mit den Schultern und verdrückte sich.

»Hat dieser Korinthenkacker von einem Beamten gerade angedeutet, dass du der potenzielle Mörder der Baronin und von Victoria Schanzer sein könntest?«, fragte Tamme wie vom Blitz getroffen und wusste nicht, ob er laut lachen oder vor Entsetzen den Kopf schütteln sollte. »Das ist alles nicht wahr«, erhob er dann seinen lauten Bariton. »Dieser Sesselfurzer! Jetzt haben wir ihm den Fall gelöst, müssen nur noch Daphne finden, die es bestimmt auch auf Mathias von Wintershausen abgesehen hat, und jetzt so etwas.« Er blickte seine Kollegen an, die mit Gesichtern wie sieben Tage Regenwetter dasaßen. »Aus lauter Bosheit will der Opa Knut weiterhin anklagen und diskreditiert unseren Faber. Gotts verdori ok, Klöötsack elendiger!«

»Schon gut, Wikinger, reg dich ab«, warf Sonja mahnend ein. »Wir alle denken das Gleiche, aber wichtiger ist jetzt: Was tun wir?«

»Halten wir still, stirbt Mathias von Wintershausen. Ich bin davon überzeugt, die Enkelin von Mike Hogan hört erst auf, wenn die Familie von Wintershausen vernichtet ist. Sie hat noch nicht einmal vor Victoria haltgemacht«, meinte Faber immer noch gefährlich ruhig. »Mike wird Daphne die ganze Geschichte haarklein erzählt haben. Nur von Doktor Leibowitz wusste er nichts, der ist also sicher.«

»Aber wenn wir jetzt eingreifen, Richard, dann ist dein Mors in der Schusslinie«, gab Rike aufgebracht Kontra. »Dass er dich für einen potenziellen Mörder hält, ist völliger Quatsch, damit wollte er dich nur provozieren. Doch bei Miedler wird er kein Blatt vor den Mund nehmen«, redete sie eindringlich auf ihn ein. »Dieses Mal wirst du bezahlen, wenn du etwas unternimmst. Miedler hat dich gewarnt!«

»Ach ja. Die Diskussion hatten wir schon mal. Erinnerst du dich an den Mann vom Verfassungsschutz und die Familie Hannler? Die wären jetzt alle tot, wenn wir nicht allen Anweisungen zum Trotz eingegriffen hätten«, hielt Faber sauer dagegen.

»Leute, das ist das erste Mal, dass eure Gefühle füreinander euer Urteilsvermögen trüben. Kommt erst einmal runter. Wir sollten gerade jetzt alle einen klaren Kopf behalten«, erwiderte Laurien vernünftig. »Was haltet ihr davon, dass ich mit Miedler spreche? Ich kann versuchen, ihm zu erklären, dass Mathias von Wintershausen in Gefahr ist und Trabert ihm unnötigerweise keinen Personenschutz gewähren will. Miedler ist ein kluger Kopf!«, schlug sie vor und Faber nickte. Genau in dem Moment klingelte sein Handy und er sah die Nummer seines Chefs.

»Hoffentlich ist es nicht zu spät«, meinte er und nahm ab. Er hörte eine Weile zu, dann erwiderte er: »Das ist richtig, Herr Kriminalrat.« Wieder wurde er still, man konnte bloß die aufgebrachte Stimme des Mannes am anderen Ende der Leitung hören. »Der Kollege Trabert verhält sich völlig borniert, wir sind auf der richtigen Spur«, versuchte es Faber mit professioneller Stimme.

Rike sah ihm an, wie sehr er seine Wut unter Kontrolle halten musste. »Ja, ich verstehe Ihre Bedenken, Kriminalrat Heuer, doch es ist ein Menschenleben in Gefahr! … Ja, verstehe«, raunzte Richard plötzlich nicht mehr so kontrolliert und wurde blasser. »Herr Kriminalrat, darf ich fragen, wo EKHK Miedler ist? Ich würde gerne mit ihm sprechen«, unterbrach Richard den Chef seines Vorgesetzten plötzlich. Er hörte sich die Antwort an und in der Sekunde wich jegliche verbliebene Farbe aus seinem schon blassen Gesicht. »Ja, danke«, sagte er noch und drückte den Anruf weg.

»Lieber Himmel, was ist los? Du bist weiß wie die Wand.«

»Trabert hat den Kriminalrat informiert, weil er Miedler nicht erreichen konnte. Ich bin vorläufig suspendiert. Einer von euch soll mir die Marke und die Waffe abnehmen.«

»Verdammt! Wir müssen mit Miedler reden, nur er kann das richten. Wo ist er?«, fluchte Laurien. Es war das erste Mal, seit sie die Kommissarin kannten, dass sie lauter geworden war.

»Das ist das Schlimmste, was mir gerade mitgeteilt wurde«, antwortete Faber geknickt. »Er ist im Krankenhaus, hatte heute Morgen einen Schlaganfall und ist nicht ansprechbar.« Momentan hat es den Anschein, die ganze Welt ist gegen mich, dachte Richard und blickte in die erschrockenen Gesichter seiner Leute.

***

»KK Withuus, Sonja«, sagte Faber und erntete einen genervten Seitenblick. »Sie sind erst seit drei Monaten bei uns. Wollen Sie wirklich Ihren Job riskieren?«

Die Kommissarin steuerte den Audi schnittig auf die L 75, erst danach sah sie ihren Chef auf der Beifahrerseite an. »Noch ein Wort und ich schmeiße Sie raus, Boss! Dann erledigen Tamme und ich das allein«, entgegnete sie in einem Ton, der keinen Widerspruch zuließ. Zustimmend legte der Wikinger von hinten seine Pranke auf Fabers Schulter und tätschelte ihn ein paar Mal.

»Zur Not sagen wir, du hast uns gezwungen«, gab Tamme seinen Senf dazu. »Du bist der Chef und wir tun nur, was du uns sagst, weil wir ja den Befehlsrängen und der Dienstordnung folgen«. Seine Stimme triefte nur so voller Sarkasmus und Faber musste schmunzeln. Nicht viele Vorgesetzte bei der Polizei konnten sich damit rühmen, dass ihre Leute für sie durchs Feuer gehen würden. Außerdem war er heilfroh, dass Rike in Emden geblieben und deshalb aus dem politischen Schussfeld seiner Vorgesetzten gerückt war. »Damit wurden Sonja und ich sozusagen genötigt, dich zu begleiten«, beendete Tamme seine völlig unsinnige Theorie.

Zwar war Faber froh, einige seiner Leute einigermaßen geschützt zu haben, doch eigentlich war das momentan zweitrangig. Das Leben von Mathias von Wintershausen-Zollner stand auf dem Spiel. Er war wahrscheinlich schon in Gefahr, da er weder Gespräche auf seinem Handy annahm noch im Schloss erreichbar war. Seine Verlobte hatte ihnen erst vorhin mitgeteilt, dass er wegen des Todes seiner Mutter vor drei Stunden nach Schloss Lütetsburg aufgebrochen war. Das bedeutete, er konnte jeden Moment dort ankommen. Mit etwas Glück würden die drei Emder Kommissare vor ihm dort sein. Faber rechnete fest damit, dass Daphne Hogan bereits in der Nähe des Schlosses auf den jungen Baron wartete, um ihr letztes Opfer zu fordern.

»Wenigstens ist Schorlau nicht mehr auf dem Schloss, sondern in der Pathologie in Norden, um Victoria Schanzer zu obduzieren«, bemerkte Tamme nachdenklich, nachdem er sich abgeschnallt und zwischen die Sitze geschoben hatte. Er wusste nicht recht, wo er seine großen Springerstiefel unterbringen sollte. Alle drei trugen die schwarze Sturmeinsatzkleidung, nur die Kevlarwesten lagen noch im Kofferraum. »Somit ist Philipp außer Gefahr«, murmelte er wieder.

»Guter Punkt«, kommentierte Faber seine Worte. Er hatte seine Waffe aus dem Holster gezogen und überprüfte die Munition. »An Philipp habe ich vor lauter Hektik gar nicht mehr gedacht.« Mit Schwung ließ er das Magazin wieder einrasten. »Wenigstens um ihn müssen wir uns keine Sorgen machen.«

Sonja bog hinter dem Kolkhof rechts ab und stellte das Blaulicht und die Sirene ab. Die letzten Kilometer mussten sie unbemerkt zum Schloss gelangen. Der Parkplatz gegenüber dem Schlosscafé war immer noch mit Polizeiabsperrband abgeriegelt. Und das, obwohl alle Streifenwagen und die Forensik lange mit dem Tatort im Wald fertig waren. Man hatte jedoch den Parkplatz weiterhin gesperrt, um Sensationstouristen fernzuhalten. Faber sprang aus dem Auto und hielt das rot-weiße Plastikband hoch, damit der Audi sich darunter durchschieben konnte. Auch auf der anderen Seite der Landstraße beim Café war keine Menschenseele zu sehen. Kein Wunder, dachte Richard, so wie Frau Fährenkämper mit der Familie verbunden war, musste der Tod der Baronin ein schwerer Schlag für die alte Frau gewesen sein.

Sie holten die Kevlarwesten aus dem Kofferraum und zurrten sie sorgfältig fest. Dann überquerten sie die Straße und rannten geduckt zum Haupttor. Die Kommissare schlugen innerlich drei Kreuze, weil keine Autos vorbeikamen. Beim Anblick der drei Polizisten hätte bestimmt ein lebensmüder Fahrer angehalten, um die Aktion auf dem Handy zu verewigen.

Als sie endlich durch das Tor zum schmiedeeisernen Zaun gelaufen waren, entwich Richard ein deftiger Fluch: »Verdori!«, meinte er und blickte zu dem Grasrondell. Dort stand nicht nur ein silbernes Mercedes-Benz E-Klasse Coupé, das mit Sicherheit dem Baron gehörte, sondern auch Schorlaus roter Porsche. Da er einen der eher seltenen 911 GT2 RS MR fuhr, gab es keinen Zweifel, dass Philipp ebenfalls im Schloss war.

»Sieht alles ruhig aus«, flüsterte Sonja leise und versuchte es am Tor. »Verschlossen!« Schon drückte sie sich hinter den Mauervorsprung auf der linken Seite, um vom Schloss her unsichtbar zu sein.

»Zu ruhig. Wo ist der Verwalter?«, fragte Faber besorgt und sah zu dem Gebäude, aus dem der Mann das letzte Mal gekommen war.

»Klettern wir rüber?«, wandte sich Tamme an ihn. Als Faber nickte, war es Sonja, die sich geschmeidig wie eine Katze an dem mannshohen Eisengitter hochdrückte und es in nur ein paar Sekunden überwand. Auch Tamme war trotz seiner massigen, großen Gestalt sehr elegant darüber geklettert. Nachdem auch Faber sicher im Innenhof angekommen war, drückten sie sich wieder an der Mauer der Vorburg entlang, um in das Verwaltungsgebäude zu gelangen. Die Tür war nur angelehnt, und bereits beim Eintreten sahen sie den Verwalter am Boden liegen. Sie senkten ihre gezogenen Waffen.

»Tot«, murmelte Sonja, nachdem sie mit zwei Fingern den Puls am Hals gesucht hatte. »Der Kehlkopf ist zerquetscht. Ein Handkantenschlag!« Sie zeigte auf die strichförmige Rötung an der Kehle. »Der Mann ist schneller erstickt, als dass sich die Prellung hätte blau färben können. Das Herz hat aufgehört zu pumpen und dadurch gab es keine Einblutungen ins Gewebe«, erklärte sie.

»Dann ist sie bereits hier, Gotts verdori!«, brummte Faber. »Entweder sie hat Philipp und den Baron bereits in ihrer Gewalt oder sucht sich noch einen Weg in das Wasserschloss.«

»Faber, diese Nahkampftechnik zeigt, die Frau ist ein verdammter Profi. Wahrscheinlich hat sie uns bereits gesehen«, warnte KK Withuus.

Faber schüttelte den Kopf. »Ich glaube nicht, dass sie mit uns rechnet. Denn sonst würde sie sich nicht so einfach in die Nähe eines frischen Tatorts begeben, um wieder zuzuschlagen. Nein, sie fühlt sich sicher, hat keine Ahnung, dass wir ihr auf der Spur sind«, erklärte er seine Gedanken. Er hielt sich vom Fenster entfernt, ging jedoch zur Holzbank, um die Wolldecke zu nehmen und über den Leichnam zu legen.

»Dennoch sollten wir uns trennen«, sagte Sonja. »Ins Schloss selbst kommen wir nicht ungesehen. Zwei von uns haben die Chance, mit

Deckung links und rechts des Wassergrabens nach hinten zu kommen. Einer jedoch muss den direkten Weg gehen und läuft damit Gefahr, im besten Falle eine Geisel zu werden«, drückte sie es vorsichtig aus. Denn wer immer über die Brücke zum Haupttor ging, konnte auch erschossen werden.

»Ich gehe über die Brücke. Kein Widerspruch!«, entschied Faber. »Ihr schleicht euch nach hinten und dürft dafür in den Wassergraben, um von hinten an das Gebäude zu kommen. Dort liegt zwar ein kleines Ruderboot, aber für euch auf der falschen Seite.«

»Na großartig, solche Wassergräben sind voller jahrhundertealtem Morast«, brummte Tamme und versuchte die angespannte Situation etwas aufzuheitern.

»Du Mädchen«, stieg Sonja darauf ein. »Sieh es einfach als Schönheitsschlammpackung! Kannst du gebrauchen.«

»Reißt euch mal lieber wieder zusammen«, ermahnte sie Richard. »Denkt daran, die Frau ist eine eiskalte Mörderin. Seht zu, dass ihr schnell irgendwie von hinten in das Gebäude kommt!« Dann sah er sie ernst an und meinte: »Philipp, der Baron und ich zählen darauf, von euch gerettet zu werden. Alles klar?«

»Alls klaar, Chef«, erwiderte Tamme und nickte. »Wenn du versprichst, auf der Brücke keine Kugel in den Schädel zu bekommen!

***

Sonja und Tamme hatten sich anschließend geduckt losgeschlichen. Die Büsche und Bäume des Schlossgartens gaben beiden auf ihren Seiten guten Sichtschutz. Als Faber seine Mitarbeiter aus den Augen verloren hatte, ging er mit gezogener Waffe langsam über das Grasrondell auf die Brücke zu. Er ließ seine Pistole locker mit gesenktem Arm an der Seite hängen, um nicht provokant zu wirken. Sonja hatte recht, Daphne war eine Spezialistin und damit machte er sich gerade zum einfachsten Ziel der Welt. Es ging jedoch nicht mehr nur um ihn und den Baron, sein Freund Philipp war ebenfalls in großer Gefahr. Wenn du noch lebst, dachte Richard mit Schweiß auf der Stirn, dann hole ich dich da raus!

Kaum hatte er den Gedanken zu Ende gedacht, als das Handy in seiner linken Hosentasche vibrierte. Er wagte einen kurzen Blick auf die SMS, ließ das Schloss dabei jedoch nicht aus den Augen.

Habe Opa in der JVA das Foto von Daphne gezeigt. Sie war die Bedienung im Pudding. Identität eindeutig. Wir haben den Dekan in Harvard noch einmal kontaktiert. Er meinte, Daphne gehörte zu einer militärischen Eliteeinheit und war bei vielen Kriegseinsätzen beteiligt. Absoluter Profi! Sei bitte vorsichtig!!! Rike♥

Er ließ das Handy wieder in die Hosentasche gleiten. Kriegseinsätze, dachte er und fluchte leise in sich hinein. Wenigstens war ihre Theorie jetzt bestätigt und damit sollte Knut endlich entlastet werden, egal wie stur sich KHK Trabert auch anstellte. Faber war nur noch etwa fünf Meter von der massiven Holztür entfernt. Obwohl ihm Schweißtropfen vom Gesicht rannen und ein paar Mücken unangenehm um seine Ohren summten, vermied er jede überflüssige Bewegung.

»Leg die Waffe weg!«, hörte er erst Philipps Stimme und dann wurde sein Kopf durch den Türspalt geschoben. »Sie tötet mich sonst, schmeiß die Pistole in den Burggraben.« Schorlaus Stimme klang ängstlich und irgendwie schmerzverzerrt. Aber er hatte auch allen Grund dazu, denn halb schräg von unten nach oben verlaufend, drückte der Lauf einer Waffe schwer auf Philipps Wange.

Mist, fluchte Faber in sich hinein, die Frau ist wirklich ein Jäger. Viele Kriminelle machten den Fehler, den Lauf an die Schläfe von Geiseln zu drücken. Dann konnte man, wenn man dementsprechend ausgebildet war, mit einer schnellen Bewegung aus der Schusslinie kommen oder den Lauf wegschlagen. Doch so fest, wie der Lauf in die Weichteile der Wange gedrückt war, hatte niemand eine Chance. Auch war ein Schuss aus dieser Position definitiv tödlich, da er den Hirnstamm durchschlagen würde. So manchen Schuss in die Schläfe, vor allem bei versuchtem Selbstmord, hatten die Opfer überlebt und waren im besten Falle nur blind geworden. Es stand also außer Zweifel, dass Daphne eine gefährliche Gegnerin war, die es den drei Emder Beamten nicht leicht machen würde.

Ohne zu zögern, warf Faber seine Waffe ruhig zur Seite und sie landete mit einem eindeutigen Geräusch im Wassergraben. Keine zwei Sekunden später verschwand Philipps von Todesangst gezeichnetes Gesicht an der Tür, weil Daphne ihn brutal an den Haaren nach innen riss.

»Miss Hogan, bitte lassen Sie uns reden«, sprach Faber vorsichtig in Richtung der immer noch geöffneten Tür. »Sie machen einen Fehler und sollten die Wahrheit kennen!«

»Ein Fehler«, höhnte jetzt eine weibliche Stimme aus dem Inneren, dann folgte ein amüsiertes Lachen. »Warum treten Sie nicht ein, Kriminalhauptkommissar Faber? Doktor Schorlau hat nach ein wenig Überzeugungsarbeit zugegeben, von der Polizei zu sein, und mir auch Ihren Namen genannt. Er war davon überzeugt, dass Sie ihn nicht hängen lassen und entgegen den Dienstvorschriften persönlich kommen werden. Herzlich willkommen«, fügte sie an und dann öffnete sich die Tür weiter. Wenigstens denkt sie, ich bin allein, schoss es Faber durch den Kopf.

Ruhigen Schrittes trat er ein. Im Gegensatz zu dem grellen Sonnenschein draußen war es sehr düster im Inneren und seine Augen brauchten ein paar Minuten, um sich daran zu gewöhnen. Doch dann sah er Schorlau vor sich am Boden. Unter Schmerzen hielt er sich den Knöchel seines rechten Beins, auf dem sie ihn gerade noch gezwungen hatte zu stehen. Faber erkannte, wie dick er angeschwollen war.

»Ihr Forensiker ist eine Memme«, erklang dann wieder die Stimme von Daphne. Sie stand anscheinend irgendwo hinter ihm. »Er stellt sich an, als ob der Knöchel gebrochen ist, dabei hat mein Tritt höchstens ein Band gerissen.« Plötzlich spürte er den Lauf an seiner Wange. Der Druck war unangenehm. »Keine falsche Bewegung oder Ihr Gesicht explodiert!«, der spielerische Ton war einem scharfen Befehl gewichen. »Helfen Sie dem Doktor!«

Faber bückte sich und zog Philipp hoch. Der schrie auf, als das Bein bewegt wurde und Faber seinen Arm unter Schorlaus Achsel schob, damit er humpeln konnte. »Sie können nicht alle töten, Daphne«, sagte Faber, als sie ihn mit der Waffe nach vorne schubste. Philipp hatte heftige Schmerzen und stöhnte bei jeder Berührung auf.

»Sie haben keine Ahnung, was ich alles tun kann«, erwiderte die Frau nur kalt. Faber war für Schorlau keine große Hilfe. Obwohl ihm auch nur die kleinste Belastung höllische Schmerzen bereitete, konnte Richard keine Rücksicht nehmen. Er zerrte an Schorlau und behielt dabei die Räume und vor allem die Fenster im Auge. Er hoffte, ein Anzeichen von Tamme oder Sonja zu sehen. Um Zeit zu gewinnen, drehte er sich plötzlich um, was Schorlau wieder aufschreien ließ. Er hatte Daphne bis dato noch nicht von Angesicht zu Angesicht gegenübergestanden. Jetzt sah er ihr ernst ins Gesicht.

»Sie glauben, einen gerechten Rachefeldzug zu führen, doch kennen nicht die ganze Wahrheit«, fing er an und betrachtete die schöne Frau. Sie hatte eine Haut wie Milchkaffee und ein Gesicht mit hohen Wangenknochen. Ihre Lippen waren schön geschwungen und sinnlich. Wusste man nicht von den tiefen, brutalen Abgründen ihres Inneren, hätte man sich sofort in diese unwiderstehliche Frau verlieben können.

»Noch einmal und Ihre Schulter ist zertrümmert«, warnte sie ihn und ihr Ton passte so gar nicht zu ihrem Äußeren. Faber drehte sich sofort wieder um und schob Schorlau weiter. Als sie endlich in dem Raum angekommen waren, in dem sie gestern die Baronin zum Frühstück empfangen hatte, sah er Mathias von Wintershausen-Zollner. Der Mann war mit Gaffertape an die Lehne und Füße eines der Stühle gefesselt. Über seinem Mund klebte ebenfalls ein dicker Streifen von dem silbernen Klebeband, das beim Abreißen bestimmt seinen blonden Bleistiftbart schmerzlich mitnehmen würde. »Auf den Boden«, befahl sie Faber und Schorlau. Faber ließ Philipp vor einem Sessel nieder, sodass er sich anlehnen konnte, und riss ein Kissen herunter, um es unter sein Bein zu schieben. Dann setzte er sich selbst im Schneidersitz neben seinen Freund.

»Die Frau, die Sie auf Wangerooge töteten, war nicht Ihre Großmutter. Es war Reas zehn Jahre jüngere Schwester Renata«, sprach Faber sie wieder leise und bedacht an. »Ihre Großmutter, Rea, nahm sich als junge Frau das Leben, weil man ihr weisgemacht hatte, dass Mike und ihr Baby tot wären!«

Daphne wandte ihren Blick langsam vom Baron zu Faber. Mit zusammengekniffenen Augen hob sie die Waffe und Faber konnte ihre Reaktion überhaupt nicht einschätzen, bis es knallte. Eigenartigerweise war es das Geräusch, das ihn zusammenzucken ließ, und nicht etwa der Schmerz.

***

Sowohl Tamme als auch Sonja hatten hinter dem Schloss den schlammigen Wassergraben durchschwommen. Es war nicht so einfach gewesen, das mit der Waffe über der Wasseroberfläche zu tun. Außerdem wogen die Kevlarwesten einiges und zogen sie immer wieder runter, obwohl der Graben nicht tief war. Jemand, der weniger durchtrainiert war als die beiden, hätte das wohl kaum geschafft. Pitschnass stemmten sie sich die Steinstufen hoch, neben denen das Ruderboot im Wasser schaukelte. Sofort krabbelten sie zu der Steinmauer unterhalb eines Fensters und suchten Schutz. Sie gaben ein komisches Bild ab, wie sie dort nass wie die begossenen Pudel hockten, über und über mit Entengrütze gesprenkelt. Sonja griff zu ihrer Linken an die Türklinke, doch diese war fest verschlossen.

»Lass mich da ran«, flüsterte Tamme und riss etwas Kelp von seiner Hosentasche, um an seinen Schlüsselbund zu kommen. Sofort steckte er zwei Stahlhaken in das Schloss und fummelte so geräuschlos wie möglich damit rum, um es zu knacken.

Sonja hatte sich neben eines der Fenster gerobbt, das aus zwölf kleinen Butzenscheiben bestand, und wagte einen kurzen Blick in den Raum. Es handelte sich um eine Art Boudoir, das zwar tadellos sauber, aber seit Langem nicht mehr benutzt wirkte. KK Withuus warf einen Blick auf Tamme, wie er sich mit dem alten Schloss abquälte, und traf eine Entscheidung. Sie zog einen Handschuh aus ihrer Hosentasche, hielt ihn an die kleine Scheibe in der Nähe des Fensterkreuzes und schlug mit der Faust darauf. Das Geräusch, als die Scheibe aus der Blei-Lötstelle brach, war minimal. Auch von innen war keinerlei Geschepper von brechendem Glas zu hören. Wahrscheinlich hatte ein flauschiger Teppich die Glasscheibe sanft landen lassen.

Sie schnippte kurz mit den Fingern, um Tamme auf sich aufmerksam zu machen, dann griff sie durch das Loch und öffnete das Fenster. Im Blick des Wikingers lag ein gewisses Erstaunen, aber auch Respekt, als seine Kollegin durch das geöffnete Fenster stieg. Wenige Minuten später standen die beiden neben dem antiken Frisiertisch und tropften den teuren Teppich voll. Tamme verschloss das Fenster, damit es nicht durch einen Luftzug zuschlagen konnte. Als plötzlich irgendwo im Haus ein Schuss fiel, sahen sie sich alarmiert an und machten sich sofort auf den Weg zur Tür.

***

»Das ist nichts, nur ein Streifschuss am Oberarm«, meinte Daphne zu Faber. »Eher wie eine Verbrennung, es bleibt keine besondere Narbe und es sind kaum verletzte Gefäße.« Richard hielt seine Hand auf die Wunde, die wirklich kaum blutete. »Damit will ich sagen«, fuhr sie fort, »ich kenne mich mit Verletzungen aus und vor allem bin ich ein ausgebildeter Scharfschütze. Das nächste Mal, wenn Sie Ihren Mund aufmachen, werden Sie wirklich sehr seriös verletzt. Wenn Ihnen Ihr Leben etwas wert ist, dann seien Sie still!«, befahl sie und ihr eisiger Ton ließ keinen Zweifel an ihren Worten aufkommen.

Mathias von Wintershausen-Zollner stöhnte hinter seinem Knebel leise auf. Mittlerweile liefen ihm Tränen übers Gesicht. Darum tat er sich schwer, durch seine verstopfte Nase zu atmen. Es war nie eine gute Idee, zu weinen oder sich gar zu übergeben, wenn man geknebelt war.

»Nun zu dir, mein letztes Negerlein«, wandte sie sich wieder an den jungen Baron. Ohne Rücksicht auf Verluste riss sie das Klebeband von seinem Mund. Wie erwartet befand sich über seiner Lippe jetzt ein schmaler blutender Strich, wo einmal sein elegantes Bleistiftbärtchen gewesen war. Aber der Baron schien das gar nicht zu registrieren, so dankbar, wie er nach Luft schnappte. Daphne schmunzelte diabolisch und dann fing sie plötzlich an zu singen:

Vier kleine Negerlein,
Die fuhr'n zum Wangerooger Kai,
Das eine traf die Nordsee hart,
Da waren's nur noch drei.

Drei kleine Negerlein,
Die ritten froh herbei,
Das eine fiel jedoch vom Pferd,
Da gab es nur noch zwei.

Zwei kleine Negerlein,
Die tranken zu viel des Weins,
Das eine hat sich totgesoffen,
Da gab es nur noch eins.

Ein kleines Negerlein,
das war in arger Not,
jeder Knochen schmerzte ihm,
denn Daphne trat ihn tot.

Schorlau und Faber sahen sich schockiert an. Sie hatte das alte, schon längst nicht mehr adäquate Kinderlied nicht mit dem Originaltext gesungen. Ihre Version schilderte den Mord an drei Menschen und den bevorstehenden Tod von Mathias von Wintershausen-Zollner.

Kaum war ihr das letzte Wort über die Lippen gekommen, drehte sich die durchtrainierte Afroamerikanerin blitzschnell um ihre eigene Achse. Ihre Stiefelsohle landete unbarmherzig und mit voller Gewalt im Gesicht des Barons. Das brechende Jochbein machte ein widerwärtiges Geräusch, das Schorlau und Faber allein beim Zuhören Schmerzen bereitete. Der junge Baron stöhnte auf wie ein Tier. Richard zuckte kurz, als wolle er aufspringen, doch Philipp hielt ihn mit der Hand zurück und schüttelte den Kopf.

»Ich werde nicht so viele Tritte brauchen, wie man meinem Großvater verabreichte, um seinen Rücken zu brechen, sein Gehirn zu verletzen und sein Herz für immer zu schädigen«, sagte sie mit unheimlich leiser Stimme. »Ihr Jochbein, Baron von Wintershausen, ist zertrümmert, dadurch die Augenhöhle gebrochen und Sie werden bald merken, wie sich Ihr Augapfel langsam ins Innere verabschiedet«, erklärte sie wie eine verrückt gewordene Schlächterin. »Damals hatte mein Opa Glück. Weder der Glaskörper, die Retina noch die Pupille haben Schaden genommen an den Knochenfragmenten. Das kann ich in Ihrem Fall natürlich nicht versprechen. Opa meinte, es wäre dennoch ekelig gewesen, sein eigenes Gewebe im düsteren Körperinneren zu sehen.«

»Bitte, Mathias ist nicht viel älter als Mike Hogan damals, außerdem ist er noch nicht einmal blutsverwandt mit den von Wintershausen«, konnte sich Faber bei ihren Worten nicht beherrschen.

Wieder zeigte der Lauf der Waffe auf ihn. »Haben Sie einen Heldenkomplex oder sind Sie suizidal veranlagt?«

»Sie töten uns doch sowieso«, schoss Faber mittlerweile wütend zurück. Vergehen an hilflosen, gefesselten Menschen machten ihn besonders verrückt. »Rache ohne Sinn und Verstand. Sie wollen die Wahrheit gar nicht wissen. Verdammt!«, schrie Faber nun aus vollem Hals. »Rea von Wintershausen hat Ihren Großvater geliebt und brachte sich um, weil sie ihn und ihr Baby verloren glaubte. Sie haben es nur Victoria Schanzer, damals noch Klaasen, zu verdanken, dass Mike Hogans Eltern das kleine Mädchen mit in die USA nehmen konnten. Victoria war auch nur ein Opfer und wurde zur Falschaussage gegen Mike gezwungen, darum versuchte sie ihre Schuld etwas zu verringern und rettete Ihre Mutter als Baby«, schrie er immer weiter, sodass selbst Schorlau nicht verstand, warum er so laut war. »Anstatt zuzuhören, um die Wahrheit zu erfahren, führen Sie Ihre brutalen Morde weiter. Bereitet Ihnen das Töten denn mittlerweile Freude?«

Sie lachte nur laut auf. Schorlau versuchte Richard zu beschwichtigen und sagte immer wieder: »Nicht, Richard, sei endlich still.«

»Das Töten?«, fragte Daphne rhetorisch, nachdem sie sich von ihrem psychopathischen Lachanfall beruhigt hatte. »Das hat mir schon immer Spaß bereitet. Ich kann zwar genauso gut Leben retten, wie es mein Großvater als Mediziner konnte. Leben nehmen jedoch ist die viel größere Macht! Darum beenden wir das jetzt!« Sie senkte den Lauf.

»Hilfe«, brüllte Richard. »Sie brauchen Hilfe!« Daphne ignorierte ihn glücklicherweise. Das ganze Theater hatte er nur deshalb so lautstark abgezogen, weil er hoffte, dass Tamme und Sonja ihn irgendwie hörten. Mittlerweile schien auch Philipp kapiert zu haben, was er trieb, und ein Funken Hoffnung loderte in seinen Augen.

»Also, Baron«, wandte sie sich wieder an den gefesselten Mann. »Auch wenn mein Großvater sich das Leben mit Digitalis genommen hat und Rea, Victoria und Ihre Mutter dadurch starben – Sie als männlicher Vertreter werden es schwerer haben. Wenn ich Ihnen einen gezielten Schlag auf Ihr Herz verpasse, wird das sehr schmerzhaft und definitiv tödlich. Breche ich Ihnen jedoch zuerst das Rückgrat, merken Sie den zweiten Schlag auf das Herz nicht mehr!«

Mathias von Wintershausen-Zollner konnte kaum noch wimmern. Sein Anblick war furchtbar und Faber wollte nicht wissen, was gerade in seinen Gedanken vorging. Daphne zog ein Messer aus einer Gürtelscheide und schnitt die Fesseln von Armen und Beinen des Mannes. Dann griff sie rücksichtslos in sein blondes Haar und riss ihn bäuchlings auf den Boden. Wie ein trotziges Kind, das einen Käfer zertreten wollte, stand sie über ihm.

»Sie töten ihn«, schrie Faber. Es war ein letzter Versuch, Tamme und Sonja zu erreichen. Als Daphne das Bein anzog, musste er etwas unternehmen. Wenn Faber jetzt nicht eingriff, dann würde sie Mathias' Wirbelsäule brechen und er wäre querschnittsgelähmt. Wahrscheinlich wird er dann seine Verlobte nie heiraten, nie Kinder haben, schoss es Faber in Bruchteilen von Sekunden durch den Kopf. Ohne Rücksicht auf Verluste sprang er auf und hechtete in Daphnes Richtung. Die Amerikanerin hatte jedoch viel schnellere Reflexe, als er sich vorstellen konnte. Mit einer plötzlichen Bewegung entfernte sie sich aus seiner Reichweite und versetzte ihm einen Fußtritt unter sein Kinn. Faber fiel mit hochgerissenen Armen nach hinten an Schorlaus Seite. Noch bevor er hart mit dem Rücken gegen den Sessel krachte, knallte wieder ein Schuss. Nur dieses Mal spürte Richard den brennenden Schmerz, der seine Nerven und Muskelfasern zerfetzte. Mit einer letzten intuitiven Reaktion riss er seinen rechten Arm zum Kopf, um sich dort zu schützen, als ein weiterer Schuss durch den Raum dröhnte.

Aus den Augenwinkeln sah er Daphne, die mit der Waffe in der Hand nach hinten fiel. Zwischen ihren Augen war ein kreisrundes, leicht verbranntes Loch, aus dem nur ganz wenig Blut sickerte. Ihre Kette mit dem Anhänger eines Äskulapstabs fiel über ihr Gesicht.

Sonja Withuus trat zu der Elitesoldatin und schob ihre Waffe mit dem Fuß weg von ihr. Aber eigentlich ist das nicht nötig, die Mörderin ist tot, dachte Faber, bevor ihm mulmig wurde.

»Philipp«, röchelte er und legte seine rechte Hand unter die linke Achsel. Dort, wo die Kevlarweste keinen Schutz bot.

Schorlau bekam gar nicht mit, was mit Faber los war, und plapperte nur erleichtert: »Mann, mein Bein!« Fabers Hand war nass und klebrig. Mit letzter Kraft zog er sie hoch und legte sie auf Philipps Oberschenkel.

»Scheiße, Faber«, reagierte Schorlau sofort und sein Bänderriss schien vergessen. »Tamme, hol mir den verdammten Forensik-Koffer. Er steht dort in der Ecke«, schrie er den Wikinger an, der mittlerweile neben Sonja stand. Dann beugte er sich trotz aller Schmerzen über Faber und riss ihm die Kevlarweste runter. Mit einer Hand drückte er auf die Schusswunde unter Fabers Achsel, mit der anderen prüfte er seine Herzfrequenz. »Puls wird schwächer«, meinte er, als Tamme endlich mit dem Aluminiumkoffer bei ihm ankam.

Richard wurde müde und dann ließ plötzlich der Schmerz nach. Als Tamme mit einer Mullbinde auf seine Wunde drückte, schloss er die Augen. Es war ein wohliges Gefühl, fast wie ein Fiebertraum, so ganz anders, als Faber es sich immer vorgestellt hatte.

»Richard Christian Faber«, hörte er die panische Stimme von Philipp, »bleib verdammt noch einmal bei mir!« In dem Moment füllte sich Fabers Mund mit einem metallischen Geschmack und Flüssigkeit lief aus seinem Mundwinkel. Das Atmen war kaum noch möglich, und das Letzte, was er hörte, war Schorlau, der rief: »Komm schon!« Dann rammte man ihm etwas Spitzes in die Brust und alles wurde dunkel.

Epilog

Es war Opa gewesen, der wirklich Tag und Nacht an seinem Bett gesessen hatte. Dabei hielt er Fabers Hand fest in seiner. Rike hatte er alle paar Tage zum Schlafen und Duschen nach Hause geschickt. Doch er selbst war geblieben und wich nicht von Richards Seite. Rike hatte ihm nur frische Sachen mitgebracht und er war mit einer Katzenwäsche in dem Waschraum des Krankenzimmers zufrieden gewesen. Knut aß kaum, nur wenn die Krankenschwestern darauf bestanden und er an Richards Bett sitzen bleiben durfte. Er wollte partout nicht von seinem Jungen getrennt werden. Erst wenn es ihm besser gehen würde. Opa nahm sich noch nicht einmal die Zeit für eine Rasur und sah mit seinem strubbeligen Bart uralt aus.

Schorlau hatte sich kurzerhand selbst eine Schiene für den Bänderriss verschrieben und saß jetzt täglich mit Krücken bei seinem Freund, weil er sich in Klein Hauen einquartiert hatte. Entweder fuhr er mit Rike oder kam mit dem Taxi, um Fabers behandelnde Ärzte mit seinen Ratschlägen in den Wahnsinn zu treiben. Dem Rest des KED-Teams war es noch nicht erlaubt worden, ihren Chef zu besuchen.

Daphne hatte ihre Drohung wahrgemacht. Der Schuss auf Faber war lebensgefährlich gewesen. Das Projektil hatte den Nervenknotenpunkt unter der Achsel verletzt, war in die Lunge eingedrungen und in der Nähe des Herzens stecken geblieben. Daher war der linke Lungenflügel kollabiert und er wäre an seinem eigenen Blut ertrunken, wenn Philipp ihm nicht sofort eine Kanüle zwischen die Rippen in die Pleura gerammt hätte. Überhaupt, ohne Schorlau vor Ort wäre Faber anstatt in einem Krankenhausbett auf einem Stahltisch gelandet.

Das OP-Team hatte über Stunden den schwierigen Eingriff durchgeführt, um die Kugel zu entfernen. Einige Tage später wurde ein Folgeeingriff vorgenommen, um die Schäden an den Nerven unter der Achsel zu beheben. Faber hatte man in ein künstliches Koma versetzt, damit der Körper in Ruhe genesen konnte und auch den großen Blutverlust verkraftete. Mittlerweile waren seine Werte stabil und die Ärzte zuversichtlich, dass auch seine motorischen Fähigkeiten im linken Arm wieder vollständig hergestellt werden konnten. Darum hatte man ihm heute am Morgen die Medikation verabreicht, die ihn aufwachen lassen sollte. Doch bisher hatte er sich über Stunden nicht gerührt.

»Kein Grund zur Sorge. Manchmal braucht das Aufwachmittel einen ganzen Tag, um zu wirken«, versuchte Schorlau Opa und Rike zu beruhigen. Rike saß auf der anderen Seite von Fabers Bett und streichelte immer wieder besorgt über seine blassen Wangen. Auch Opa war wieder näher gerückt und hatte Fabers Hand zwischen seine beiden genommen, als wolle er ihn wärmen. »Der Körper holt sich die Erholung, die er braucht«, setzte Philipp schon wieder an. »Richard muss sich nur gesund schlafen!« Jedoch sagte sein bekümmertes Gesicht etwas ganz anderes.

»Könnte ich auch, wenn du nicht dauernd quatschen würdest«, murmelte Faber sehr schwach und öffnete zögerlich die Augenlider. Als er seine Rike sah, lächelte er ein bisschen.

»Oh, Gott sei Dank! Liebling«, versuchte Rike zu sagen, doch es ging in einem Wimmern unter und Tränen liefen über ihr Gesicht.

»Nicht weinen«, murmelte Richard sofort, aber stoppte angestrengt. Das Atmen fiel ihm immer noch schwer, doch man hatte ihn vor zwei Tagen von der Maschine genommen. Seine Lunge war zur selbstständigen Tätigkeit fähig. Nur so konnte man das Gewebe und die Muskeln zur schnelleren Heilung animieren.

»Vor allem nicht reden, Richard«, ermahnte ihn Philipp. Dann machte er mit seinen Krücken so etwas wie einen Freudensprung und sagte: »Ich hole den Chefarzt!« Er humpelte schneller, als man ihm folgen konnte, aus der Zimmertür.

Opa raffte sich schwerfällig auf, strich Faber über die Haare und drückte ihm einen Kuss auf die Stirn. So schlecht Opa momentan auch aussah, jetzt leuchteten seine blauen Augen wieder zuversichtlich. »Gut, mien Jung, jetzt wird alles wieder gut«, flüsterte er. »Ihr braucht Zeit allein. Ich trinke erst einmal einen ordentlichen Kaffee und dann rasiere ich mich.« Damit verschwand auch Knut aus dem Zimmer.

Rike drückte kurz und ganz vorsichtig ihre Lippen auf Fabers. »Mach so etwas nie wieder, das verkrafte ich nicht noch einmal!«, flüsterte sie ihm ins Ohr. Richard deutete ein Nicken an. »Außerdem habe ich eine Bitte. Sobald du wieder mobil bist und dich besser fühlst, möchte ich, dass wir heiraten. In aller Stille auf dem Standesamt, nur mit Opa und Philipp als Zeugen. Von mir aus können wir gerne nächstes Jahr eine große Feier abhalten, und wenn es sein muss, auch kirchlich die Hochzeit nachholen. Ich will jedoch jetzt mit dir verheiratet sein. Und das so schnell wie möglich!« Wieder nickte Faber und lächelte, dann schloss er zufrieden die Augen.

***

Als sie sich zwei Monate später im kleinen Kreis das Jawort gaben, trug Faber den Arm immer noch in der Schlinge. Er war immer noch offiziell krankgeschrieben und würde anschließend eine Reha machen. Erst danach stand für ihn eine Suspendierung an. Man hatte eine Anhörung, im schlimmsten Fall ein Verfahren in Oldenburg angekündigt.

Opa hatte sich zwar in seine neuen Klamotten, die Rena ihm geschenkt hatte, geworfen, aber auf Rikes Wunsch den Panamahut mit der Kapitänsmütze getauscht. Schorlau war seine Schiene schon wieder losgeworden und hinkte kein bisschen mehr. Er hatte seinen Sport-Porsche mit einem Blumengesteck schmücken lassen und Rike fuhr ihren neuen Ehemann selbst nach Klein Hauen. Philipp folgte mit Opa in Fabers Audi, an dem ebenfalls weiße Schleifen im Fahrtwind zappelten.

Als sie auf den Hof der Alten Schule fuhren, wurden sie dann doch überrascht. Denn nicht nur hatte jemand die traditionelle Blumengirlande um den Türrahmen gebunden, auch das Team des KED Emden stand Spalier vor dem Eingang, um Reis zu werfen. In Rikes und Fabers Garten waren Bänke und Tische aufgebaut. Ein Spanferkel drehte sich unter Tammes Argusaugen über einem Feuer. Auf dem Grill nebenan lag ein ganzer Seeteufel, und Fässer mit Bier standen zum Zapfen bereit. Die Ehefrauen der Polizeimeister hatten wieder einmal alle Arten von köstlichen Salaten gezaubert, die auf den Tischen die hungrigen Gäste erwarteten. Besonders fiel eine große Glasvitrine auf, in der zur Kühlung eine dreistöckige Hochzeitstorte besteckt mit roten Marzipanrosen stand. Es war auch als ein Dankeschön für das gerettete Leben von Mathias von Wintershausen-Zollner vom Schlosscafé Lütetsburg geliefert worden. Frau Fährenkämper hatte die Torte eigenhändig gebacken..

Knut hakte sich bei seinem Schwiegerenkel ein und brachte ihn zu einer bequemen Liege, die man extra für ihn auf die Terrasse gestellt hatte. »Ich weiß, mien Jung, du wolltest in aller Stille heiraten. Doch ich hatte auch versprochen ein großes Fest zu geben, wenn alles vorbei ist. Dass es heute hier stattfindet, ist reiner Zufall«, wandte er sich an Richard und zwinkerte verschwörerisch.

»Danke, Knut«, erwiderte Faber gerührt und umarmte den alten Mann. »Ich weiß nicht, ob ich eine Familie wie euch eigentlich verdiene!«, fügte er an. Dann machte er es sich auf der Liege bequem. Rike kam mit zwei Gläsern Champagner und setzte sich zu ihm. Sie stießen an und dann gaben sie sich einen leidenschaftlichen Kuss, der einigen Jubel unter den Gästen auslöste.

Knut blickte glücklich auf seine Kinder. Dann murmelte er: »Doch, doch, mien Jung, de Familie verdeenst du! Genau as wi di verdeenen.«

ENDE

Ostfrieslandkrimi-Empfehlungen des Klarant Verlages

Kennen Sie schon die anderen Bände der Ostfrieslandkrimi-Serie **»Faber und Waatstedt ermitteln«** von Elke Nansen?

»Tödliche Krummhörn«, Band 1
Taschenbuch ISBN: 978-3-95573-707-8
eBook ISBN: 978-3-95573-708-5

Ein mörderischer Schleier liegt über der ostfriesischen Urlaubsregion Krummhörn. Bei Bauarbeiten wird die mumifizierte Leiche einer jungen Frau entdeckt, mehrere Jahrzehnte lag sie im Fundament des Hotels Deichrose begraben. Hauptkommissar Richard Faber und seine Kollegin Rike Waatstedt von der Kripo Emden werden mit dem Fall betraut. Wer ist die tote Frau, wurde sie ermordet? Eine Identifizierung ist nicht möglich, dennoch ergibt sich schnell ein Verdacht: Silvester 1985 verschwand die Frau des Bauunternehmers Enno Dahlke unter mysteriösen Umständen. Die Ehe war unglücklich, und genau zu dieser Zeit war die Baufirma Dahlke mit der Errichtung des Hotels Deichrose in Ostfriesland beschäftigt … Je tiefer die Kommissare in der Vergangenheit graben, desto düstere Zusammenhänge kommen ans Licht. Sie stoßen auf ein Netz aus Verzweiflung, Korruption und Gier. Die Liste der Verdächtigen wird immer länger, und der Fall mehr und mehr zum Rätsel …

»Tödliche Leyhörn«, Band 2
Taschenbuch ISBN: 978-3-95573-784-9
eBook ISBN: 978-3-95573-785-6

»Tödliches Ostfriesland«, Band 3
Taschenbuch ISBN: 978-3-95573-842-6
eBook ISBN: 978-3-95573-8-433

»Tödliches Pilsum«, Band 4
Taschenbuch ISBN: 978-3-95573-900-3
eBook ISBN: 978-3-95573-901-0

»Tödliches Rysum«, Band 5
Taschenbuch ISBN: 978-3-95573-931-7
eBook ISBN: 978-3-95573-932-4

»Tödliches Campen«, Band 6
Taschenbuch ISBN: 978-3-96586-016-2
eBook ISBN: 978-3-96586-017-9

»Tödliches Wangerooge«, Band 7
Taschenbuch ISBN: 978-3-96586-077-3
eBook ISBN: 978-3-96586-078-0

Klarant Verlag

Lernen Sie die Ostfrieslandkrimi-Titel des Klarant Verlages kennen und besuchen Sie uns im Internet unter:

www.ostfrieslandkrimi.de

und

www.klarant.de

Sie können dort Näheres über unsere Autoren erfahren, viele weitere interessante Bücher und eBooks finden und Leseproben herunterladen. Mit dem kostenlosen Newsletter auf

www.ostfrieslandkrimi-lesen.de

erhalten Sie aktuelle Informationen rund um das Verlagsprogramm, wie beispielsweise spannende Neuerscheinungen und Gewinnspiele.